坦洋工夫茶
人间情常在

福安市茶业协会 编

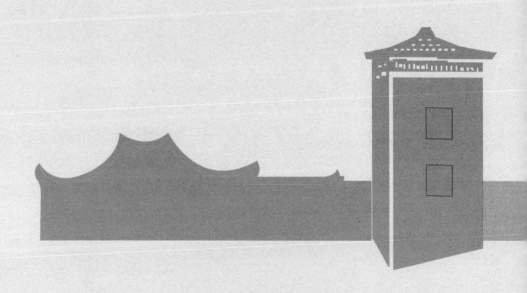

海峡出版发行集团 | 海峡文艺出版社

《坦洋工夫茶，人间情常在》编委会

主　　任：陈灼生　林　炤

副 主 任：温铃光　郑明星　刘小凤

成　　员：王振秋　郑　红　林　鸿　陈林海

　　　　　李彦晨　叶　燊　陈琳华

《坦洋工夫茶，人间情常在》编辑部

主　　编：王振秋

执行主编：李彦晨

成　　员：杨昌长　李　同　李　阳　刘丽霞

　　　　　冯育华　李立夫　陈　昕　柳长铃

序一：最忆坦洋话别时

陈增光

中共福安市委宣传部来函要我给《坦洋工夫茶，人间情常在》一书作序，因我是闽东人，又长期在闽东工作，与福安坦洋村有过许多交集，对坦洋工夫茶有深厚感情，便应邀说几句。

坦洋工夫历史悠久，源于 19 世纪中叶，始盛于 20 世纪中叶，是欧洲皇室的御用珍品。1915 年，坦洋工夫在巴拿马万国博览会上荣获金奖，一时香飘环宇，成为享誉世界的红茶品牌。

坦洋工夫鼎盛时期，福安周边寿宁、周宁、柘荣、蕉城等地的茶叶皆汇聚坦洋村，经坦洋茶人精制装箱后漂洋过海，遍布世界。

中华人民共和国成立之初，福安成立国营福安茶厂和坦洋茶叶初制厂，生产坦洋工夫红茶，出口欧洲各国，为百废待兴的新中国开拓一条创汇渠道。20 世纪 60 年代，坦洋茶人还远赴非洲，传授坦洋工夫的制作工艺，成为"茶叶外交"的主角之一。

20 世纪 80 年代末，习近平同志在宁德工作期间，坦洋村是他选定的党建联系点。他曾多次深入坦洋调研，其间多次指出坦洋村要大力发展特色茶产业，并鼓励坦洋村干部群众一定要珍视、保护、发展、应用好坦洋工夫这个品牌，让坦洋工夫走向全国，走向世界。在习近平同志的指导与鼓励下，坦洋村茶叶种植面积增至 3000 多亩，坦洋工夫再次在市场上声名鹊起。坦洋村民也因此脱贫致富。坦洋村进入乡村振兴先进行列，村集体资产超过 300 万元，成为名副其实的闽东明星村。

峥嵘岁月稠，最忆坦洋话别时。

1990 年 5 月 4 日，习近平同志从宁德地委书记调任福州市委书记前夕，我作为接续者，和习近平同志在坦洋村，做了一次别开生面的基层工作交接仪式。这是他首创并留给我们的最珍贵的精神财富。一杯清茶话离别，几句嘱托寄深情。这次交接仪式，给我留下极为深刻的印象。在座谈会上，习近平同志品鉴着坦洋工夫红茶，向村党支部书记嘱托要加强党的建设和加快发展乡村经济。临走时，习近平同志握住村老支书的手，深情地说："原想安排一段时间到村里住一阵，走走家，串串户。没料到这次走得那么匆忙，心里很遗憾。青山不老，绿水长流，喝过坦洋工夫茶，人走情常在。我的心和你们的心是永远贴在一起的。"

习近平同志对茶有着深厚的感情，对茶产业的发展寄予殷切的希望。2021 年 3 月，在武夷山市燕子窠生态茶园考察时他强调，要统筹做好茶文化、茶产业、茶科技这篇大文章。他对茶产业的系列重要指示精神，体现了以人民为中心的思想，给中国茶产业的进一步发展指明了方向，更是坦洋工夫茶发展的指路明灯。

近十年来，福安茶业发展迅速，焕发出如春潮般的勃勃生机。特别是坦洋工夫再攀高峰，福安成为"中国红茶之都"和"中国花果香红茶发源地"，同时坦洋工夫茶制作技艺还成为国家级非物质文化遗产，列入世界文化遗产名录。《坦洋工夫茶，人间情常在》记录了福安茶产业近十年发展的历程，内容翔实丰富，书名也很有意义，既体现了领袖关怀、时代精神，又展现了坦洋工夫茶的品牌内涵，值得一读。

我坚信，有习近平同志的嘱托和亲切关怀，有各级党委、政府的重视支持，有福安干部群众的共同努力，坦洋工夫茶的明天一定会更美好。

2024 年 10 月

（作者系福建省政协原副主席）

序二：人间情常在

郑战雄

福安在隋唐时就有种茶之记录，在明清有制茶之盛名。坦洋工夫红茶，始于 1740 年左右，盛于 1851 年前后，1915 年获巴拿马万国博览会金奖，风靡英伦三岛。1934 年，福安创办"福安农业职业学校"，设有农、茶专业两科。1935 年，张天福在福安社口镇创办"福安茶业改良场"，致力于茶叶生产技术和科学试验工作。1940 年，中茶公司在福安创办"福安示范茶厂"。福安成为民国时期，中国茶叶科技、教育与生产的中心区域之一。

中华人民共和国成立之后，福安被列入 100 个年产 5 万担的茶叶商品生产基地县。1950 年，成立国营福安茶厂，高峰期下辖坦洋、赛岐、水门等 4 个分厂，毛茶生产区域延伸至闽东各区县，拥有职工近千人。年均生产精制茶胚 7 万担，窨制花茶 3 万多担，产品占领东北、华北大部分市场，曾经有 70 多万担商品茶畅销美国、日本、苏联等 10 多个国家。

改革开放后，主政宁德的习近平同志"四进坦洋"，叮嘱当地群众"要不断放大坦洋工夫品牌效应，因地制宜壮大茶叶经济"，还深情地说"青山不老，绿水长流，喝过坦洋工夫茶，人走情常在"，给福安茶产业及坦洋工夫的发展注入强劲的动力。

近年来，福安遵循习近平总书记的指示精神，在市委、市政府的正确领导下，将发展茶业经济与乡村振兴紧密相连，推动福安茶产业走上新的发展高峰：茶园面积达 30 万亩，涉茶经营商户近 7000 多家，实现毛茶产量 2.85 万吨，毛茶产值 23.5 亿元，综合产值超 131 亿元，涉茶人口约 40 万，农民人均收入三分之一来自茶叶。2023 年，坦洋工夫品牌价值达到 55.83 亿元。

福安茶产业显示出一种积极向上的勃勃生机，在许多领域，都取得突破性的进展，预示着福安茶叶的春天即将来临。

在茶苗培育上，福安市被农业农村部认定为"国家区域性良种繁育基地"。现有茶苗专业合作社56家、繁育茶苗良种基地3000多亩，培育国家级和省级良种茶树苗近60个品种，供应了全国40%以上的茶苗，"天下茶苗出福安"，成为全国茶树品种最齐全的区域性良种繁育基地。

在市场营销上，福安已成为"中国红茶之都"种"中国花果香红茶发源地"，形成茶王街、富春茶城、茶叶老街三足鼎立之营销态势。共有茶店商户近500家，购销两旺，年销售金额逐年增长。即将成为名副其实的中国红茶交易中心市场。

在非遗传承上，坦洋工夫传统制作技艺成为国家级非遗项目，并被列入"联合国人类非物质文化遗产代表作名录"。"福安白茶"和"福安茉莉花"制作技艺成为福安市级非遗项目。现有坦洋工夫传统制作技艺传承人36位（其中福建省级1人、宁德市级10人），茉莉花茶传承技艺传承人3位，福安白茶传统制作传承人3位。

在人才培养上，福安亦呈虎跃龙腾之势。有4位茶人荣获"国茶工匠·中国制茶大师"荣誉称号。2018年在广东英德举办的"全国红茶技能大赛"中，福安茶人荣获金奖、银奖与铜奖各一。同年，在"福建省评茶员茶艺师职业技能大赛"中，福安选手荣获冠军。2020年全国茶叶加工（精制）职业技能竞赛，福安市茶人荣获第2名、第4名和第7名的佳绩。2023年，福安市茶人参加第5届全国农业行业职业技能大赛茶叶加工赛项（绿茶类），荣获得第6名和第12名的佳绩。

2021年3月，习近平总书记在福建调研考察时，强调"要统筹做好茶文化、茶产业、茶科技这篇大文章"，为福安市茶产业的发展指引了新方向。我们将遵从习近平总书记的指示，群策群力，万众一心，将福安的茶产业做大做强，再创辉煌。

为了总结发展经验，探寻新的发展方向。福安市茶业协会编辑出版《坦洋工夫茶，人间情常在》一书，内容涵盖"文化引领""科技兴茶""产业发展""基础数据"等方面。我觉得，这是福安茶业发展史中一件大事，很有必要，很有价值。

感谢福安市茶业协会全体同事的辛勤付出，你们为福安茶产业发展做出的卓越贡献有目共睹，历史将铭记这一切。是为序。

2024 年 10 月

（作者系福安市人大常委会原党组书记、主任、二级巡视员）

目　录

文化引领篇

坦洋赋　张　炯／3

一溪流水香的坦洋　郑承东／5

手拉手向前走

　　　　——访福安市茶业协会　黄　燕／26

记忆时光：坦洋工夫的申遗之路　瀚　桐／33

"三茶融合"的福安实践　雷津慧／39

怎一个"斗"字了得

　　　　——福安市"坦洋工夫"杯斗茶赛回眸　吴庆堂／43

住建视角：中国历史文化名村坦洋村之今昔　李　同／48

"三茶"并非此山茶，美美与共绽芳华　枫　枫／54

科教兴茶篇

接力梦顶茶香满校园　唐　颐／61

吴振铎：福安茶人的骄傲　金　翼／65

"三金""三紫""三黄"高香茶树的培育之路　董欣潘／70

茶科技引领坦洋工夫向新而行　艾　茗／75

造福百姓　成就自己

　　　　——教授级高级农艺师苏峰和他的"创新劳模工作室"　周宗飞／80

高风味有余　范秀智／86

国家级赛场上，福安茶人的荣耀与辉煌　如　许／91

青春韶华玩转鲜嫩绿叶

　　　　——专访绿茶加工大赛中脱颖而出的福安茶人　山　风／97

产业发展篇

福安市茶产业发展情况调研报告（2022 年 6 月 22 日）

　　福安市人大常委会茶产业发展情况调研组 / 105

福安茶产业的过去、现在与未来　蓝和鸣 / 116

天下茶苗出福安

　　——福安市良种茶树苗繁育基地纪实　林思翔 / 121

匆匆茶市　悠悠茶事　郑雨桐 / 126

福安茶行业的"五朵金花"　李彦晨　李　广 / 131

花果香红茶香飘万里的奥秘　黄曙英 / 138

福安茉莉花，香飘弥京城　黄群菁 / 144

"茶中仙子"工艺花茶的花舞世界　李　阳 / 148

福安农垦集团步入发展新轨道　舍　人 / 152

隽永天香长盛不衰的秘诀　杨秀芳 / 156

十几载风雨只为一泡好茶

　　——记福建新坦洋茶业集团董事长张锦华　安泰农夫 / 161

白莲山上新歌美　卢　腾 / 167

黄忠斌的茶叶市场情怀　王振秋 / 172

"兴旺茶业"的兴旺之路　陈雅芳 / 176

"天一阁"坦洋工夫茶王炼成记　沈荣喜 / 180

好一朵美丽的"茉莉花"

　　——访茗春馨香茶业公司总经理扬晶晶　黄锦国 / 185

走向世界的坦洋工夫　梦　笔 / 189

在域外茶市开拓奋进的福安茶人　郭雅明 / 192

"福安媳妇"回娘家　雷敏功 / 197

岁月的河流

　　——访"金翼"品牌创始人李彦晨　陈曼山 / 199

基础数据篇

福安市茶业协会简介 / 205

福安市 2013 至 2023 年斗茶赛获奖情况 / 208

坦洋工夫授权企业名单 / 229

福安市 2013 至 2023 年度农业纳税大户茶企名单 / 232

福安市茶行业非遗传承人名单 / 238

福安市茶业协会"人才驿站"和"三茶服务中心"/ 239

附录

"这里的山山水水、一草一木，我深有感情"
　　——记"十四五"开局之际习近平总书记赴福建考察调研　/ 242

习近平帮我们挖"穷根"（节选）　 / 252

我们的心永远是贴在一起的　 / 254

后记 / 259

文化引领篇

坦洋赋

张　炯

坦洋古村，名茶之乡。山清水秀，物丰民旺。天后宫，耸屿高墙；真武桥，飞架长廊。民居鳞次栉比，茶园漫野遍岗。云雾缭绕于四境重峦，瑞雪皑皑于岁末冬寒；溪水中流于涟漪碧潭，清风徐爽于夏日林间。紫气东来，流霞西去，周围佳景罗列，曰"桂岩秋月""蒙井冬温""龙口喷珠""莺藤流啭"，曰"石门晓烟""钲鼓晴雾""三仙隐洞""九蟾饮川"。此乃福安地域之胜境，韩阳社区之名乡也。

唐宋以降，福安北区即垦殖茶圃。油、盐、酱、醋、茶，向属民生所需大宗。闲来饮茶品茗，更为文人仕女所重。是村，胡、施、黄、朱，为四姓大族；"白毫炒绿"，乃世代原茶。而红茶"坦洋工夫"为后起之秀，偕茅台国酒均荣获万国博览会之殊荣。其性温味醇，汤色清纯橙红，为茶之精品而名满中外。百余年来，翻山越岭，北销京华，直达俄罗斯；过海飞洋，南输广州，航抵英吉利。可谓声震闽东，驰名南北神州，称誉东西半球。茶业兴隆，学馆亦趋鼎盛，人才辈出，富商蜂起。斯时也，坦洋之村女采茶，翩如满山飞蝶；挑夫运茶，密似四野勤蜂。四面八方之茶青，均集中坦洋加工。村中茶房茶肆，无不熙熙攘攘、欣欣向荣。逮日寇侵华，河山沦丧，海路断绝，坦洋工夫外销受损，茶业遂衰。及抗战胜利，新中国成立，人民政府扶植，茶业逐渐复兴。改革开放，茶业发展尤为神速。迄今坦洋工夫被列中国十大名茶之榜，人民大会堂评奖，位列诸多名茶之上。坦洋村中，楼舍迭起，茶厂新建，户户种茶，家家业茶。兼之公路通达，货畅其流。后生新辈，倘能勤谨如昔，励精图治，未来之辉煌正可期也。

夫岁月易逝，山川难求，地球虽大，宇宙虽广，欲觅胜地，以求安居蕃息，亦非易事！坦洋村先辈披荆斩棘，开基创业，历千辛万苦。此为后来者不可不珍惜也！"茶"为中国之别称，流韵已久，健身益智之饮也。坦洋村为名茶之乡，尤应珍惜！以一村而名扬世界，更为罕见，此更足为村民自豪矣！

兹赋曰：高峰耸翠兮若文笔，地灵人杰山川娇。碧水长流兮鱼皆乐，茶韵千载白云飘。坦洋村小兮人志大，抚今思昔勿自骄。全面小康兮待努力，奋发有为上层楼！

坦洋工夫发源地福安市社口镇坦洋村

一溪流水香的坦洋

郑承东

一

或临崖傍水，或在水行舟。

闽东山河的主色调大都是青绿的，即所谓青山绿水。

福安更是如此。闽东山的主要地理标志便是鹫峰山脉，她夹杂于太姥山脉与洞宫山脉之间，从北而来，如一个矫健的登山运动员，一路向南奔往春暖花开的大海。到了福安地界，一路依偎着鹫峰山脉的则是长溪，她如窈窕淑女，朝雾夕岚，芳颜叠翠间，曲流百折如风吹罗带，经赛江，义无反顾地投向三都澳的蔚蓝。

一路开疆拓土的长溪两岸便是狭长的谷地，社口的坦洋在其上游的冲刷中，成就了一块如板一般平平坦坦的溪坂，民间俗称"板洋"；早期有可能产竹子，又称"竹坂里"；又因村后山多桂花树，香飘四溢，也称"桂香山"。"板洋"后来改成"坦洋"的正式村名则出现在1762年官修的《福宁府志》。

一抹秋阳把坦洋溪照得透绿。农耕时代，水运便是高速公路。那时，长溪水系溪河密布，皆可行船，沿溪村庄都有码头。坦洋的码头就在真武亭桥下。这条溪虽然现在已是水平面下降，只象征性地系泊着一艘乌篷船，但在那时却是可以驶着1吨左右的小溪船，装载着货物，从坦洋码头出发，运到社口的溪口村，再沿长溪干流顺溪而下，朝发夕至赛江码头，过驳出洋。

南方有嘉木。这样的青绿山河，必定藏着奇珍异叶。

人类在很大程度上依赖植物而生存。因为植物，文化和文明诞生了。因此，植物的机遇也是一种文化的机遇。坦洋也因为一片树叶的枝繁叶茂而迎来了机遇与挑战。

明朝，是中国历史上最诡异的朝代。农民出身的朱元璋不仅是权术大师，而且是懂茶的制茶大师。从某种意义来说，没有他的"废团改散"与"废蒸改炒"诏书，就没有了后来的"工夫茶"。

他在执政的第四年，第一次将茶贸与政治挂钩。

自唐宋以来，茶叶一跃成为国家战略物资。边远的夷族需茶，中原文明缺马。"彼得茶而怀向顺，我得马而壮军威。"茶马贸易由此成为中央王朝掌握边疆地区的命脉。

1371 年，也就是明洪武四年，朱元璋在户部设置"茶课司"与"茶马司"，确定以陕西、四川茶叶易番马，各产茶地茶课司，定有课额。明代的茶马政策有着明显的政治目的，成为"制服西戎之术"。

也就在这一年的八月，坦洋的桂香山漫山奇香，一位叫胡有才的村民在野生丛林中发现一株神异的古茶树，它可以从清明一直采到白露，时历三春，平均亩产鲜叶近 350 公斤。因为这种茶树叶大如菜叶，所以当地人就称为"坦洋菜茶"。于是从那年开始，"坦洋菜茶"在这个小村落的溪流两岸蔓延。

茶香与桂花香成天作之合，桂香茶由此得名。

到了明洪武二十四年（1391）九月，朱元璋体恤民情，认为唐宋制作龙凤团茶为贡茶，制作程序太过繁杂，费工费财，却只能喝那么一点点茶，劳民伤财，于是下诏罢造团茶，改革制茶技艺。

那时，朱元璋的儿子朱权也是个品茶大家，他助力父皇推广制茶新工艺——"废团改散"与"废蒸改炒"，即把团茶变成散茶，把蒸青法改为炒青法，以烘焙团揉方式制茶。而在泡法与茶具上，喝茶的工具从碗变成杯，热水冲进茶壶里，茶叶在壶中闪展腾挪，叶瓣的舒展，叫醒了白灼似的茶之原味。

唐宋时期的"煎茶""煮茶"和"点茶"的饮法在明代褪去了繁花似锦，散叶茶回归质朴，撮泡法亦日渐流行，而"工夫茶"便以撮泡法为主，也因此成就了"工夫茶"在明清走向鼎盛。

撮泡法成为主流，身在中国南方的"坦洋菜茶"也迎来了升级版的新贵。

从地图上看，12.4万平方公里的东南沿海省份就像一枚嫩绿的茶叶。茶之于闽粤也如这片嫩绿的茶叶一样，已是叶脉相连。

关于"工夫茶"的缘起，有闽粤之争，但较为完整的说法应该是：源于福建，盛行于闽南、广东潮州和台湾乃至东南亚一带，并由此形成闽式、潮式和台式三大派系。

福安坦洋工夫虽算是后起之秀，但福安茶史其实也大部和中国茶史同频共振。

茶叶在商周时期，由于限量生产，还属于贵族享受。到了两晋北朝，茶才开始以文化的面貌出现在文人雅士的聚会中。只有到了隋唐，茶叶在四川大规模种植，茶不再是显族的独有，才进入寻常百姓家。

无独有偶，1972年，在福安一个叫溪北的小村挖掘出一个墓葬，券顶砖上刻有"大业三年"字样，也就是隋炀帝执政第三年（607）。在出土的随葬品中有3件青釉茶托杯。福安有1400年的饮茶史就这样坐实了。

值得一提的是，这一年隋炀帝为了打通西域，派出裴矩为黄门侍郎，常住张掖，主持与西域的联系，兼管与西方各国的通商往来，而裴矩撰写的《西域图记》三卷，记载着以敦煌为总出发点，到地中海的三条大道，其中的中道和南道正是到达伊朗、罗马等西亚、欧洲各国。这便是"丝绸之路"。

到了唐代，茶叶与丝绸、陶瓷一并成为"丝绸之路"的主角，一路高歌，经由阿拉伯人到达西欧，以及借由蒙古人到达俄国。"丝绸之路"的通达，也将唐宋人的文化品位、生活质量输向世界。而夷人到中国，则叹服于中国人生活的讲究。像喝茶，也非常精细繁复。

唐人喝茶，以烹煮为主，以蒸青方式处理茶叶，烘焙碾碎，研磨后筛滤成粉状，放进容器里保存，然后煮水放进盐巴、生姜调味去苦味。

唐时的福安人也非常讲究。福安人将饮茶叫为"食茶"。那时，福安的茶品也即为蒸青饼茶和蒸青紧压团茶。所谓的饼茶和团茶，即是将茶叶碾成细末，加上油膏、米粉制成。要喝的时候，和着葱、姜、橘皮、薄荷、枣、盐等调料，再烹煎食用或汤饮，故有"食茶"一说。

宋代人的煮茶比唐人的煎茶更加讲究。唐人该有的工序，宋代人一样都不少，还多加好几道工序。他们将茶叶压缩制成团，然后再取下茶叶烘焙磨粉，将茶叶研磨得更细致。唐人多把茶叶加入水中煎服，而宋以后则烧开水后再注入茶叶。北宋贡茶"龙凤团茶"更是装饰华贵至极，茶饼上印有龙凤形的纹饰则是用纯金镂刻而成。

1986年，在福安苏阳村先后出土了2块专供斗茶用的宋代建窑黑釉兔毫盏残片。可以想见，那时的福安人也有了点茶、斗茶。"七夕，乞巧。是日俗以桃仁、米糕点茶。"（明万历《福安县志》）

到了元明时，北方游牧民族出身的元代统治者与中原农民出身的朱元璋都不喜欢这种过于精细委婉的茶文化。士大夫和平民百姓又没有能力和时间品赏。他们更喜欢的是新工艺制作的条形散茶。于是，散茶渐渐融入中国人的生活。

元时福安，出现了散茶冲泡法，茶香也随之在里巷漫溢。这一简单直接粗暴的饮法改革，激发了民间对茶叶的大量需求，种植面积随之扩大，鹫峰山脉山河青绿，长溪两岸优越的自然条件更是成了东方神叶的种植天堂。

到了明万历三十六年，也就是1608年，按谢肇淛游历闽东后所著《长溪琐语》所记："环长溪百里，诸山皆产茗，山丁僧俗半衣食焉。"随着产茶量的增加，福安的茶质也得到提升，得到朝廷的垂青，福安的贡茶时代来了。1522年至1566年期间，明嘉靖版《福宁州志》记载，福安县常贡芽茶67斤8两、叶茶50斤9两。

一个地方产业的兴起必定是和它的经济基础相关联。

经过康熙、雍正两代皇帝的励精图治，到乾隆接手时，康乾盛世达到了真正的顶峰。人民安居乐业，人口达到1.5亿。国库存银从乾隆即位之初的3453万两，到乾隆三十九年（1774）则增长到了7390万两。虽然，这时的欧洲也已经开始了工业革命，大清王朝的财政收入依然靠农业和手工制造业。茶叶的贡献更是大宗。

康乾盛世也外溢到了南方黄金海岸。清乾隆中期，福安的商业经济随之起舞。不仅商贸市镇在长溪两岸星罗棋布，而且水运码头镇镇不缺。随着水运交通的崛起，早期的商帮应运而生。他们在各市镇码头将土特产品装上船舶，出白马门，或北上温州、宁波，或南下省城福州。他们用转手的差价利润采购家乡所需。福安会馆也在福州占有一席之地。商人、商船、商帮与会馆，一条成熟的茶贸流通链已然形成，实为坦洋工夫的后继勃发历练了一支见多识广、人脉通达的营销团队。

清康熙元年（1662）以后，英国人捷足先登，于1644年将福建茶叶运到英国。英国政府为了保证国内有一定量茶叶库存，便令东印度公司在厦门设立商务处，组织闽茶运回英国。康熙二十三年（1684）海禁开放后，茶叶输出逐渐增多，促进各地开荒种茶，茶叶生产得到快速发展，手脚勤快的福安坦洋人赶上了开荒种茶的热潮。

乾隆二十二年（1757），清政府规定"遍瑜香船，嗣后口岸决定于广州"，同时还规定茶叶出口只能茶商行代办，禁止民间交易。由于福安水路可通达广州，茶叶远销更有利润。头脑灵活的坦洋人，纷纷改开荒种茶为试制新茶，开设茶庄，做起茶行的生意。他们以"坦洋菜茶"为原料，细制桂香茶，打开国内外市场。

1850年正月丙午日，道光皇帝去世，他的第四个孩子爱新觉罗·奕詝继位，第二年即1851年改年号咸丰。

在这一年，中国茶界发生了两件大事。

这一年，英国伦敦举办首届世博会——伦敦世博会，长期在江浙沪经营茶叶、丝绸的广东籍商人徐荣村寄出12包"湖丝"参加展览，经博览会评定，公推为第一名。维多利亚女王赐金、银奖牌各一面，并赐赠"翼飞洋人"执照一份，允许"湖丝"进入英国市场。这是中国产品首次在世界博览会上获得金奖。

这一年，"茶叶间谍"英国人罗伯塔·福琼从武夷山桐木关带走23982株茶树苗、17000粒茶树发芽种子、1000多件制茶工具和8位中国茶师，通过海运从福州、广州、香港到达印度加尔各答，这才有了后来中国红茶的强劲对手：印度、斯里兰卡红茶产业。在此之前，全世界的茶叶生产几乎都是中国垄断，而茶种与制茶技术也是常年封锁，不准出口。此后，英殖民地印度成功培育出茶叶，罗伯塔·福琼开始污蔑中国茶有毒添加，中国茶在国际市场走向衰弱。

1851 年，对中国茶界来说是个喜忧参半的年份，但对"坦洋菜茶"来说，却是开天辟地的好年份——

明洪武四年（1371），当地茶农将在野生丛林中发现的那株神异的古茶树母本原株移到家园中，经悉心培育分离选育出有性群体小叶种，即"坦洋菜茶"。在一般条件下，"坦洋菜茶"3 月中下旬萌芽，4 月上旬开始采摘，全年生长期 220 天，枝繁叶茂萌发 4 至 5 轮次。易栽培好管理的栽培特点令福安茶乡遍莳小叶种菜茶。用"坦洋菜茶"制工夫红茶，条索紧结细秀，色泽乌润，香气清高鲜爽，滋味醇和甘甜。

有了"坦洋菜茶"的好坯子，那么，坦洋工夫的创制与崛起应该是水到渠成的事。关于它的创制有两个版本。

一说是清朝乾隆版。

早期，福建茶区产的茶都是贡茶，衙门不发茶引（指运销执照），不许外销。但外地茶商可以到福建茶区购茶。后来，中国与各国通商，但清政府禁止茶叶从海路出口，闽茶只能水陆兼程，运入江西，再辗转广东，由广州十三行进行收购，再转口出洋。行程 1450 多公里，耗时近 2 个月，其运输成本与苦累可想而知。

坦洋早期的茶商有胡姓、施姓、王姓、吴姓和郭姓等，他们将细制的桂香茶通过水运通达广州，销往海外市场。其间，胡氏家族不仅在明末清初赶上了开荒潮，在坦洋周边开辟了许多茶园，而且研制新茶，开设茶庄，做起了通过海运到广州的茶叶生意。有一年，胡氏第四代——胡福四（1722—1791）在前往广东探亲途中发生了意外，与他同船的人都淹死了，胡福四死里逃生，遇一过往船只搭救。这船的主人是一对母女，恰巧是广东某英商洋行买办的眷属。买办得知胡福四来自茶乡，便告诉他英国人喜欢喝红茶。或许是为了下一步的合作，买办把发酵红茶、加工红茶的技术教授给了他，并嘱咐他返乡后如果能做得出来，便可运抵广州，由其洋行销往英伦。胡福四回村后，立即以本村的"菜茶"为原料，将买办教他的红茶制作技术反复改进，终于制造出一种风味独特的红茶。因为其制作工艺繁杂，要花时间、见工夫，胡福四便把它命名为"坦洋工夫"。

另一说便是1851年的清咸丰版。

这一年，也是胡氏茶商外出，在一客栈遇见一位建宁茶客身患痢疾。胡姓茶商便以坦洋茶，加生姜、红糖泡冲为药，叫那人服下，即康复。感激之余，建宁茶客即与胡氏结拜为兄弟，并传他来自崇安桐木关的"正山小种"的自然萎凋、手工揉捻、室内发酵、炭火烘焙等制作技艺。后胡氏以"坦洋菜茶"为原料，制作工艺如法炮制，更有所创新。因颇费工夫，胡氏有感而发，称之为"坦洋工夫茶"，其产制的茶庄便是后来赫赫有名的"万兴隆"茶庄。

就这样，以"坦洋菜茶"鲜味做原料生产出来的坦洋红茶，在万兴隆茶庄的包装下，最早以茶标"坦洋工夫"运销荷兰、英国、日本等20多个国家与地区，年创收外汇茶银百余万元。而它特有的鲜红呈金边的汤色，则开启了一段闽红的传奇。

一时间，坦洋商贾满镇，而茶船则遍于长溪，一溪流水香。

二

每年二月初二，"土地福"刚过，手脚利索的吴庭元便乘船从坦洋出发，赶往设在福州苍霞洲的"元记茶栈"，向老客户收取茶银定金。等到当年的春末或秋后，再给客商发去一船船"坦洋工夫"茶。

那时，银圆是用桶装的，每千块银圆装一桶。几十担茶银用船运送，进入黄崎港后，沿长溪逆流而上，直达社口的溪口码头，再雇挑夫从陆路挑回坦洋。那时，坦洋有民谣唱着："银桶比冬下的番薯担还多。"

吴庭元将收取的茶银第一次运回时，一队挑夫挑着银圆桶，穿过热闹的坦洋街，迎着的都是一张张喜悦的笑脸，闻着的都是"吱呀"的扁担声与"啧啧"的称赞声。而在吴家大宅里，吴庭元的老母亲看到那一桶桶白花花的银圆，还以为儿子当了劫匪，心都要跳没了。

坦洋街有 70 多家财主。银圆多了，自然招来匪患。为了保坦洋平安、丰泰隆茶行老板、武举人施光凌获福安知县特许筹办团练。施光凌身先士卒，多次击溃山寇。清末民初，到了吴庭元继承祖业时，社会更是动荡，吴庭元等茶行老板便组织村民自卫，筑起一道十余里的城墙，每道栅栏门都建有四方形的炮楼，12 座炮楼环绕坦洋周围。武装自卫队最多时有 360 多人。"坦洋工夫"的始创家族——胡氏家族，经营着 25 家茶行，是坦洋开设茶庄最多的家族，因此，殷实的茶资和显赫的茶界大佬地位，令胡氏在安全保障上更是耗资巨大：胡氏大院高墙连接着 2 座炮楼，防护门、弹药库、粮仓和秘密水井样样俱全，易守难攻。

1903 年，"坦洋工夫"正火。接下父亲吴步云、叔父吴步升的茶叶生意，吴庭元打出一连串的"组合拳"：在坦洋开起了"元记茶行"商号；在福州开设茶栈，挂英国人的牌照，专接老外的生意；在香港注册"元记"商标，用自己头像做 LOGO，凡"元记茶行"茶品都会贴上中英文"元记"商标。这样的营销手段，发生在 1907 年，开了福建省茶界之先河，放到现在也不落后。

吴庭元之所以有这样的底气，那是因为他在坦洋街上拥有铺面 36 间，伙计百余人，茶山 4 座，精制茶厂 1 家，拣茶工、制茶师傅两三百人，年产精制"坦洋工夫"2000 多件、200 多吨，远销英国、俄国等地。

接下祖业的那一年，吴庭元才 20 岁。少年得志，便成为闽茶界翘楚。

1899 年，清政府在三都澳设立福海关，三都澳便成为闽东茶区天然的航运中心。从赛岐港启运的茶叶不再走飞鸾岭官道，而是到三都澳过驳，经过 6 个多小时的航程，直达福州口岸，再出口欧洲。

福海关的设立，令运输时间也大为缩短。闽东茶叶到福州比到广州的货价至少可以下降 25%，这令"坦洋工夫"出口销量倍增。随着财富水涨船高，茶区家族兴旺，茶商南来北往，坦洋茶街迎来了它的高光时刻。

那时的坦洋茶街上，最靓丽的是茶商家的女孩。她们穿着旗袍与时装，打扮时尚，不亚于大都会女孩。她们自信款款地走在坦洋茶街上，引来各地茶商回头追光。长达 1 华里的茶街有茶行 36 家，主人大多为本地人，也有外地茶商。仅雇工就有 3000 多人。随着外姓的大量迁入，坦洋人口猛增，市井兴隆。

坦洋茶行规模最大的是元记茶行，其他依次是宜记茶行、福奎茶行、冠新春茶行、裕大丰茶行等。茶行都是临街的铺面，房内有宽敞的天井、厅堂和两边厢房，楼层或二层，或三层，也有四层的，底层专门收购茶叶，二层为精制茶作坊，三层做仓库，四层则是雇工宿舍。铺面一律的通间木结构，三面三合土墙，一面店门板，为防贼（火），门皆包铁皮，内衬巴掌大的竹叶。

与茶街一溪之隔的商业街，140 多家酒肆、饭馆、客栈、布店、鱼货、药铺、京杂比邻相肩，妈祖庙、真武桥、戏台点缀其间。福安税务局，当时叫"厘金局"，设在坦洋自然也是在理。

就在吴庭元担任福安县商会会长期间，1915 年，"坦洋工夫"红茶在巴拿马太平洋万国博览会上，和贵州茅台同获金牌奖章。消息传到坦洋小村，犹如投下震荡弹，瞬间又将坦洋蝶变为周边茶区巨大的虹吸平台。这一年，经三都澳出口的红茶比 1912 年增加了 43%。

因此，每到茶季，政和、寿宁、周宁和泰顺的茶商连夜把白天采摘的毛青茶装在布袋里，再雇挑夫透夜挑到坦洋，制成工夫红茶。那时的挑夫为了赶夜路，都要凭着一双铁脚板跋山涉水。每人备一盏蜡烛灯笼装在长竹篾一端，照着前方起起伏伏的夜路，另一端则别在挑夫后背固定着。一到旺季，坦洋周边茶区的山间小路，常有火龙在崎岖山间蜿蜒，往坦洋方向赶路。第二天早上，坦洋茶街便迎来各个茶区的挑夫长队，满街的"吱呀"声，满街的茶青香。

吴庭元的"元记茶行"便也寄托着茶农的希望。茶季里，茶区的男人们除了下田种地，就是到"元记茶行"等茶行打工，而女人们就在茶行当拣茶工，实实在在赚些银圆过日子。在最繁忙的时候，"元记茶行"还会雇外地人帮工。村里住不下了，这些外地人就在村旁的山脚搭起草寮栖居。最高峰时，"元记茶行"年雇工百余人，拣茶工 200 多人，年产精制"坦洋工夫"干茶 2000 多担，利润 5 万两银。每年发放"茶银"时，"元记茶行"则需要70 多人挑着 140 多桶（每桶装 1000 块银圆）银圆，从坦洋挑到产茶基地岭下村，发给当地茶农。

采茶、拣茶、制茶，各个生产环节雇的工人多了，便需要小额银币支付，但当时小额银币流通量不足，吴庭元等茶商就开始各自发行小额"茶银票"，用于支付雇工的工资。现存最能体现专为支付拣茶工发行的"茶银票"是坦洋"振泰兴"茶行发行的"茶银票"：票面为横版印刷，"茶银票"正中间为一闽东古民居依山而建，疑似"振泰兴"茶行全景。左右两边竖直印"壹角"，钱币上方为坦洋"振泰兴"字号名称，中间下方横书"民国二十二年（1933）印"，底部注"整十角换通用大洋一元"，各竖印"拣工""暂用"二字，证实当时"振泰兴"茶行发行"茶银票"，只为支付工人小额工资。

有了银圆，吴庭元在临街的茶行后盖起了5座连环大厝：一仙堂、二仙堂、三仙堂、四仙堂和五仙堂。每座"仙堂"都有6间堂屋和8间厢房，雕栏玉砌，宽敞的天井、大厅、回廊、鱼池、花坛气派之至。吴家宅院旁还建起了一栋小洋楼，两层土木建筑，红漆门窗，半圆彩色玻璃，旋转楼梯，扶手雕花。后院还有橘园，可远眺坦洋茶山。小洋楼专门接待外商。

1910年，有一俄罗斯茶商来考察"元记茶行"。吴庭元把他安顿在这座洋楼里。原来，坦洋茶街也和闽东其他小镇一样，大都建在谷地中临溪的冲积小平原，地貌是狭长的，往往是临溪一条街逛到底，没有纵深。坦洋茶街也是如此，热闹，但街道很窄。为了给俄罗斯客商留下好印象，他便以生意很忙为由，躲得远远的，并交代家里人要把客人留在家中，好生招待。直到俄罗斯客商要走了，吴庭元才露面陪着他到街道上逛了一圈，还说，这里只是坦洋的小街，你匆忙要走，后面的大街我就不带你看了。这位俄罗斯茶商不懂中国人的思维方式，听得一愣一愣的，反而还有一种莫名的感动。最后，俄罗斯商人和"元记茶行"签下一笔50吨"坦洋工夫"茶的大单。吴庭元的这一大手笔，在当时的福建茶界也是掷地有声。

早期，福安坦洋运往福州的茶叶除了全程走水路，还有一条是水陆兼程。"坦洋工夫"茶运到白马门后，再过驳轮船运到宁德飞鸾码头上岸，然后要雇挑夫翻越飞鸾岭，循官道经罗源、连江，到达福州口岸，远销欧美等地。这条路也是充满艰辛，在崎岖的山路上要走上两三天的路程。吴庭元的父亲吴步云热心公益，为人仗义，不仅出资修建了晓阳往福安城关的咽喉要道岭头亭和宁（德）罗（源）交界处的五福亭，而且还与福安茶商一起出资重修飞鸾岭官道。这一善行基因也传给了吴庭元。

民国初年，有两个女人找到设在福州苍霞洲的"元记茶行"避难。一听说这两人是被通缉的革命党人杨正国的妻女林秀钦、杨云英，吴庭元二话不说，就把她们藏匿起来，还盛情款待。吴庭元的豪气令杨云英心生恋意，后来和吴庭元结合，生一女，名桂珠。1938年2月，其女桂珠成婚，吴庭元以每年300担稻谷田租，还有洋楼、花园作为陪嫁。女婿高诚学时任福安县长，又用这些嫁妆在福安溪柄创办了"归田农场"，即现在的宁德市农科所。

民国二十三年（1934），也就是吴庭元51岁那年，正是"元记茶行"最红火的时候，铺面突遭大火，全部被焚。吴庭元连死的心都有了，但他心有不甘，想重建"元记茶行"。他到村里瓦匠家订购瓦片，而那瓦匠却和他说："吴老，这些钱不多，您先拿着，等来年茶银发放时再还吧。"乡人对他的信任，又给了他重振雄风的信心。

终于，拥有12个铺面的"元记茶行"重建起来了，并以十二生肖逐一标注铺面门板和茶具。

就在吴庭元雄心勃勃想大干一场时，抗日战争的烽火却阻断了通往东南亚和欧美的海上茶路，"元记茶行"和吴氏家族再度门庭冷落。拥有30多家茶行、各类店铺140多家的坦洋茶街，也顿别车水马龙，仅剩11家茶行。"坦洋工夫"产量由10万箱降至4万多箱。

虽然不景气，"元记茶行"产量也锐减至两三百件，但心气甚高的吴庭元还是坚持了6年。后来日本人投降，吴庭元把关停了2年的"元记茶行"传给了儿子吴奇玉。

吴奇玉虽然不负重托，让"元记茶行"重新开业，最高峰时，也曾生产五六百件"坦洋工夫"红茶，但已是日暮西山。中华人民共和国成立前夕，"元记茶行"香陨人散。

1982年，"元记茶行"第三代传人吴润民在社口镇区复出，他垦荒山，种茶园，办茶庄，做绿茶，意图唤醒吴氏家族的百年茶梦。但一次生意的失败，却让吴润民退出茶界，只能每年做上几十斤的"坦洋工夫"红茶，面上是为了打发生计，其实他是不想让祖上传下来的传统手工制作"坦洋工夫"技艺在他这一代消逝。

2018年开春，坦洋村里的茶商又多了起来，好的"坦洋工夫"红茶每公斤能卖到四五千元，这让吴润民看到"坦洋工夫"的新希望，心一热，吴润民便收了40岁的侄儿吴高峰做徒弟，还一起合办了"坦洋工夫"菜茶育苗场，复垦了三四十亩老茶园。

作为村里沿用传统手工技艺制作"坦洋工夫"红茶的几位老茶人之一，吴润民重操技艺，亲手制作了200多公斤"坦洋工夫"红茶，没想到销路还很好。这又让他重燃"元记茶行"复兴之梦。他和族人商量，要将在别人手里使用的"元记茶行"买回来……

现在，"元记茶行"已重回吴氏家族，由吴润民弟弟的儿子经营。只可惜，吴润民老人已经去世……

茶带给人芬芳的愉悦，但茶叶的历史却充满着无尽的痛苦与欲罢不能的奋斗。

三

这是一段141年前的文字记录，最真实还原了福建茶区的茶季中，那些挑夫在古官道上长途跋涉的辛苦——

这个地方在福州北部的北岭，走半天就可以到。坐2小时的轿子到山下，再沿着陡峭，但铺得很好的花岗石板的山路拾级而上，直到2000英尺左右的高度。清晨5点即可看到三四个苦力结帮成伙地下山，每个人都挑着2个大布袋装着的茶叶，约有120斤重。天越亮，人数越多，形成了一条绵延不断的人流，蜿蜒通向港口。许多大树参天的地点挤满了吃饭、睡觉的苦力，小路上都是竹扁担和茶包。这苦力不全都是从北岭来的，因为这条路通往远方各产茶区。这些苦力要在崎岖的山间小道上走两三天，在5、6、7月份间，这里喧哗吵闹，充满了生机。

这一段文字写于1881年（清光绪七年），作者是闽海关税务司爱格尔。

那年的茶季尤其的旺，经闽海关出口的茶叶达 663000 担。福州已然超越上海、汉口，成为当时中国茶叶出口第一大贸易港。春风得意的爱格尔到福州北岭茶区视察，那笔调也是轻松，内心的喜悦跃然纸上。

民国时期，福建茶区东、西、南、北四路是以福州为中心划分的，北路茶区基本等同于今天的闽东地区，西路茶区就是闽北地区，南路茶区以安溪为中心，涵盖了今天的闽南闽西区域，福州掌领东路茶区。

福州北岭是当时福建北路茶运的主要通道。也正是这一年，福安一县茶叶出口 42000 担，产值 100 万大洋，创下历史纪录。其中有相当一部分也是由此进入福州港。

这段文字被爱格尔记录在了《闽海关年度贸易报告》。因此，把《闽海关年度贸易报告》当作福建茶史来读也未尝不可。

那么，在《闽海关年度贸易报告》中，我们可以依稀闻到"坦洋工夫"的余香吗？

有的——

1865 年（清同治四年），《闽海关年度贸易报告》首次提及福宁府生产红茶和银针白毫。

1875 年（清光绪元年），《闽海关年度贸易报告》最早提及坦洋红茶的官方记载：板洋红茶比初期也提价"3 两"。

而正式出现"坦洋茶叶"提法的是 1883 年的《闽海关年度贸易报告》："特别应当提一下两个最重要地区，坦洋和邵武的茶叶。坦洋茶叶火候不到……"但随后的大多数年份，《闽海关年度贸易报告》还是以"板洋茶"相称。

坦洋工夫首创于 1851 年，其实也是正当时。在此之前，福州口岸虽然开放，但清政府仍禁止闽茶从海路出口。福州的英国领事卫京生在《福州开辟为通商口岸早期情况》中回忆说："1852 年叛乱分子（太平军）蹂躏江西全省，使该省境内一切贸易和交通等活动陷于中断，结果使原来通过江西陆运到广州出售，再由广州运去欧洲的福建茶叶，那一年竟无法运到广州市场……福州这时已成和各产茶区维持交通的唯一口岸。"

英国人是率先到达福州的。1844 年，英国人驻福州领事到达福州，开设了第一家领事馆。英国人坚持要开放福州，但清政府认为已经开放了厦门港，没必要再开放福州。清政府为此和英国人展开了近 10 年的拉锯战。太平军的侵入，茶叶的大量囤积，迫使清政府最后同意开埠福州。但开放后的商机却被精明的美国商人抢了先机。

这时，美国第二个在福州设立了领事馆。美国旗昌洋行也瞄准了商机，派员携款到武夷茶区大量收购茶叶，然后包租船运到福州口岸出洋，至此，福州口岸不准出口茶叶的禁令被打破。1854 年，清政府开放茶叶贸易。到 1855 年，在福州专事茶叶贸易的洋行已有 5 家。

1861 年，闽海关新关正式成立，而闽红新锐坦洋工夫正借此机会，水陆并进，向着福州口岸进发。

走陆路的，一般都是"京庄绿茶"所用的毛茶，挑夫用布袋包扎，每袋五六十斤，袋内衬白竹叶防潮，扎紧的袋口加盖印章，挑到福州后再窨花精制成茉莉花茶，销往北京地区。福安坦洋也产绿茶，每年也有几万袋的销量。

走水路的，有两类。一类是苏庄红茶，多是茶梗、茶末等精制红茶的下脚料制成，每件一两百斤，用篾篓包装，船运到苏州，再转华北、蒙古、西藏等地。

另一类就是洋庄红茶，也就是工夫茶，主要销往海外市场。这类茶全用木箱包装，每箱有 50 斤至 75 斤不等。箱内套装锡箔纸防潮，再内衬扣纸。茶叶装箱后，钉箱，外贴棉纸，加盖商号，再刷桐油，包装十分考究。

水是茶的红颜，更是茶的手足。没有水运，坦洋工夫也只是井底之蛙。

福安的长溪水系和蕉城的霍童溪水系是闽东的两大水系，它们不仅为茶树生长提供了良好的水资源，也是茶叶运输的重要航道，连同两大水系出海口的众多天然良港，构成了闽东得天独厚的茶叶运输枢纽。这是其他茶区无法比拟的。

坦洋溪上有一种船叫溪船，1 吨左右，类似江浙的乌篷船，便是长溪上的"速递小巴"。每到茶季，坦洋溪上的真武桥便是最繁忙的茶市，来自寿宁武曲的茶农挑着茶青到这桥上和坦洋茶行交易，而桥下流水潺潺，便是

"速递小巴"抢生意的好时光。此时，溪船密密麻麻的停满坦洋溪，等候着茶叶成品的外运。桥上熙熙攘攘，桥下溪船穿梭是透夜的，所以夜晚的真武桥也是热闹着。挑夫拄杖的敲地声和船夫启运的吆喝声此起彼伏。茶市照明工具是松明灯、煤油灯和竹篾火把。夜幕降临，真武桥上下彻夜交易或搬运，也是一线如萤火闪动，格外兴旺。除了11月、12月日子清淡，剩余的10个月，坦洋都因茶热闹非凡，普通采茶女都能赚得"白银三百两""衣衫三十箱"。

溪船大约能装载10担的洋庄红茶。从真武桥下启运，两个船夫，前者撑篙，后者操桨，一路顺流而下。坦洋到赛岐31海里，赛岐到马尾98海里。坦洋溪船到赛岐码头，朝发夕至；再过驳大船运往福州口岸，一潮可达。

1899年，清政府在三都岛设立福海关，生产于闽东北的工夫红茶都要在三都福海关完税后，由航行三都至福州之间的轮船公司与各茶帮签订装运合同后，再过驳轮船运往福州口岸出口。1918年，福安实业家王泰和购买轮船，开辟了三都至福州的航线，从赛岐出发的北路茶运到三都后即过驳到王泰和的"江门号"轮船，再直抵福州口岸。到了1927年，坦洋茶商胡修诚在赛岐创办了"裕通轮船公司""裕泰来茶叶有限公司"。随后，福安茶商又合资成立了"福寿轮船公司"，实现了用轮船将茶叶从赛岐经三都福海关报税后，不再过驳，而直接运往福州口岸的梦想。

三都港到马尾港的航线距离仅74海里，按当时的普通轮船每小时20至25公里航速计，6个小时即可到达。而武夷山的茶叶沿闽江水系顺流而下到福州却需4天。海运交通的优势令北路茶逐占先机。虽然三都澳福海关在福建茶叶出口贸易中，只充当中转港的角色，但1899年至1949年，从三都港中转出口的茶叶占福建出口茶叶的47%至60%，甚而占全国茶叶出口的6.422%至30.19%却也在情理之中。

那么，福州的茶港设在哪里呢?

港口最早在仓山的泛船浦、海关埕一带，后来随着茶市的欣荣，便渐渐外延到了台江，在闽江及其周边水域建了大量简陋的道头。但泛船浦一带始终是茶港的核心区域。欧美建筑也是翡翠于此。咸丰十一年（1861）7月14

19

日，由洋人介入的闽海关新关在仓前山泛船浦宣告成立。随后，闽海关税务司公署在此建了一座两层的西式办公楼，这地方因此被称为"海关埕"。闽海关也随之成立了"闽海关俱乐部"。怡和洋行大楼更是矗立在海关边。许多洋行也趋之若鹜。随着洋人和华人员工暴增，仓库、验货厂、码头、员工楼房如雨后春笋，密布泛船浦。

每到茶季，泛船浦人潮如蚁，一派繁忙。坦洋工夫茶从赛江出发，顺着潮水，一船船地运到泛船浦。由于泛船浦属于内港，许多外国商船多为大吨位船舶，无法驶入内港航道，只得将商船停泊在马尾罗星塔对岸的伯牙潭水域。所以通关后，坦洋茶商还要雇佣闽江上络绎不绝的舢板、乌篷船，将茶叶过驳，泛船浦码头的岸边搬运工人则忙着卸货，分类包装，再装到舢板、乌篷船，运到停泊在罗星塔海域的外国商船。清政府为便于管理，干脆在伯牙潭设置了闽海关伯牙潭分关，建起了办公楼、住宅楼、瞭望台等，大量洋人在此生活和办公。

茶叶，是清朝的对外经济支柱产业。鸦片战争之前，茶叶长时间占据中国出口商品的榜首。鸦片战争后，中国出现了茶叶"代购"，帮外国人购买中国茶叶。此后，在通商口岸陆续开设了专门和外国人进行茶交易的茶栈，数百家茶栈成了内地茶商和外国洋行交易的中间人。

坦洋茶街最热闹时，大茶行就有 36 家，都有很成熟的公司化运营。

商号、商标和茶银票家家皆有。从发放银票、收购茶青、精制出厂和售后服务已经形成完整的营销链条。甚而到了 19 世纪二三十年代，他们更接上了运输的链条。从这层面看，坦洋茶商应该是闽东最早的实业家。坦洋工夫之所以能远销海外，和坦洋茶商对茶贸的踔厉试水是分不开的。

当然，这 36 家茶行在福州口岸都有自己的茶栈，专门负责和外商、洋行接洽。

茶栈亦称"箱茶帮"。茶叶运往福州后，箱茶（红茶）即放在茶栈出售，茶栈处在采制商（内地茶庄）与出口洋行之间，专事介绍输出贸易，从中抽取佣金。此外茶栈常贷款给茶商，利率为一分六厘半，茶栈本身资本也不雄厚，多转向福州钱庄告贷，定期还款，谓之"期票"，以一分或一分二厘为利率，利率相差，即茶栈之利益。

福安茶商在福州口岸的茶栈还运用了记账的营销手段。

当时，在上海和汉口购茶都要付现款，其中在上海购进茶叶每包过磅后第二天就得付款。而在福州，包括福安茶商开设的茶栈，货款是可以记账，茶商还允许有大笔结欠，可拖延几个月甚至跨季节付款。年成好时，这些欠款得以清偿。年成不好时，就转到下一年支付。有的不需要贷款的商行，还利用汇率进行投机，即在汇率高时按市价赊购茶叶，到发货量下降以致汇价出现下跌时再付款，从而使他们能够获得一笔额外的财富。灵活的金融运营方式，令福州口岸超越上海、汉口两大茶港，成为当时中国茶叶出口的第一大贸易港。

而这种记账的营销手段却是以诚信为根本，更是福安"坦洋工夫"异军突起的重要推手。

清朝后期，福安茶商"旭哥"开设了"旭记茶行"，平时靠收购茶农的茶叶后，与别人"拼件"雇船或跟"顺风船"运到福州贩卖。据说有一次，旭哥运30袋茶叶到福州茶行，其中10袋为精茶、20袋为统货。账房先生开出银票后，旭哥也没细看。当夜，旭哥回客栈，掏出银票认真一看，账房先生将30袋不同等级的茶叶记反了，变成了精茶20袋和统茶10袋，要知道，精茶和统茶的差价是很大的，这让旭哥一夜翻来覆去没睡好。第二天黎明，旭哥就怀揣银票，直奔茶行，向老板道明缘由。茶行老板顿生信任，当即交代店伙计：以后旭哥送来的茶叶，其等级和重量，一律就按旭哥自己的账单计算，免检入库。从此，旭哥茶行因为诚信而在福州茶商界扬名，生意也如旭日东升！

这些茶栈还吸收了西方经营方式。茶栈里专设评茶室，所有盛茶的玻璃瓶上都有编号，茶客可以闻香气，辨茶色，挑出心仪茶品，据编号点茶。坦洋茶香之所以绵绵不绝，与其顺应中外交流是分不开的。

随着出口茶贸的兴隆，报关业也愈加发达。最兴旺时，仓山有60多家报关行。开关后仅仅2年，1863年至1864年的茶叶旺季，由闽海关出口到英国、澳大利亚和美国的茶叶总计达到5800万磅。再过12年，到1886年，闽海关出口茶叶达到 45000 吨。其中一半出口英伦。6 年后，俄罗斯茶商就直接在泛船浦开办阜昌茶厂，福州和汉口成为中国最早机械制茶的城市。

那么，以坦洋工夫领衔的北路茶是如何乘风破浪到达英伦呢？

金秋时节，泰晤士河口何时出现来自中国的茶船是维多利亚时代的英国社会关心的话题。从 19 世纪 50 年代开始，为了更快地将茶叶从福州运到英国，伦敦茶店的货主们便重金悬赏，看哪艘运茶船首先到达泰晤士港，于是从中国到英国的万里海上茶路，就出现了运茶船之间争夺锦标的竞速比赛。

1866 年 5 月，一共有 16 艘装满闽红的英国运茶船停泊在罗星塔下，等待着 5 月末开始的西南季风，以便开始运茶船的竞速比赛。

5 月 28 日 17 时，第一艘运茶船"爱丽儿"（Ariel，铁胁木壳船）携带550 多吨闽红茶，沐浴着晚霞，沿着波光如绸的闽江缓缓而行，经闽安江峡，过五虎门。一进入公海，"爱丽儿"便鼓起风帆，向着万里之外的伦敦飞剪而行，揭开了运茶船竞速比赛的序幕。

这些运茶船的航迹便被现代人称为"中国海上茶叶之路"：全程超过22500 公里，从罗星塔出发，经台湾海峡进入南海，穿过爪哇岛附近的巽他海峡，横跨印度洋，再绕过非洲大陆南端的好望角，驶入大西洋，最后从英吉利海峡转入泰晤士河，到达目的地伦敦。这条航路虽然一路惊涛骇浪，但也是东方文明与西方文明一苇贯通的黄金通道。

但关于茶叶出口贸易，并不仅仅是牧歌式的诗与远方。

坦洋茶也和其他闽红一样，常常在茶叶中加入少量茶末，可以使茶叶在海上长时间运输过程中能够保持一定的香味。

但闽茶商在出口茶中掺杂大量茶末，从而引起洋行反感，为此抑价，双方打起价格战，常常也是硝烟四起。

1876 年《闽海关年度贸易报告》："北岭茶和板洋茶价格与上年差不多，但质量差于往年……继则有一些极品板洋茶和一些普通茶叶启运伦敦，价目不明。""本年的茶质很差，除第一批茶叶，包括板洋茶在内的某些数量外，质量低劣，掺有大量茶末，这已成为老规矩。"

板洋（坦洋）茶一开始，就充当了福州口岸输出茶叶中最重要的角色，有"极品板洋茶"和"普通（板洋）茶"之分别。但是普通板洋茶是欧洲普通市民的饮品，价格低，市场广阔，需求量特别大，所以价格反而稳定。但板洋茶实际上是一个"联合品牌"，因为集中了福安、寿宁、周宁、柘荣、宁德等地生产的众多工夫红茶茶源，来源广泛复杂，改造起来也就特别不容易，所以不时有关于板洋茶质量的差评。

茶商弄虚作假，严重影响到了外销茶叶的质量，并进而导致了出口量的下降和茶叶贸易的衰退，并为印度、斯里兰卡等国茶叶排斥福州茶叶市场提供了口实和机会。

这样的贸易战年年开撕，常常令华商与洋商两败俱伤。据1866年至1908年福州海关贸易报告和英国领事商务报告中对中、外茶商经营状况统计，在20个有关华商的记录中，获利者有6个年份，损失者有14个年份；洋商亦有20个记录，获利者仅4个年份，损失却有16个年份。

19世纪70年代，英商退出汉口茶市，转而发展印度、斯里兰卡等地的殖民地茶业，在国际市场上排挤中国茶。至1902年，中国茶出口萎缩到占世界茶叶市场总量的6.5%。与中欧贸易联系疏远相对应的，是中俄贸易联系的加强。1880年—1914年间，中国输往俄国的茶叶增加了近两倍，占中国全部出口茶叶的一半以上，中国茶业对俄国市场的依赖程度进一步加深。

19世纪80年代，"坦洋工夫"更因为繁重的关税和运输费用，也被迫收缩国际市场。

1899年，三都澳福海关的设立，再次为"坦洋工夫"东山再起创造了战略机遇期。为了适应国际市场对茶品质的挑战，全省第一家地方性茶业研究机构——福安茶业研究会成立，专事改进茶品质的研究。

1905年，西伯利亚大铁路全线贯通。精明的坦洋茶商再次抢占了商机。1908年，俄罗斯茶商第一次大批采购"坦洋工夫"红茶，开启了坦洋茶进入俄国市场的历程。坦洋茶从福州口岸海运到大连或符拉迪沃斯托克，再经西伯利亚铁路运输到俄国和欧洲。

1915年2月20日12时，太平洋彼岸的美国旧金山市，一场全球大派对在这里举行——巴拿马万国博览会盛大开幕，美国总统伍德罗·威尔逊到会致辞，副总统托马斯·马歇尔和前总统西奥多·罗斯福前来助兴。当天有超过 20 万人参观展馆。中国政府仿照宫廷建筑风格搭建了中华政府馆。该馆亭台楼阁、雕梁画栋、飞檐拱壁的"中国风"吸引了 8 万之众参观。主办国美国从各参赛国中聘请了 500 名审查员组成这次大赛的评委会。中国由于展品最多，获得了 16 个席位。

博览会大赛的评比与审核流程是极其严格的。审查分为三步：第一步为分类审查，将参赛品分细类，如丝、茶、油、麻等各为一类。第二步为分部审查，将参赛品分大部，如工艺部、教育部、食品部等。最后为高等审查，由分类、分部审查长会同各参赛国赛会委员会代表组成专门审查组，对某参赛品提出申请的得奖说明，进行评定，再由最高审查长派专员复勘，确定是否给予各等奖章。

由福建实业厅选送的福安商会茶（坦洋工夫茶）参加茶叶类展赛，这其实也是对"坦洋工夫"茶品质的严峻考验。在赛会上，印度的红茶和日本的绿茶因由机器制造，色香俱佳，规格整齐，几乎夺去中国市场。

最后根据《巴拿马太平洋万国博览会要览》记载："巴拿马万国博览会中国茶叶获得金牌奖章共 21 个，分别是江苏江宁陈雨耕雨前茶、上海茶叶会馆三星牌红茶、上海茶叶协会祁门红茶、福建福安商会茶……"

折桂巴拿马太平洋万国博览会金奖，"坦洋工夫"一洗之前的"茶末"之耻，黄袍披身，确立了民族品牌的王者之尊。但此时一战恰如火如荼，"坦洋工夫"折桂之后潜在的市场空间被硝烟战火弥漫，到 1921 年，跌到谷底。根据当年三都澳福海关统计，全年仅出口茶叶 4622 担，不及 1915 年的 6.4%。

1922 年，欧洲逐渐从战后的重建中恢复了元气，生灵涂炭的世界被舌尖上的世界替代。红茶，再次成为东西方文明邂逅的"红颜知己"。闽东茶叶，尤其是"坦洋工夫"茶也随之迎来了黄金蜜月期。

民国二十五年（1936），坦洋茶商胡兆江后人印刷了茶行防伪标志原件（每一箱出口茶叶箱内均附上一张"防伪标志"，随茶同行）。这张"防伪标志"的最上端是以大字体中文正楷写着"胜大来茶公司"，随后以英文写着

"中国茶是最好的茶""我要采最好的茶青，由最好的制茶师傅，做出最好的茶供给你们"，又承诺"我坦洋的茶要从好做到更好，要从更好直到最好"。

　　一溪流水香的坦洋，三百年茶路，漂洋过海，去者如逝，却芬芳一路。坦洋茶人世代都有一个执念：我香，故我在！

手拉手向前走

——走访福安市茶业协会

黄 燕

　　地处福建省东北部、宁德市中部的县级市福安，依山傍海，钟灵毓秀，物阜民丰，文脉绵长。近些年，这个浸润在中亚热带海洋性季风气候中的全国重点产茶县，茶产业不断发展壮大，迈上了新的台阶，成为乡村振兴主导产业。福安市先后获得"中国红茶之都""中国茶业百强县""全国茶业生态建设十强县""国家级茶叶标准化示范县""国家级农产品区域公用品牌""全国茶业科技助农示范县""花果香红茶发源地"等荣誉称号。坦洋工夫茶制作技艺被列入国家级非物质文化遗产代表性项目，继又入选联合国教科文组织人类非物质文化遗产代表作名录……2022 年度，茶叶总产量 2.81 万吨，毛茶产值 21.2 亿元，综合产值超百亿，品牌价值 46.41 亿元，再创新高。

　　听闻福安市茶业协会在繁荣茶乡的进程中，同心协力，任劳任怨，做了大量的工作。为探其本，2023 年仲夏，我走进了福安市茶业协会，采访了会长郑明星。

　　"多年来，福安市茶业协会在市委、市政府的领导下，在市茶产业发展中心的指导下，在名誉会长陈灼生，及林焰等老领导的关心下，充分发挥职能效力，加大服务和维护力度，在强化品牌战略、标准化建设、品质管控、技艺传承与保护、人才建设与培训、品牌推介与宣传等方面，起到了桥梁纽带的作用。"郑会长打开了话匣子——

高标准　严要求

　　郑会长介绍说，福安市现有茶园面积 30 万亩，涉茶人口达 42 万人。为顺应市场要求，结合福安茶叶竞争优势，协会在颁布实施团标标准、制定行业标准、修订省地方标准方面做了一系列相关工作——

颁布实施"花果香坦洋工夫·闽科红"团体标准，规范创新型茶叶消费市场，让企业有据可循、有样可依，为防止同质化和规范市场茶叶品质，促进茶叶生产、流通等起到了重要的作用。

根据全市茶树品种特征制定并颁布实施"福安白茶"团体标准，规范福安白茶消费市场。经过持续 3 年的努力，2021 年福安市茶业协会获批福安白茶、福安绿茶两项"地理标志证明商标"，并与"沪上阿姨"达成战略合作，助力福安白茶高质量发展。

制定并颁布实施"陈香型坦洋工夫"团体标准，使无标可依的陈年坦洋工夫，结束了在流通交易中频频受阻的窘况，对适宜贮存环境条件下，陈化 3 年以上具有陈香品质特征的坦洋工夫红茶的市场影响力极具促进作用。

参与修订省地方标准"坦洋工夫红茶茶叶栽培技术规范"和"坦洋工夫红茶茶叶加工技术规范"。这对提高经济效益，更好地满足社会需求，促进茶人茶企经济全面发展有着重要的意义。

加强授权企业的管理。为了促进"坦洋工夫"生产、经营，提高商品质量，维护和提高"坦洋工夫"在国内外市场的信誉，保护使用者和消费者的合法权益，协会修订《坦洋工夫商标使用管理办法》，在自觉履行产品质量安全承诺的同时，抓好清洁化生产。授权企业需自建基地茶园 50 亩以上和具备满足生产需求的茶农联合体，确保产品质量，让茶叶市场进入质量有保障的良性竞争。

抓宣传　扬品牌

福安坦洋工夫历史悠久，具有重大的历史、文化、科学和经济价值，位列闽红三大工夫之首，是福安市茶产业的一张锃亮的名片。2007 年，坦洋工夫获得"中国证明商标""地理标志保护产品"等称号。为进一步提升"坦洋工夫"品牌，多年来，福安市茶业协会致力于品牌建设，取得了显著成效——

鼓励福安茶人在各个重点营销区设立坦洋工夫品牌推广中心。依次在北京、天津、济南、武汉、福州成立坦洋工夫品牌推广中心，开展相关活动。比如与中国茶叶博物馆联合开展"云说茶非遗·坦洋工夫茶数字采集"系列活动，以直播形式讲述坦洋工夫项目的历史典故、茶山茶园、品质特征、加工工艺及传承保护等等。

在重要道路、街道地段设立广告栏。为拓展坦洋工夫品牌，在重大城市、中转动车站、高速公路等醒目位置竖立标牌；拍摄坦洋工夫宣传片，在省电视台各大频道轮播，大力宣传坦洋工夫品牌。积极参与各行业协会及权威机构品牌价值评估，开展系列活动。比如参与鸟巢茶王赛颁奖典礼和鸟巢茶出品方签订联合推广"坦洋工夫"茶战略合作协议，制作"鸟巢·坦洋工夫"大茶饼，进驻北京奥林匹克塔，借此展示福安坦洋工夫的魅力，为坦洋工夫重新走向世界助力。2020年"坦洋工夫"被列入中欧地理标志产品互认互保"100+100"的中方地理标志产品清单，为中国茶叶产品进入欧盟市场、提高市场知名度提供了有力保障。2022年"坦洋工夫"被农业农村部列入农产品地理标志产品，这对推动坦洋工夫区域经济发展，提高农产品市场竞争力，规范农产品市场竞争秩序和福安茶业发展添砖加瓦。

协助茶产业发展中心组织福安茶企参加全国、省、市各类茶博会推介活动以及各种赛事和评比。茶叶品牌宣传推介工作，对提升市场认可、茶叶增值、茶农增收，乃至于整个茶产业的发展至关重要。多年来，协会先后协助组织茶企参加了杭州茶叶博览会、北京茶博会、山东茶叶博览会、武汉国际博览会、厦门投资洽谈会、海峡两岸茶业博览会、中国（深圳）国际茶业博览会大型推介活动50余场次，开展传承技艺、美丽中国福安坦洋工夫茶制作技艺精品展、拜师仪式及"坦洋工夫"杯等系列活动60余场次，举办坦洋工夫"溯源"全国巡回品鉴会50余场次，参加各种赛事和评比40多场次，取得了良好的社会效益和经济效益。

积极组织引导茶人茶企入驻"福茶网"。福茶网按照"政府引导、企业为主、资本参与"模式，以促进茶文化、茶产业、茶科技统筹发展为目标，全力打造最专业的茶产业互联网综合服务平台。协会积极响应政府号召，推动福安茶业发展，帮助近 300 家茶企成功入驻福茶网，统一销售福安坦洋工夫产品，为福安市茶业销售开拓新渠道。

重保护　讲传承

协会十分重视非遗保护工作，始终践行习近平同志在宁德期间先后 4 次到坦洋村调研提出的因地制宜，发展茶叶的要求，"珍视、保护、发展、应用好"这个品牌。

为确保"坦洋工夫"品牌技艺长盛不衰，协会努力培植挖掘非遗文化队伍，做了一系列的传承保护工作——

培养坦洋工夫非遗传承人，建设非遗传习所。非遗保护工作关键是对传承人的培养。虽然坦洋工夫茶制作技艺 2009 年被列入福建省非物质文化遗产代表性项目，但非遗传承人却仍为空白。2018 年，协会严格按照标准，层层筛选，政府发文确定评选出 15 位坦洋工夫非遗传承人。至今，协会已评选出福建省级传承人 1 人、宁德市级传承人 7 人、福安市级传承人 7 人。协会还在坦洋茶场建设坦洋工夫非遗技艺传习所，还原坦洋工夫初制、精制加工场景，收集竹制辅助机具，开展手工制作培训，拓展传承人队伍，培养更多的优秀茶人。此外，收徒传技、薪火相传这一传统承继方式，也在开拓创新中恢复。继林鸿、李宗雄大型收徒仪式后，坦洋工夫茶制作技艺市级传承人郑明星在坦洋工夫非遗传习所也隆重举行了收徒仪式。

组织开展茶叶技能赛，培育青年人才。举办一年一度的"福安市坦洋工夫杯制茶赛"，提升福安茶人制茶技术综合水平。2018 年组织福安茶人参加首届全国红茶加工制作大赛暨英德红茶互联网文化节，福安市 8 名参赛选手获得一金二银三铜的好成绩。2020 年，福安市承办全国茶叶加工工（红茶）职业技能竞赛福建省初赛暨全省首届茶叶加工工职业技能赛，郑国华、陈辉煌、黄震标 3 名选手获前 6 名成功入围参加国赛。之后，他们在武夷山举办的国赛中再次脱颖而出，分别获第 2 名、第 4 名、第 7 名佳绩，福安红茶制作水平再次得到认可，3 人分获国家级技术能手和农业农村部技术能手称号。2021 年，郑国华、黄震标、俞水荣、龚煦 4 人被福建省认定为"高级制茶工程师"。林鸿、李宗雄、傅弗华被中国茶叶流通协会授予"国茶工匠·技能大师"称号。2022年，龚达元、郑明星获红茶类"国茶人物·制茶大师"荣誉称号。目前，福安市已有7位"中国制茶大师"。

为了更好地服务青年人才，成立福安市茶业协会人才驿站，引导茶企茶人提升素质。经培训考核，现福安市有300多名学员取得人社部门颁发的评茶师、茶艺师证书。目前，人才驿站共有电商型专业人才、文化专业人才、品种研究型人才、茶叶加工型人才等等，为协会在开展"三茶服务"工作提供了强有力的保障。

重视申报工作，助力非遗创造性转化、创新性发展，提升茶文化的保护与传承。坦洋工夫茶制作技艺国家级非物质文化遗产成功获批后，协会积极配合中国传统制茶技艺及其相关习俗世界非遗筹备组先后开展调研、拍摄视频、收集图片等各项申报工作。历时2年，坦洋工夫茶于2022年11月30日成功入选"世遗"。福安白茶、闽东茉莉花茶历史悠久，制茶技艺精湛，但因各种因素，技艺现后继乏力。为保护发展传统技艺，协会依托非遗传习所，组织人员收集资料，拍摄了关于福安白茶、福安茉莉花茶的非遗申报片，系统记录了白茶和花茶的茶树品种、制作工艺等。

手拉手　均发展

福安产茶历史悠久，是个多茶类发展的地区，有红茶、白茶、绿茶、乌龙茶、茉莉花茶等。协会针对市场需求，及时帮助解决企业在生产、加工、流通环节产生的一些问题，做了相应工作：

制作统一茶叶包装，提升品牌宣传力度。随着商品经济的发展和信息化深入，为满足现今社会需要，大众化消费向个性化消费转变。为提高茶叶品牌竞争力，协会争取资金统一制作白茶、红茶包装箱，实施包装箱贴补政策。鼓励茶企诚信买卖，督促企业标准化生产，规范市场，并为企业购买食品安全责任保险。

规范会员企业，做好茶叶质量安全工作。2019年督促会员企业做好SC认证、茶叶质量安全提升工作，取得一定成效。全市有28家茶叶企业的40

个产品分别获得无公害、绿色食品、有机茶认证。组织农垦茶业、隽永天香等251家茶企开展"一品一码"全过程追溯体系建设，其中福建隽永天香茶业有限公司被列入国际标准农产品示范基地。

汇编茶叶历史资料，记录福安茶业辉煌历史。2018年，作为副主编单位，参与编撰了《世界红茶》一书，组织编写了《福建茶业年鉴》福安茶叶篇、《宁德茶业志》福安茶叶篇。2020年收集了福安白茶、福安绿茶、福安茉莉花茶等茶类相关历史资料，保留了先辈们留下的劳动成果及辉煌成就。

维护会员合法权益，反映会员和茶企意见。2020年，协调政府及相关部门，为8家企业进驻坂中工业园区，主动帮助茶企与乡镇沟通，解决建设用地征收遗留问题；积极为茶企加工区建设争取减免基础设施配套费优惠政策；协助做好证件办理，设计、施工等。协助政府职能部门推进社口竹工坂坦洋茶谷征地拆迁开工建设等工作。配合政府职能部门加强富春茶城管理，规范茶城经营行为，营造良性市场经营氛围。推进福安茶产业的补短板和补缺补漏工作。扶持龙头企业发展壮大。积极帮助解决茶业加工用地不足等问题。发挥参谋助手作用，积极建议市委、市政府出台《福安市关于进一步推进"坦洋工夫"红茶产业高质量发展的若干意见》，贯彻落实福安市茶叶质量安全工作会议精神，为茶产业发展奠定坚实的基础。

多年来，协会班子和工作人员讲政治、讲规矩、讲贡献，认真履行职责。在全体会员的共同努力下，福安茶产业发展负重爬坡，取得了显著的成效。在福安市茶业协会的办公室，那一排摆满了各种荣誉证书、奖牌奖状的长长橱架，在默默诉说着他们的辛勤付出。郑会长自豪地对我说，专业、年轻、有活力是协会班子的特色。成员不仅传承人多、技术性人才多、文化高层次人才多、"茶二代"经营管理人才多、高级顾问人才多，更有一群古道热肠、无私奉献的志愿者。他们有的是专家学者，有的是退休老领导。比如分管过农业口的原副市长陈灼生、分管过城建的原副市长林焌，还有福建省茶叶科技研究所原书记刘寿国、原福安市人社局副局长郑红、原国营福安茶厂的一级审评师叶燊等参与协会的工作。他们既熟门熟路，又急公好义，协调联络政府及相关部门，诚心实意为茶企茶农排忧解难，帮助协会做了大量服务工作，得到了广大茶农的交口称赞。看得出，有他们当"定海神针"，会长郑明星底气十足！

走过集品牌展示、茶艺表演、茶技交流、茶叶评审、茶品品鉴等于一身的"三茶服务中心"，郑会长介绍说："我们这个中心成立不久，就已先后开展了'国际茶日品鉴会''坦洋工夫茶艺师汇报展演''茶叶加工审评技术交流会''非遗鉴评活动'等10多场交流活动，为福安茶人切磋技艺、增进茶企交流、促进茶产业高质量发展起到重要作用。"

"只要我们始终把尊重会员的权利、保障会员利益放在首位，引导帮助全体会员，竭力为他们服务，让茶企增效、茶农增收，努力推进茶产业发展，打牢乡村振兴的产业基础，就一定能在福安市社会经济的发展中起到不可或缺的作用。"这不仅是会长的心声，更是协会每个人的誓愿。

记忆时光：坦洋工夫的申遗之路

瀚　桐

福安坦洋工夫传统制茶技艺申遗路，终于画上圆满的句号。

2022 年 11 月 29 日，在摩洛哥拉巴特召开的联合国教科文组织保护非物质文化遗产政府间委员会第 17 届常会上通过审评，"中国传统制茶技艺及相关习俗"（含坦洋工夫茶制作技艺）成功列入联合国教科文组织人类非物质文化遗产代表作名录。

坦洋工夫传统制茶技艺的申遗工作，走过磕磕绊绊的 15 个年头。从最初"单枪匹马"独立申遗，到后来和其他传统技艺、民俗文化整合申遗，直至成功，"坦洋工夫"申遗之路，可谓充满艰辛与汗水。

一

随着国家对非物质文化遗产的申请要求日益规范，传统技艺申请非遗也需逐级申请。

2007 年始，作为保护单位的福安茶业管理局（现为福安市茶产业发展中心），根据福建省申请非遗的相关文件，就坦洋工夫传统技艺进行独立申请，将文献、图片、函件等相关资料统合清楚后开始申报。经过严格、紧张的评审，2009 年 6 月，福安"坦洋工夫制茶技艺"成功列入福建省非物质文化遗产名录，类别为"传统技艺（VIII）"。这是福安民生事业、福安茶业发展史上的重要事情。

列入省级非遗名录后，福安茶人便憧憬能将"坦洋工夫传统制茶技艺"列入国家级非遗名录。

其实，从 2006 年开始，福安市政府就成立了茶业发展领导小组，定下"五个一"战略工程和规划，重点突出茶叶"五新"技术推广、生态茶园建设等，统揽、引领全市茶产业高质量发展，决心恢复和打造"坦洋工夫"这一历史品牌。自那以后，"坦洋工夫"就马不停蹄地走进北京、上海、厦门、福州、香港等国内重要城市进行品牌推介，特别是作为重要品牌参加了"中国国际茶叶博览会""香港国际茶展"和"闽茶海丝行"等茶事推介活动，开启了人们对"坦洋工夫"尘封已久的记忆。

也正是乘着这东风，福安茶业管理局协同社口镇、坦洋村以及许多坦洋工夫制茶技艺传承人，凭着申请福建省级非遗的经验，开始踏上申请国家级非遗的征途。

二

2012 年 1 月，申请国家级非遗项目的材料通过了福安市级评审，进入宁德市级评审。

起初，宁德市文旅局考量畲乡文化特色而只上报畲医畲药作为国家级非遗项目，搁置"坦洋工夫"传统制茶技艺。作为保护单位的福安茶业协会获悉情况，立即整理资料、函件，派专人前往宁德，从历史文化、技艺特色、传承代表、发展体量、消费流播等方面和申遗主管部门反复进行交流、沟通，最终宁德文旅局依照专家们充分调研、审评的意见，将坦洋工夫红茶和含畲医畲药在内的其他传统技艺、民俗进行整合，上报福建省文旅厅共同申请国家级非物质文化遗产。省非遗评审专家组认为，坦洋工夫制茶技艺的传统技艺内涵和分量更充分。这样，省文旅厅就选定坦洋工夫制茶技艺并将它和其他地区的传统技艺整合，一并作为申请国家级非遗项目。

福安坦洋工夫传统制茶技艺项目的申请书及相关支撑性资料终于抵达文旅部，项目资料涵盖纸质材料、图片、函件和电子视频，且做了较为翔实的说明，出乎意料的是，此次国家级非物质文化遗产的申请，"坦洋工夫"失败了。福安茶业协会秘书长刘小凤回忆说，事后专家分析，坦洋工夫申请国家非遗失败，主要问题应是传统技艺特征不突出、对比分析失焦、细节依据缺失等。福安申遗工作组跟进分析，认为关键问题还是缺乏经验、缺乏经费。协调各方人员、寻找申遗参考案例、统筹设计、采编、调研、组稿、拍摄、录播、剪辑、聘请专家指导等，哪一项不要经费与经验？但是，福安茶业协会认为，既然开始申请国家非遗了，就不能打退堂鼓，没有经费想办法筹措，没有经验就想办法积累。

经过多方努力，福安茶业协会非遗申请工作组最终筹到 10 多万元，以此重新踏上申请国家级非遗的征途。

上北京，拜访国家级非遗评审专家，虚心听取他们提出的几十条建议，逐条整理，返乡后对标整改。上档案馆、文化馆，寻找明清以降的县志、茶业发展史等历史资料。上坦洋村找胡氏祠堂、施氏祠堂的负责人，在胡氏族谱、施氏族谱中查得坦洋工夫技艺传承人的具体资料，并据此对原有申请国家级非遗资料进行调整、梳理。多次深入坦洋村，在社口镇党委和坦洋村委以及资深茶人的支持下，经过反复说明和开导，终于敲开一扇扇当地茶农朴素的门扉，拍下了不少经年累月而留存的制茶工具，如分茶筐、茶灯、捡茶筐、木制揉茶槁，拍取了珍藏版的各种银票、契约、乌茶流水账本等，获得了关乎坦洋工夫制茶技艺的重要文献依据，回城后，就进行较之以往更为细心地归类和排布，使之更为直观、有序、清晰。前往坦洋茶厂和相关部门，找到早年拍摄的关于坦洋工夫手工制作流程烘焙、筛分、拣剔、簸扬等制茶技艺的黑白相片，分门别类地做了影印和整理……"所有这些工作，我们都是一边摸索，一边苦干。当时，福鼎已经成功申请国家级非遗了，我们希望能得到相关视频资料做参考，被婉拒了。我们想请北京一些有经验的专业人员帮助设计、制作，因经费问题也被婉拒了。在坦洋村，我们想进入村民、茶农的家里拍摄那些有价值的制茶器具，也遭逢多次推脱。我们还多次赶往北京等地。感觉那时真难！"以前听人说生活中有个定律，即每一个礼物背后都有一个代价。如果了解申遗中的这些经历，便不能不感慨：坦洋工夫制茶技艺也难脱这样的定律啊！

"申遗过程中，最困难的是视频制作。"访谈中，刘小凤深有感触地说，"没有多少经费，没有外援团队，一切得靠自己摸索。"要在短短的六七分钟内推介清楚制茶技艺核心内容，对视频制作无疑是个很大的挑战。在历史传播方面，要介绍清楚，"坦洋工夫"红茶研创起源，历史上坦洋被称作"小武夷""小福州"的缘由，1915年坦洋工夫荣获巴拿马万国博览会金奖，2013年再次获得巴拿马国际金奖，等等。在传统技艺复杂性、独创性和科学性方面，根据制茶60多年的非遗传承人李宗雄先生的叙述，要介绍清楚，坦洋工夫传统制茶技艺分初制和精制两大部分，即包含萎凋、揉捻、发酵、烘焙制成红毛茶的初制工序，和将原产地区域内的、各具不同特色的毛茶按比例拼配，达到优势互补、提升茶叶品质目的的精制工序，尤其要突出传统精制工艺流程——焙、抖、捞、搭、撩、拣、拼、烘、匀堆装箱，说明清楚手工艺复杂烦琐、花费时间的特征。在历代制茶传承人方面，要介绍清楚吴步云（1826—1891）、施光凌（1827—1893）、张天福、郭吉春、吴振铎等，还有当代的胡祖荣、林鸿等15位传承人。在当代茶业发展方面，要突出1988年时任宁德地委书记习近平同志四进党建挂点村坦洋所提出的要求"放大坦洋工夫品牌效应，因地制宜，壮大茶叶经济"，以及随之而至的坦洋工夫发展兴盛期所获的荣誉称号，如"国家地理标志保护产品""中国驰名商标""中国红茶之都"等。在政府扶持方面，要突出福安市委、市政府从2006年起对坦洋工夫传统技艺传承和保护的高度重视，还要介绍坦洋工夫茶制作技艺传习所的成立过程……为了能将众多关键信息浓缩进几分钟的视频，非遗工作组和福安众多茶人可谓殚精竭虑、不懈努力：以最近一次成功申遗的福安"评讲戏"作为参考，集体协作又对标分工。基础申报表制作由陈灼生同志（福安茶协名誉会长）任组长，字句精雕，经过50多次修改才定稿，并据此浓缩成视频解说词。申报视频，由林鸿老师（省级传承人）担任主导演，邀请福安市摄影家协会、福安畲歌协会、坦洋村与福安茶企相关人员协助拍摄，从采摘到成品装箱，包括初制到精制两大流程，场景跨度大，参加摄制人员达50人以上，紧接着便是精细地编录，剪辑，再编录，再剪辑，反复修改，前后历时15天……当视频加班加点制作完成，经由导演和制作单位负责人的最后审定，已经是资料送审截止日的当天凌晨了。"我们几乎是掐着时间在赶制啊。"刘小凤感慨万千。如今，观看视频，那些声色光影、图片故事、人物言行以及解说词，精准衔接，丝丝入扣，几近完美，人们可以真切感到福安茶业协会非遗申请工作组对 2019 年 5 月开始的、国家级非物质文化遗产申请工作精益求精的态度：大家不愿意再次失败！

此外，为了能更有效地讲好福安坦洋工夫红茶的故事，工作组更新了叙事方式，更新了故事体系，并在申报书上具体呈现了 5 年保护计划，包括对该项目的遗存资料启动全面收集、系统抢救、整理和记录，每年举办坦洋工夫斗茶展示会，开展坦洋工夫制作技能赛，举办坦洋工夫专场推介会，组织参加茶博会，等等。这是福安茶人对传承传统技艺和创新发展的新追求！

三

艰辛与汗水，终于让福安坦洋工夫申请非遗路开出了馨香四溢的茶花。

2021 年 5 月 24 日，是值得永远记忆的一天！红茶制作技艺（坦洋工夫茶制作技艺）成功列入国务院公布的第五批国家级非物质文化遗产代表性项目名录，类别为"传统技艺Ⅷ—149"，保护单位为"福安市茶业协会"。

为了进一步推介"坦洋工夫"，提升"坦洋工夫"传统技艺的影响力，由福安市政府承办的"传承技艺美丽中国·福安坦洋工夫茶制作技艺精品展"系列活动，2021 年 6 月 10 日在北京恭王府博物馆开幕。展览活动以福安坦洋的历史文化为背景，以坦洋工夫茶在脱贫攻坚和乡村振兴中的重要作用为主线，展出坦洋工夫茶制作技艺的传统工具、设施设备、代表作品、传承谱系，展出了相关扶贫工作文献、档案影像，并配合福安传统音乐、曲艺、舞蹈等非遗项目，全方位讲述"一片绿叶富一方"的奋斗故事。所邀专家、学者、嘉宾和其他观众在展厅搭建出的老字号店铺情景空间里，近距离观赏老式茶盘、茶碟、茶箱、茶筛、揉捻机、畲族采茶女服饰等 50 余件实物藏品，与非遗传承人面对面交流，现场体验筛分、揉捻、烘焙等制茶技艺，品尝工夫茶。展览活动让更多的人理解福安茶人传承技艺、不懈努力、不断创新的精神。而此后所获的荣誉称号，如中国"历史品牌红韵茶乡游""花果香红茶发源地"，可谓有力的证明！

有了申请国家非遗的经验，福安茶业协会信心满满地踏上申请世界非遗的征程。

工作组进一步细化所有环节，并按照文旅部下发的指导性文件，增补了新的资料，比如函件、承诺书以及制茶技艺传承人的新近资料，使各个细节更为精当、饱满，经由相关专家审核无误后，上传完整的申报材料。

通过艰辛、细致、完备和统筹有序的准备工作，"坦洋工夫"终于如愿以偿：北京时间 2022 年 11 月 29 日，"中国传统制茶技艺及相关习俗"（含坦洋工夫茶制作技艺）成功列入联合国教科文组织人类非物质文化遗产代表作名录。一锤定音！

四

申遗成功究竟会有多大的利好，竟让福安孜孜以求了 15 年？

首先，申遗成功会对福安县域城市发展产生实质性影响。申遗成功是对地区文化遗产品牌的肯定，是对城市品牌形象的重塑，是提升城市知名度的良机。

其次，国家级非遗文化遗产、世界文化遗产的名号也将会成为传承福安坦洋工夫红茶制茶技艺的重要推动力，是福安茶叶营销的重要手段，有力推动茶文化和经济的融合，从而进一步推进县域经济发展。

对于福安而言，非遗申请成功并不意味着一劳永逸，如何在不损害遗产自身真实性与完整性的前提下有效而合理地利用，仍是福安茶人所需面临的挑战。

坦洋工夫制作技艺（筛分）

"三茶融合"的福安实践

雷津慧

近年来，福安市茶叶种植生产规模不断扩大，"坦洋工夫"品牌建设稳步加强，市场知名度不断提升，"三茶"融合发展欣欣向荣。

目前，福安市茶园面积达30万亩，2022年实现毛茶产量2.81万吨，毛茶产值21.2亿元，综合产值超110亿元。2023年1—6月毛茶产量达1.65万吨，产值17.5亿元。现有涉茶人口约40万，农民人均收入三分之一来自茶叶，447个村都有产茶，茶产业已经成为福安市农村居民增收致富的重要支撑。

福安市先后荣获"中国红茶之都""中国茶叶之乡""中国茶业百强县""全国茶业生态建设十强县""国家区域性良种繁育基地""国家级茶叶标准化示范县""花果香红茶发源地"等一系列国家级荣誉称号。

质量优先　做强茶产业

2021年3月22日，习近平总书记在福建武夷山茶园考察时明确指出："要把茶文化、茶产业、茶科技统筹起来，过去茶产业是脱贫攻坚的支柱产业，今后要成为乡村振兴的支柱产业。"

"三茶"融合的提出为全国茶产区发展指明了方向。福安市委、市政府高度重视茶产业发展，成立市茶产业发展领导小组，由书记、市长亲自挂帅，高位统筹推动。

福安市先后出台了《进一步促进"坦洋工夫"红茶产业高质量发展若干措施》《关于培育壮大主导产业加快产业集聚的若干意见》等系列优惠政策措施，从龙头企业、品种结构、绿色发展、品牌培育、茶旅融合、营销模式、人才队伍等方面强化支撑，全面推进茶产业高质量发展。

福安市财政每年投入 3000 万元作为茶产业发展专项资金，重点支持高标准茶园建设、"坦洋工夫"标准化生产、品牌宣传推介、标准制定、新品研发、质量管控、技术培训，兑现扶持政策等，有力推进产业升级。

福安还拥有全国最大的茶树良种繁育基地，年出圃良种苗木 6 亿多株，茶树良种化率达 98%。全市范围内有茶叶个体工商户 2048 户，年交易额近 40 亿多元。

全国首个"三茶"研究院的建立，让福安茶产业发展翻开了崭新篇章。印发的《福安"三茶"融合发展先行示范区建设实施方案》，在全省范围内先试先行。

科技支撑　高质量发展

产业快速发展、乡村全面振兴，科技创新是关键支撑。

沿着坦洋茶山小路蛇行而上，5G 智慧茶园中成排摄像头分布其中，在朝晖夕阴、云海缥缈间记录着茶场的每时每刻。

这里是由福安农垦集团与福建联通共同搭建的全国 5G 农业智慧茶园示范区，目前平台已将 5G、物联网、信息化、大数据、区块链、云服务等智慧农业等核心技术应用于坦洋茶园。

有了科技的加持，坦洋工夫红茶的品质再上新台阶。

福安市还发挥品种资源和技术优势，对坦洋工夫红茶加以创新，生产加工花果香福安坦洋工夫红茶——福安红，以其"外形肥壮乌褐、汤色橙红明亮、滋味花香蜜韵"的品质特征，颇受消费者的青睐。

坐落于社口镇的福建省茶科所作为福建省唯一一家省级茶叶科研专业机构，近年来先后育成 21 个茶树品种（其中国家级品种 15 个），品种权 4 个，乌龙茶育种居国内先进水平，并建有全国最早、特色最突出的"茶树品种资源圃"，收集保存有国内外茶树种质资源和遗传材料 4000 多个。

位于福安的宁德职业技术学院茶学院是福建省第一所举办茶业专业的学校，正在申报"福安市茶产业学院"5 年制（3+2）本科试点专业，助力茶产业"产、研、赛、训、考"融合发展。

为继续促进福安茶业的蓬勃发展，福安率先在全省茶业系统建立茶叶质量检测中心，全市茶园通过省级无公害产地认定，成为福建省首个"全国绿色食品原料（茶叶）标准化生产基地"县（市）。

福安还成立了全国茶叶标准化技术委员会红茶工作组、中国农技协福安红茶科技小院，先后主导制定《地理标志产品坦洋工夫》国家标准、《坦洋工夫茶感官分级标准样品》实物样国家标准，以及《花果香坦洋工夫·闽科红》《福安白茶》团体标准等，有力助推了福安乡村振兴。

文化引领　茶香飘四海

步入坦洋，"喝过坦洋工夫茶，人走情常在"几个大字格外醒目。

走在养山富山主题公园，一路山水竞秀、茶香相随。

扩建的"振兴之路"主题馆，全方位展示了习近平总书记"四进坦洋"的爱民事迹，以及坦洋村乡村振兴历程。

坦洋村计划投入1.3亿元，打造乡村振兴文旅提升项目，改造施善桥，建设村集体标准化茶厂、茶文化主题公园等，全方位展示坦洋工夫茶厚重历史，更好地展示坦洋工夫茶文化。

福安饮茶历史悠久，茶文化底蕴颇为深厚。在打响"坦洋工夫"品牌，做旺茶产业的同时，福安市紧紧围绕茶旅融合开展深入探索，创新发展茶园+摄影基地、茶园+养生、茶园+文化节、茶园+茶艺体验、茶园+营地、茶园+茶叶销售等新模式，茶旅融合不断升温。

2023年春节，坦洋工夫品牌入驻上海中心，闪耀整个申城。全国农垦产业（茶业）发展示范交流活动在福安召开。福安坦洋工夫红茶上榜"2023大众喜爱的中国茶品牌"、"2023中国茶叶区域公用品牌价值"二十强，入选《2023茶企品牌建设优秀案例集》。5月17—23日，福安组团参加在摩洛哥举行的"茶和天下·雅集中摩茶业展"，并开展茶叶推介和经贸考察活动。摩洛哥卡萨布兰卡坦洋工夫推广中心正式挂牌运营，助力坦洋工夫品牌国际化。

在首届中国红茶大会暨坦洋工夫茶旅文化节上，福安市政府分别与中国茶叶流通协会、福建省农业科学院茶叶研究所、上海中心大厦建设发展有限公司签订合作框架协议，福安本地茶企业与采购商达成了 2.3 亿元的订单。还发布了中国茶叶流通协会"2022 年度茶业产品品牌调查结果"（红茶类）、《坦洋工夫及福安茶产业发展状况》蓝皮书、《中国红茶福安倡议》和茶旅线路等，受到业内广大受众的关注。

小小一片"茶叶子"摇身变为"金叶子"。目前，全国各地有 3 万多茶商在销售、推广福安茶叶。福安市在北京、天津、上海、武汉、济南等重点销区建立坦洋工夫文化推广中心，开设专卖店、连锁店和专柜 8000 多家。同时各家茶商纷纷建起了电商直播间，坦洋工夫首批签约入驻福茶网，全国电子业务标准化技术委员会茶叶电子商务工作组设在福安，引导规范茶叶电子商务发展。

2023 年 7 月 26 日，在福安举办的党建引领高质量发展暨基层联系点制度研讨会上，第 20 届中央委员会候补委员、中国工程院院士刘仲华围绕《党建引领，三茶统筹，推进红茶产业高质量发展》作主旨报告，为新时代福安市茶产业发展把脉开方。

当天，还举行了福安市三茶研究院名誉院长聘任仪式，聘请刘仲华为福安三茶研究院名誉院长，为福安产业的发展规划、产业布局、市场开拓、品牌建设以及在延链、补链、强链等方面提供全方位的智力支撑，助力市委、市政府科学决策，推动福安茶产业高质量发展。

形势大好，捷报频传，迈上新征程，福安人民践行好"三茶"统筹发展理念，任重而道远。

怎一个"斗"字了得

——福安市"坦洋工夫"杯斗茶赛回眸

吴庆堂

每当夜幕降临，位于福安市城阳镇岩湖村的"茶王街"，灯光璀璨、茶香飘溢，沿街两旁茶商号的店招让人目不暇接，品茶、论茶、看茶、卖茶的场景随处可见。走进一家招牌名为"欢喜茶叶"的店铺，热情好客的店主李清春沏上好茶，诚邀品茗、谈茶论道。

"在 2021 年的第 16 届斗茶赛上，我们很荣幸获得了花果香型坦洋工夫（福安红）茶王称号。"说起福安每年都要举办的斗茶赛事，作为一家茶企的负责人，同时又是坦洋工夫非遗传承人的李清春侃侃而谈。他说，福安的斗茶习俗由来已久，但最具权威、最具影响力的当属"坦洋工夫"杯斗茶赛，参赛茶企在茶叶种植、管理、采摘、加工等方面相互交流、取长补短，不遗余力地角逐"茶王"称号。

"斗茶"之史话

1972 年 12 月，溪潭镇溪北村后山古墓出土了 3 件青釉托杯，且都配有茶托，其中 1 件直口浅腹、由内施釉，另 2 件口沿外卷、腹呈弧形。当时的福建省博物馆专家提出"年代似为唐代"，后经再次考古发现同一墓室的券顶砖刻有"大业三年"，从而确认青釉托杯系隋大业三年（607）的随葬品。

托杯是托和杯之组合，在泡茶、喝茶时能够防止高温烫手，是一种专用的茶具。这说明早在 1400 多年前，福安就有饮茶的习俗。

赛岐镇苏阳村是福安远近闻名的千年古村，被誉为"闽东第一学村"，仅宋朝年间就涌现 10 多位进士。1986 年 9 月，该村先后出土了 1 件残缺的兔毫盏和1块兔毫盏瓷片，经省文物考古队鉴定，2件文物都是建窑产的宋代专供斗茶用的敛口碗。

斗茶，又叫"斗茗""茗战"，即比赛茶的好劣。宋代饮茶、斗茶之风盛行，兔毫盏被认为是最适宜斗茶的器皿。那时的苏阳村，文风盛行，人才辈出，且文人阶层具有一定的闲暇和财力，自然而然将当时风行的斗茶雅趣引入家乡。

宋知州周牧的诗作《资圣寺》曰："烹茶汲水盈瓯雪，一味清香齿颊涵。"而志书记载该寺地处廿一都，即现在的福安市溪潭镇。这说明当时福安人讲究茶道，特别喜欢选择高雅或清静之所，三五知己相约围坐，尽享烹茶、饮茶、品茶、斗茶之乐趣。

清朝中后期，福安白云山麓的赖氏红茶，凭借赖家祖传的"五道递进发酵法"横空出世、远近闻名，其鼎盛时期也引领着白云山区域的斗茶氛围：一是山间斗茶，对新制的茶进行品尝评比；二是估客斗茶，也就是茶贩、嗜茶者在茶店里为了招揽生意的斗茶；三是士族斗茶，亦即秀才雅士及朝廷命官，选择风景怡人之地进行好茶的品鉴活动。据说，赖氏红茶鼻祖赖维顺就是在斗茶中斗出贡茶，而被道光帝敕封为"贡茶御史"。

赖家几代珍藏的《斗茶图》台屏，是清光绪年间（1875—1908）福州画师沈正镐精心创作：小溪潺潺的山林野外，有平民、雅士、商贾等12个栩栩如生的人物。他们温文尔雅、谦虚礼让，各自身旁放着茶炉、茶具和茶叶。该台屏生动记录了当年白云山茶人组织斗茶的场景。

斗茶是在品茶的基础上发展起来的，比赛内容包括茶叶的色相与芳香度、茶汤香醇度，茶具的优劣、煮水火候的缓急等等。古时的福安，好茶者常常呼朋邀友，将泡好的茶，盛在小酒杯一样大小的茶盅内，像饮酒那样细细品尝；或各自献出所珍藏的好茶，品鉴交流，比拼优劣。

每年春季，初出的新茶最适合参斗，福安各地茶农经常相约于闹市摆摊制茶、泡茶，让路人品尝评价，决出茶的好坏。据说，作为福安茶叶重镇的社口镇，进入21世纪之后曾经举办过两三届的斗茶比赛，但规模和影响力不大。

如今，随着富春茶城和茶王街的建成投入使用，数百家茶企集中开店设铺，福安茶人之间的小规模、自发性斗茶娱乐已成常态。"邀三五同行，各自献出好茶，在店里比拼论茶，既交流了技艺，又增进了感情。"设在富春茶城的"白云山茶业"店主郑国声说。

"茶王"之争霸

2005年7月18日，正值盛夏酷暑，位于福安市区龟湖溪畔的山水一林茶室热闹非凡，由市政府主办的福安市首届斗茶展示会在这里鸣锣开赛。18家茶叶企业选送53个茶样，通过制茶选手自评、专家点评的方式，角逐绿茶、花茶、乌龙茶、白茶、工艺茶等5个茶种的"茶王"桂冠，由此揭开了一年一度的福安斗茶赛序幕。

"政府搭台、茶企唱戏、专家助力，这种由官方组织、民间参与的斗茶赛方式，福安走在全省的前列。"从2005年的首届斗茶赛，到2023年的第18届斗茶赛，福建省种植业技术推广总站教授级高级农艺师、福建农林大学硕士生导师、国家一级评茶师苏峰每年都应邀担任评委，全程参与、见证了福安政府层面牵头举办的一年一届的斗茶赛事的历程。

2006年，福安市委、市政府吹响了恢复、打造历史品牌"坦洋工夫"的号角，并推出一系列战略性举措，沉寂多年的"坦洋工夫"重新亮相于公众的视野，并掀起了红茶消费热潮。

随着"坦洋工夫"的重新崛起，福安的斗茶赛直接冠名"坦洋工夫杯"，并从2010年的第5届斗茶赛开始，只接收"坦洋工夫"红茶茶样，但不设"茶王"奖项，只设金奖名茶、名茶和优质奖等。2020年第15届斗茶赛起，重设"茶王"奖项，同时设置特别金奖（或大金奖）、金奖。

近10多年来，福安茶人在继承传统工艺的基础上，不断创新坦洋工夫的制作技艺，采用省茶科所研发的金牡丹等高香茶叶品种，创造性地推出了花果香型红茶，并在2018年出台的《花果香坦洋工夫》团体标准的加持下，得到了市场的认可和消费者的普遍青睐，全国各地茶商贩争相前往福安抢购，福安也因此被中国茶叶流通协会授予"花果香红茶发源地"称号。

从 2012 年的第 7 届斗茶赛开始，创新版的坦洋工夫登上赛事舞台，分传统型和创新型两个赛道进行角逐。从 2021 年第 16 届斗茶赛起，有了团体标准之后的花果香型坦洋工夫，不再沿用"创新型"概念，直接展开传统型坦洋工夫和花果香型坦洋工夫两种红茶类型的比拼。

"连续 18 届的斗茶赛规则，其实都在不断地修改完善，以确保比赛更加公平、公开、公正，我们尽自己所能，让广大茶人心服口服。"福安市茶产业发展中心副主任郑祖辉介绍，最初要求茶企选送的茶样只要小几千克，到 2023 年第 18 届要求 22 千克。从 2020 年的第 15 届开始，初赛、决赛全部由省内外专家组进行编码评审，同时进行现场直播，接受广大茶人和社会各界的监督。同时，征求多方意见和建议，对参赛茶企资质要求、参赛茶样来源、获奖茶样市场运作等进行了探讨和提升。

茶人之"匠心"

从首届斗茶赛只有 18 家茶企参赛，到近几届都有 100 多家茶企参与，"坦洋工夫杯"斗茶展示活动早已成为福安茶界每年的盛事以及外界关注焦点。

"一是切磋技艺，互相交流，展示品牌；二是提高加工技艺水平，特别是经过专家的点评，知道工艺的缺欠在哪里，然后更加完善；三是营造氛围，让业界和全社会参与，形成竞争和宣传的攻势。"苏峰说。全省的红茶加工技术基本上都是从福安传授出去的，通过历届的斗茶比赛，又培养了一大批红茶制作能手，也极大增强了福安茶人的质量意识、创新意识和品牌意识。

要参加斗茶比拼，最重要的是要制作一款自己满意的参赛好茶。为此，选送茶样尤为关键。"每年开春之后，各家茶企就着手准备茶样。"郑祖辉说。正式开赛前，参赛单位要在规定时间内提交茶样，主办方要对所有茶样进行登记、检测、编码，并打乱编号之后进行初赛、复赛和决赛。

制作参赛茶样，首先是要有好的原料，其次要掌握坦洋工夫红茶制作技艺，特别是精制过程中的 10 多道繁杂工序。"工夫茶的工夫就在于精制环节，为了使茶叶的外形特征整齐、均匀，'三平''三抖'两道环节还需要反复进行。"坦洋工夫茶非遗技艺传承人林鸿说。"三平"分为分筛、撩筛、捞筛，"三抖"要有初抖、复抖、紧门，所谓的"工夫"就体现在这里。

"有了好的原料，还要选择好的天气条件，然后沉下心来加工制作。"在谈及茶样制作时，获得第 16 届"坦洋工夫杯"斗茶赛花果香型坦洋工夫（福安红）"茶王"奖项的李清春说，他选用的原料是金牡丹，基地的海拔在 650 米左右，还要精心管理。

"对于真正做茶的人来说，能够拿到好的鲜叶原料，就感觉特别精神、特别兴奋，可以连续两三天不睡觉，直至制作出一款好茶。"李清春坦言。

"现在大家在红茶制作工艺方面相差不大，主要是原料的问题。"郑国声说。斗茶赛也一定程度倒逼着茶企重视茶叶种植基地的选择与管理，才能确保原料品质。

如今，一年一届的"坦洋工夫杯"斗茶赛，已经成为展示福安茶叶品牌魅力、展示茶企风采、提升坦洋工夫质量、推动产业发展的重要举措。"我们希望通过这样的比赛，在提高世界历史名茶'坦洋工夫'品牌知名度的同时，进一步服务福安茶产业，引导茶农、茶企种好茶、做好茶，全面提升茶叶品质，促进茶产业转型升级。"郑祖辉这样说。

"坦洋工夫杯"斗茶赛现场

住建视角：中国历史文化名村坦洋村之今昔

李　同

坦洋工夫甲天下。探访福安坦洋，所见所闻无非茶，也深味清人郭苹野《坦洋村记》之语："至坦洋，四山排闼，一水中流，鸡犬相闻，圜阓茂盛。产茶美且多，有武夷之风，外邦称为'小武夷'是也。"不过，更直观的仍是那些和茶缘相契、讲述坦洋故事的建筑物。

乡人常说，行山深处有廊桥。廊桥，闽东贯木栱廊桥，确是很有特色的建筑物，里边常有匾额、楹联、碑刻、戏台、神龛，承载了山乡悠远的历史文化。坦洋，醒目的廊桥便有2座。离村庄稍近的是观音桥，也称凤桥，据说，始建于清乾隆年间。外出村庄较远的是真武桥，也叫龙桥，始建于清乾隆二年（1737），历经3次重修，桥长30余米，桥面阔大可有三开间，进深十五开间，跨越清溪，连接两山两岸，既便于村民通行，又便于茶人进行茶叶交易。桥内，雕梁画栋，气派不凡。又因真武大帝被茶乡百姓尊奉为保护神，在桥中央供奉真武大帝的神龛，每年茶叶开市，或农历三月初三、五月初五，坦洋百姓都会摆上贡品，点起红烛，爇上香，祷告廊桥平安，祈求茶业兴旺。久而久之，真武桥祭祀活动便融入当地茶农、茶商的美好寄托和朴素憧憬，成为坦洋茶文化景观之一。

坦洋，原本多产菜茶，茶事活动自有基础；至若坦洋工夫红茶的诞生、兴盛，清政府在坦洋特设茶税局，周边的茶商、茶人蜂拥而至，于此设立茶行、茶庄。仅依清光绪七年（1881）统计，彼时坦洋2条平行街道上的茶行、茶庄多达36家。随着不少外姓人家的入迁，小小的坦洋人口剧增，形成如《坦阳记》所言"胡施黄朱，诸氏居之"的景象。140多家店铺在2条平行的街道上开设，明争暗斗也争奇斗艳，酒肆茶馆，客栈当铺，长街短巷，粉墙黛瓦……一片一片的民居也应时而生，鳞次栉比。

现今，历经兴衰而较完整存留的古民居仅 20 余处，多为清代建筑风格，二进二托二天井五开间双侧屋，但也有特出的。此间就有令人啧啧赞叹的清代"武举"施光凌的老宅。

施光凌老宅是方圆几十里难得一见的大宅，其整体外形颇具南方建筑的风格，"悬山顶""硬山顶""屋脊垂鱼""青砖粉墙""马头式封火墙"等房屋特征，都衬出主人家境的殷实。正座"随墙门"的门额上塑有一块匾，"武魁"字样苍劲有力、威风八面。引人瞩目的是匾上和其两侧的图案上均有短檐，这是墙檐下加檐，体现主人低调中的自豪。所塑的图案，其上花纹柔缓和卷叶回折，未尝见于殷周秦汉金石的各样饰纹，倒很近似于从西域传入的绘画艺术。入门探访，可见堂庑之深阔，竟有七进！屋宅各部构建齐整有序，厅堂屋厨依然洁净，泛出施民先人的人生气象。

厅中留有一块墨绿色石锁，上刻"三百斤"！施氏后人说，那是施光凌获"武举"后坚持练功用的。每天早晨，他都要举着石锁绕天井 6 匝！据载，施光凌高中武举后，见世道纷乱、流民遍地，便无意仕途、归隐家乡。赋闲家中的施光凌和其他坦洋村民一样以茶为业，醉心于茶事，兴建大宅。宅第起建后，施光凌扩展宅居功能，即以它开设"丰泰隆"茶行。茶行一开，门庭若市，往来的商家、茶人众多，或言如过江之鲫！格局不俗的施氏老宅保存至今，说明《坦阳记》中"胡施黄朱"四大家族中的施姓一族在当时的坦洋已有很大的影响。

资料记载，"丰泰隆"茶行和"横楼"相依存。那"横楼"是怎样的建筑物呢？横楼，其实是施光凌老宅的构成部分，修建的年份大致是清咸丰年间（1851—1861），土木结构，土墙周匝，墙身依制嵌有 2 排齐整布局的方形窗口。依山而建的横楼，长 44 米，楼高 3 层，每层十一开间，是当年之"丰泰隆"茶行的制作工坊（专门用来制作红茶），也是其卖茶的基地。作为工坊，其一层用于发酵和烘焙，烘焙处可置放近 200 个焙笼；二楼、三楼主要用于茶工艺的萎凋。现今，横楼内还留存着制茶设备和使用工具，已成为坦洋工夫红茶历史文化展品的一部分。而资料记载的一事尤让人敬服。抗战爆发时，这座横楼不仅容纳了从海岛内迁的福建省立三都中学的学生，还收留了其他来自闽东各地的流亡学生。

修建住宅，扩展功能从起居而制作工夫红茶而经营茶行，施光凌或可算是坦洋第一人。不过，同为坦洋工夫红茶制作、经营创始人的胡桂禹（胡氏四世），则是坦洋因茶发家的另一种典范，其宅居处可谓聚族而居的了。在坦洋胡氏建筑群的深巷中巡行，渐见一幢黑石砌筑、楼檐线条舒缓的院落，那便是胡氏老宅。院落不大，布局一如前述，中规中矩，内敛而不显气派，或显房屋主人的茶道人生吧。不过，石墙上镶嵌梅花窗格，几个方形或拱形的小洞口，有些许别致，引人猜想不已。

坦洋，以茶为业、因茶致富的茶人茶商，岂止施氏、胡氏？王氏一族亦为可圈可点，留存至今的"王氏兄弟宅"可为其族人以茶发家的侧影。

王氏兄弟宅其实是祖孙三代的居所，始建于 1906 年。其建族群现存 4 座大宅，一仙堂、二仙堂、三仙堂、四仙堂，宅院以"仙堂"称谓颇为少见。宅院工、住两用，楼下为居家住屋，楼上是茶庄工场，规制为六扇八廊庑，即每座大宅均有 6 间堂屋和 8 个厢房组成。宅内有天井、回廊、鱼池、花坛，有可摆下 10 桌酒席的大厅。有的宅院大门前保留着门头亭，亦称下轿亭，意即显贵望族、富豪巨贾临门都要落马下轿。

王家一号大宅，当是坦洋上街王氏建筑群中尤为突出的一座。大门匾额上书"紫气东来"，门额两端，有宋代理学家程颢的诗句"万物静观皆自得，四时佳兴与人同"，均是粉底蓝字，意味自得而冲远。大门上方塑有一对蟾蜍造型的排水口，屋顶的雨水可从蟾蜍口中吐出。这种部件设计，既有效地安排屋顶水流的泄口，又艺术地蕴入民间神话"蟾蜍吐水"的寓意。进入大门，迎面是一扇高大的二道门，类似北方建筑中的"照壁"。入宅后，便是回廊和厢房，正房、厢房的窗棂上都雕镂有人物和花鸟，或桃园结义，或八仙过海，或鸳鸯戏水，或喜鹊登枝，栩栩如生，工艺精巧。被二道门、厢房和大厅包围的，是前天井，天光辉映，雨泽下注，自然就有了一种与天相接的通透。上过几个石阶，就步入宽敞的厅堂。前厅和后厅之间，有一道板壁，壁前摆着祭祀用的案几（民间称为祭桌），壁上挂有画像，两旁是楹联。两旁是正房，门户翕辟有时。大厅两侧，或有小廊与隔壁宅院相通，可谓厝厝相连、门门相通。邻里古宅形制基本一致，体现了先人在经营茶事活动中养成的和谐、开放、包容、共生的处世襟怀。

坦洋茶乡建筑不止民居宅院，作为乡土文化标志性存在的宗祠，也是一道独特风景。

在坦洋，典型的就有施氏宗祠和胡氏宗祠。前者是由坦洋工夫红茶创始人之一的施光凌发起，于清道光三十年（1850）建成，正面马头墙上开有"随墙门"，祠堂是二进三天井五开间的格局，建筑面积590平方米，坐东朝西，外门楼转折朝南，内塑施光凌石像，记载其生平事迹。据说，宗祠落成当日，披红挂绿，锣鼓震天，喜炮不断，一派喜庆。后者，始建于乾隆八年（1743），光绪年间（1875—1908）重建，硬山顶，建筑格局一如施祠，建筑面积1800平方米，是全村最主要的礼制建筑，也是全村最有代表性的公共建筑，现为福安市市级文保单位。

其实，坦洋工夫红茶迅猛发展，众多外姓人携亲邀友前来开拓茶业，发家致富的茶人、茶商纷纷兴资修宅筑屋，聚族而居，如古街上区多为胡氏，下区多为施氏。血缘宗亲关系清晰，追宗怀远的精神醇厚，自然，宗祠也就成了家族聚落的中心了，也成了祭祀先人、祈福茶事的高规格公共场所。

乡土文化的重要构成部分还有民间信仰。坦洋，反映这份悠远信仰的典型建筑物是妈祖庙，也称天后宫，内部格局和宗祠无异。特别的是，它是以茶叶税金于清道光三十年（1850）建成。从资料上得知，当年，坦洋茶商、茶人倚仗发达的水运将大批茶叶船运舶载，直通远洋，妈祖便成了坦洋人祈求水上平安的保护神。这便是海滨渔民的保护神入住山区的缘由了。

行走坦洋，总容易见到高高兀立的建筑物，那便是碉楼，也称土炮楼。碉楼高4层，三合土夯筑，二层以上每层对外开设外小内大的窗户，既可以作为防火道、射击孔，又可以采光通风。茶业兴盛时，这类碉楼有12座，且都是茶乡百姓自发组织修建的半军事化工事，用于抵御外敌和土匪袭扰，也用于保障茶事活动的安全进行。经历坦洋工夫沉浮的沧桑岁月，现今保存完好的 2 座土炮楼，建于民国初年。碉楼的出现，足以令来往的茶商内心安定了不少，也反映坦洋百姓内心的自信，即在祈祷神祇、先祖庇护的同时，更坚定相信人力、相信智慧！

碉楼，现已成为福安市市级文保单位，并作为地标性建筑物被复制于坦洋茶文化主题公园。其虽然是仿制品，但仍讲究。墙用土夯筑而成，上挂一大"信封"，地址"中国·坦洋"，粘邮票并盖邮戳，浓缩的是坦洋工夫的一段往事：在坦洋工夫鼎盛时期，从国外寄来的信件，无须冠以省、府、县之名，而直书"中国坦洋"，即可准确无误地安抵收信人手中。"信封"，闪耀着坦洋工夫的百年光辉，也呼吁着振兴坦洋茶村的渴望。

在坦洋茶文化主题公园，除碉楼及其一旁或风字形或水波形的 3 处土墙模型外，人们可以见到醒目的茶文化象征——倾斜状的赭色大茶壶和茶杯模型，还可以见到阔长的马头墙上绘制的"坦洋工夫"阳文钤印、茶艺图画，仿欧式的木质建筑物"游客服务中心"，雕刻有张炳先生《坦洋赋》的石板墙，挂有"最美乡贤"施元辉简介的屏风。而所有这些似乎在凸显一个高大庄重的建筑物——"历史文化名村坦洋"牌坊。牌坊是纪念性建筑物，可分为标志坊、功德坊和节烈坊。坦洋茶文化主题公园的这个牌坊是标志坊。歇山亭、八根花岗岩石柱、石柱顶端雕刻的祥云以及横跨公路的坊门，既体现民间建筑的设计艺术，也体现隐含于其间的荣耀与自豪，更让人感到福安市政府、福安人传承、振兴茶文化的坚定信心和行动！而这些都已经由近几年坦洋茶业所获得的各种荣誉结结实实地反映出来。

作为坦洋工夫发祥地的福安坦洋，已被列入中国传统村落名录。目前，坦洋村正策划生成乡村振兴茶、文、旅相融合的提升项目，改造施善桥，完善茶文化主题公园，建设红茶工坊和砖窑遗址公园，整饬、修缮古茶街等等。相信多年后，当人们行走在历史厚重、茶香四溢的坦洋村时，会如我们现今一般憧憬昔日"中国·坦洋"兴盛时的景象："茶季到，千家闹，茶袋铺路当床倒。街灯十里透天光，戏班连台唱通宵。上街过下街，新衣断线头。白银用斗量，船泊清风桥。"

坦洋工夫茶发源地福安坦洋

"三茶"并非此山茶，美美与共绽芳华

枫 枫

"山茶花发争芳菲，翠翎蜡觜相光辉。"海峡西岸的福安，其市花为山茶花，每年冬春，山茶争奇斗艳，漫山姹紫嫣红，一直被世人所称道。然而，在我眼里，素有"邹鲁之邦"雅称的福安，茶叶，更是闻名于世，先后被授予"中国茶叶之乡""中国红茶之都"的美誉。这里的茶文化、茶产业、茶科技融合发展，在当地党委和政府的正确领导下，已然结出丰硕的成果，绽放出绚丽的芳华。

提起福安茶文化，不由得想起白居易的诗句："红纸一封书后信，绿芽十片火前春。""淡中有味茶偏好，清茗一杯情更真。"福安茶文化可谓历史悠久，经有关专家考证，早在建县前的唐代，福安就开始了种茶。唐代"比屋皆饮"之风，在福安亦有蛛丝马迹可稽。溪潭镇溪北村后山唐墓出土的青釉茶托杯、赛岐镇苏阳村发现的黑瓷兔毫盏残片等，足资说明福安在隋唐时期就有茶事活动。乾隆版《福安县志》记载："茶，山园皆有。"而同时期出版的《福宁府志》亦云："茶，郡治俱有，佳者福鼎白茶、福安松罗。"由此可见，茶在福安种植饮用，在当时已相当普遍。

清咸丰元年（1851），坦洋人胡大盛就创立"万兴隆"茶号；嗣后，施光凌创立"丰太隆"茶号，王正卿、吴步云联袂创立"祥生记"茶号，胡兆江创立"泰大丰"茶号……清时，坦洋茶人开始发迹，"坦洋工夫"红茶生产风生水起，一片生机。清光绪七年（1881），坦洋工夫创造新纪录：坦洋村生产红茶5万箱（每箱36公斤），产值1万块大洋。3年之后，中法战争爆发，中方军需告急，茶业大咖吴步云慷慨解囊，被清廷授予"同知候补"

官爵。清光绪三十三年（1907），茶业官吏吴庭元在香港注册"元记"商标，为坦洋工夫打开新的销售门户。最是让坦洋人乃至福安人民激情满怀、豪气干云的是：1915年，坦洋工夫在首届巴拿马太平洋万国博览会上斩获金奖，在激烈的国际竞争中脱颖而出、拔得头筹，为祖国赢得荣誉。这个荣誉后来被人们誉为福安最早的"中国制造"，最早向世人展示了福安茶文化的魅力。而百年之后的新时代，坦洋工夫重返巴拿马万国博览会，再次夺得金奖，续写了坦洋工夫的绝代风华。此为后话。

中华人民共和国成立后，福安茶产业、茶文化蓬勃发展。20世纪50年代，当地就成立了福安县茶业局，创办了福安茶业学校、福安茶厂、坦洋茶厂等。当地政府还对福安传统茶文化进行挖掘、整理、保护和传承。

千百年来，中国悠久的种茶、饮茶历史与福安深厚的人文底蕴相融合，深深渗透于人们的社会文化生活中，孕育、催生并定格为一幕幕生动鲜活的茶俗文化。以福安丰富的民间传统茶文化为例，当地自古有"茶哥米弟"之说。老百姓家有客至，必是先敬茶后留客用膳，这就是"茶哥（先）米弟（后）"的隐喻说法。福安人彼此之间祝福讨"热值"（吉利），看时令或喝"出门茶"，或喝"做年茶"，或喝"新娘茶"等。福安有谚语："年头三盅茶，官府药材冇勾骸（脚）。"（意指不与官府、药房来往了。）福安民间还把炒花生、炒大豆、炒瓜子之类零食唤作"茶泡"，将此作为"手信"（伴手礼）送给亲朋好友，并有民谣："行中秋，骸（脚）布乌溜溜，出门三下探，茶泡掏去收，掏来掏去做中秋。"可见福安茶文化的外延已逸至节日文化了。而福安茶文化的重头戏，应是沿袭至今的"斗茶"了。所谓"斗茶"，就是品鉴茶叶质量好孬的一种比拼。中华人民共和国成立后，福安当地，已举办了数十场"坦洋工夫杯"斗茶比赛。它对推动茶叶品质的提升，可谓功莫大焉。

功莫大焉的还有福安的茶艺文化。20世纪90年代，当地就成立了福安市民族茶文化艺术团，该团的成立可谓开了全省县（市、区）级同类团体的先河。茶艺团在历年的省际，乃至全国性茶艺竞技比赛中，屡创佳绩，为福安茶文化增添了浓墨重彩的一笔。2005年，中国国民党名誉主席连战偕夫人，在北京老舍茶馆品鉴福安工艺花茶，领略了福安茶艺，欣然挥毫题词："振兴茶文化，祥和两岸情。"

茶艺会挚友，山水迎嘉宾。20世纪90年代初，福安连续举办2届"中国闽东福安茶文化交流会"。参加盛会的有全国各地的茶道业者，以及日本茶道界的嘉宾。其间，中外嘉宾各展技艺，各领风骚，充分展现了中外茶文化和而不同的魅力。我想，福安市被授予"中国茶叶之乡""中国红茶之都"等殊荣，一定和福安茶文化丰赡底蕴的加持是分不可开的。

有了这种底蕴，福安的茶产业便有了源头活水，自然顺风顺水。打从坦洋工夫在巴拿马万国博览会获得金奖后，福安茶产业的发展势头便颇为强劲，后因战乱频仍，茶叶生产才停滞不前。中华人民共和国成立后，在党和政府的鼎力支持下，相关部门企业趁势借力，各大茶厂开足马力，茶产业枯木逢春、竞相争荣，很快就迎来了茶产业的春天。福建省茶叶科学研究所将所址设在福安市社口镇（亦研制生产加工茶叶）。该所的茶树品种苗圃，拥有882个茶树品种、4000多个种质，选育50多个优良品种，年出圃良种茶苗8亿多株。省茶科所的良种保育、生态建设，确保了福安茶业的质量安全。同时，又借助福安茶厂、坦洋茶厂的龙头带动，福安茶叶在市场营销、品牌提升方面有了质的飞跃。据了解，目前福安拥有茶企600多家，其中规上茶企29家、福建省龙头茶企17家、宁德龙头茶企35家，拥有自营出口权茶企7家，获国际雨林认证1家、ISO认证8家。全市茶企获中国驰名商标2家、福建省著名商标13家、福建名牌产品14家。2021年，仅坦洋工夫品牌价值就达46.41亿元，以富春茶城为中心的茶叶市场，年交易额达40多亿元。一片神奇叶子，富了一方百姓。从脱贫攻坚走来，这片叶子依然在乡村振兴中持续发力。

福安茶产业，之所以能搞得风生水起，其动力是"好风凭借力，送我上青云"——全靠茶科技的伟力。人们记得：30多年前，时任宁德地委书记习近平曾四进坦洋，提出要"不断放大坦洋工夫的品牌效应，壮大茶叶经济。一定要珍视、保护、发展、应用好这个品牌，让坦洋工夫茶走向全国、走向世界"。此后，习近平同志又提出"茶文化、茶产业、茶科技要融合发展"

的指导思想。这些年来，福安茶人对"三茶融合"的思想心领神会，融会贯通。借助省茶科所这所专业科研机构的科技力量加持，把福安茶产业做强做大。尤其值得大书一笔的是，茶界泰斗张天福、当代茶圣吴觉农、茶科技先驱李联标等，都对福安茶业科技工作投入了满腔热情，倾注了毕生精力。不然，中华人民共和国成立后，福安茶叶频频在国家级、省部级诸多茶叶赛事中荣获科技成果奖、科技进步奖，以及取得许多发明专利等，就无从谈起。

如今，位于福安市社口镇的省茶科所，不仅拥有"茶树品种王国（资源圃）"，还设有国家茶树改良中心福建分中心和国家土壤质量福安观测实验站等国家、省级创新平台。这些平台可对高香型多茶类进行兼制，可对特异色泽茶树新品种进行选育，亦可对茶叶智能化生产线和特色茶产品进行研发。而设在福安的宁德职业技术学院茶学院，则拥有一个集产、学、研、训、赛、考"六位一体"的实训基地，为地方培育了不少茶科技英才。诸如"台湾茶叶之父"吴振铎、茶树育种专家郭吉春等，就出自这所学院的前身——福安茶业专业学校。正因为有这些茶业精英任劳任怨、诲人不倦的传帮带，才有了今天福安"三茶"融合发展的广阔前景。

如今，随着福安高香型坦洋工夫"闽科红"、创新型"花果香红"等团体标准的颁布实施，以及隽永天香、农垦集团茶业等250多家企业赋码溯源体系的建设，更让坦洋工夫的"三茶融合"如虎添翼。不然，坦洋工夫这"一片树叶"何以能蝶变成今天这般模样？看今朝，坦洋工夫已被农业农村部列为农产品地理标志产品，还成为中欧地理标志产品……抚今追昔，如今的福安茶人，可谓"心潮逐浪高"啊！

"不要问我到哪里去，我的心依着你。不要问我到哪里去，我的情牵着你。我是你的一片绿叶，我的根在你的土地。"从哪里来，到哪里去？这确实是一个关涉"不忘初心、牢记使命"的问题。记得习近平总书记当年曾说，"茶"字拆开，就是"人在草木间"。在他的心目中，茶，代表着基层，茶，就是最接地气的民间。数十年来，不知多少次，他深入草木间，深入人民的心田，让全国人民，深深感受到他亲民爱民的情怀和博大精深的思想。回眸当年，40多万涉茶农人在宁德地委提出"闽东学三洋、坦洋要当领头羊"号召的感召下，知道了自己的根在哪里，知道了感恩，知道了只要大家一起撸起袖子加油干，就必定会把"一片叶子"精制成让世人惊诧的金色华章！

"三茶"并非彼山茶，美美与共绽芳华。目及当下，福安人民在习近平新时代中国特色社会主义思想的正确指引下，正牢记习近平总书记的嘱托，踔厉奋发，笃行不怠，大力推进福安茶业的高质量发展和跨越发展。

看啊！山阴道上，山茶绚烂，繁花似锦；邹鲁之邦，茶业兴旺，社会发展。这一方土地怎能不会"全家福安"？！

科教兴茶篇

接力梦顶茶香满校园

唐　颐

这里是福建省第一所、全国第二所茶叶学校，首任校长是中国茶界泰斗张天福。

这里有一个茶种园，全称为"梦顶张天福茶叶品种科技园"，是学校的教育实践基地，也是校园里一道亮丽的风景点。

这所学校现在的名称：宁德职业技术学院。

癸卯盛夏季节，我有幸在潘玉华教授引领下考察校园。该校园坐落于福安市区的梦顶山中，占地520多亩。我们驱车驶上一条名曰"葫芦湾"、蜿蜒于新老校区之间的道路，到达茶种园。环绕茶种园山顶木栈道而行，俯瞰山下，新老校区尽收眼底，各具特色：新校区十分气派，装饰新潮；老校区厚重沧桑，饱藏故事。

走进占地20多亩的茶种园，让我眼睛一亮又目不暇接，分明是走进了一座茶树品种博览园。这里共培植国内外茶树品种148个，每种5株，有耳熟能详的大白茶、大毫茶、铁观音、大红袍、肉桂、梅占、金牡丹、白芽奇兰、福云6号、元宵绿等，也有我闻所未闻的品种。如奇曲，挂牌介绍系1937年庄晓芳教授与童依云在武夷山麓的企山茶场发现，经童衣云压条繁殖，后移入福安社口飞层山品种园，20世纪50年代后期，福建茶叶研究所再次整理繁殖。名曰"奇曲"，名副其实也。我观察茶树每个枝丫皆弯弯曲曲。潘教授告诉我，奇曲茶树还是盆景艺术的好品种。

奇曲当属珍稀品种，但园中最为珍稀的品种莫过于绿芽佛手。潘教授告诉我，红芽佛手多见，绿芽佛手罕见，它们属于不同品系。茶种园只有一株绿芽佛手。2018年的一天，学校后勤人员不知绿芽佛手之珍稀，竟把它挖去美化张天福校训碑周围环境，幸而他及时发现，当晚就把它重新移植回去。失而复得，更为珍惜，精心管护，苗壮成长，绿芽佛手被视为茶种园的镇园宝贝之一。

徜徉茶种园，久久不舍离去，返程时，身心还沉浸在素雅清淡的茶香中。

我突然发现，梦顶张天福茶叶品种科技园，恰似一座高山枢纽站，不仅在地理上连接着老校区与新校区，而且在学校发展史上，也见证了传承与创新。校园里立两尊铜像。一尊是张天福（1910—2017）。张天福是著名茶学家、制茶和审评专家，中国近现代十大茶专家之一。中国茶业界誉之为"茶界泰斗"。1935年8月，张天福到福安县创办福建省立福安初级农业职业学校（俗称茶校）和福安茶叶改良场，任校长兼场长。他提出的校训"实事求是，身体力行"，而今镌刻在校园入门处的一块天然卧石上。张老最为人津津乐道的更是他的长寿，他2017年过完茶寿（108岁）生日不久，安然离世。许多人曾问他长寿秘籍，张老答：喝茶。另一尊铜像是吴振铎。吴振铎（1918—2000），福安人，是张天福的第一届茶校学生，后又就读于福建农学院，1946年任福建省立福安高级农业职业学校教导主任，1947年7月赴台湾，先后任台湾省农业试验所平镇茶叶分所技正、所长，台湾省茶叶改良场首任场长等职，服务台湾茶界50年，被誉为"台茶之父"。

20世纪80年代末，吴振铎回大陆探亲，特地探望老师张天福。吴振铎夫妻俩与张老的合影至今悬挂在校园展馆内。

校园里的茶种园发端于张天福，但真正付诸实施的是戈佩贞。戈佩贞，女，祖籍浙江平湖，1931年出生在上海的一个工商业家庭，19岁考上复旦大学茶叶专修科，受教于陈椽、庄晚芳、王泽农等著名茶学家，1952年毕业后到福建福安农业专科学校（宁德职业技术学院前身）任教。她在这所学校执教38年，培养了茶叶、茶果专业学生1300多人，同时，多次主编全国和全省农业中专《茶树栽培学》等教材，参与编写中国农业百科全书《茶叶卷》"生物学基础"章节，合作编写的《福建乌龙茶》获得1993年全国第三届科普作品三等奖。她退休后仍积极参加各种茶事活动，2014年将毕生有关茶的文章汇编而成《伴茶六十春》，由福建科学技术出版社出版。戈佩贞把一生都献给了茶学事业。

张天福是戈佩贞的老师与同事。1952 年 9 月，戈佩贞到福建省农业厅报到，遇到的第一个人就是张天福。此时已在农业厅工作的张天福交代戈佩贞两件事，说："福安农校是全国唯一设置茶专业的学校，你是新中国诞生后第一个到校任教的大学生，所以一定要教好书。你要带领学生开辟学校后面的'梦顶山'，我已经挖了一小部分，你要继续完成，开垦后及时种上茶叶，要种植优良品种，好品种是好品质的基础。"

梦顶山早年不属于学校用地，戈佩贞 50 年代初又在锦鸡垅（现福安城北中学）开辟茶树品种园，最初培植 20 多个品种，后发展到 56 个，直至 21 世纪初，将这些品种迁植到梦顶山，增添至 87 个品种。戈佩贞不仅开辟了茶种园，而且几十年如一日，坚持不懈地管护与提升，使茶种园成为学校师生观察识别茶叶良种的实践基地，也为当地茶农繁育茶叶良种剪取插穗提供了机会。关于戈佩贞情系茶种园的故事有许多，至今学校师生还乐于流传这个故事：一天半夜 3 点，有人发现茶种园手电筒亮光一闪一闪，近前一看，原来是戈佩贞老师正在聚精会神地观察茶树生长状况……

潘玉华教授是福州人，1983 年毕业于福建农林学院茶业专业，毕业后任教于宁德市农校（宁德市职业技术学校前身）。他任教 10 年后声名鹊起，1993 年分别获得省农业厅和省教育厅授予的"教坛新秀"与"优秀青年教师"称号。后 30 年他更是荣誉多多、成果累累，获得"福建省优秀教师""第一届宁德职业技术学院教学名师""张天福茶叶发展贡献奖""茶人榜样——中华优秀茶教师""闽茶之星"等称号，2020 年被任命为"福建省潘玉华技能大师工作室领办人"。他发表科技论文 50 余篇，编写多本茶学专著，主编的《茶叶加工与审评技术》和副主编的《茶艺》，均被选入福建省高职"十二五"规划教材，主持的"高职茶叶生产加工技术专业教学改革试验研究"获第 5 届全国农业职业教育成果奖一等奖。

梦顶山茶种园的接力棒传到了潘玉华手中。改革开放，给教育事业发展提供了前所未有的大舞台，"农校"成长为"学院"，校园面积也翻了一番，梦顶山从学校"背后"变为"中间"。由于校园规划、基建等原因，茶种几度搬迁，每次搬迁均需对茶树品种进行耐心的标记、扦插、育苗，想方设法保留珍稀茶树品种，持续不断优化扩大茶树结构。于是，朝着建设一流的茶种园目标奋斗，历史性地落在了以潘玉华为代表的第三代茶学师们肩上。

宁德职院开设茶学院

吴振铎：福安茶人的骄傲

金 翼

茶者在近十年的事茶过程中，一直有一个心愿，想研究一下"台茶之父"吴振铎先生之人生历程，但一直未能如愿：一是先天愚拙，忙于事务而不得要领，静不下心来；二是地处山城，缺乏资料来源，上网络，也仅有一些简历之类的只言片语。近来，从中国农业大学老校友汪先生处借到几本关于台湾茶叶的书籍，不时浏览一二，总能发现一些吴老的踪迹，又利用春节前的闲暇，从市图书馆借到上、下两集的《吴振铎茶学研究论文选集》，认真翻阅，对吴老的生平功绩、道德情怀，算是稍有体会。

吴老 1918 年出生于福安城关东门的双井巷，家庭困苦，先祖父疫于考举途中，先祖母不到 30 便守寡，独自拉扯吴老的父亲和叔叔长大，孤儿寡母以种果园和制茶为生。吴老从小体弱，长大后求学历程周折。初中毕业，他遇台风错过会考，入师范应读，又患病休学，其间考入福安高级茶科学校就读，工作数年后才考入福建省立农学院。毕业后，他任福安茶叶专科职业学校教导主任，1947 年到台湾度假，被台湾省农业试验所聘为平镇茶叶试验分所制茶系主任。当时平镇分所茶园和建筑用地皆为租用，仅有土墙房数间，设备简陋，但吴老看中研究方向之发展前景，便孤身一人，在此不毛之地扎下根来，开创出辉煌的茶学人生。

古人认为，达到"立功、立言、立德"之境界者，方是不朽人生。有人说，中国由古至今，只有"二个半人"达此境界，"二个"指孔子和王守仁，"半人"指曾国藩是也。茶者认为，吴老的茶学人生已接近或达到了"立功、立言、立德"之境界也。

　　吴老居功至伟，无人企及。台湾茶人张宏庸在《台湾茶艺发展史》中，总结吴老对茶界有五大贡献，比如茶叶推广功不可没，选育品种独占鳌头，主持茶政促进内销，倡导品茗形成风尚，等等。陈宗懋主编的《中国茶叶词典》也对吴老的成就做了高度评价。

　　茶者认为，吴老对茶界共有九大贡献：

　　一是忠于职守，将"一穷二白"的茶叶试验分所发展成实力强、规模大的茶叶研究机构。实力上，在吴老退休之时，改良场本部拥有试验用地19039公顷、大楼50栋建筑面积达692067平方米、机械设备641件、交通工具84件及仪器设备等2880件。除了改良场本部，分所还拥有文山分场、台东分场及冻顶工作站等机构，使台湾各区域的研究工作得以均衡发展。

　　二是开展茶叶改良耕作法的推广，奠定了台茶复兴的基础。先是设立茶园之剪枝、施肥、采摘及病虫害防治等综合改良耕作法试验区，之后逐步向全台湾推广，经过3年努力，使台茶平均产量增加68.2%。

　　三是培育优良茶种17个，从台茶1号至台茶17号，均为吴老所为，特别是以吴老祖母和母亲名字命名的台茶12号"金萱"及台茶13号"翠玉"最为成功。据统计，到1993年底，台湾栽培总面积中，"金萱"的种植面积占12.06%，"翠玉"占4.38%。

　　四是茶叶机械化的引进，推广和设计制造。首先是茶园生产机械化。从1971年开始，引进采茶机500台，经过茶改场试用后，在全岛示范推广，经过3年的工作，茶农普遍采用了机械采茶。此外剪枝机、开沟机、喷雾器等，也是由茶改场试用后，再逐渐向茶农推广，使茶园耕作实现机械化。再者是茶叶生产新技术的引进。吴老采用引进和本土研发的方法，在台湾推广煎茶，眉茶和红碎茶的初制和精制机械生产线，使得台湾眉茶、煎茶和红碎茶产量实现飞跃，适应了国际市场的需求。1967年台湾的眉茶外销量已超过859万公斤，1973全年煎茶生产量超过12794吨，红碎茶年外销量已超过750万公斤。吴老还亲自设计茶叶机械。1980年初，应印尼的要求，吴老设计出一套全自动绿茶生产机械，交付使用，开创了印尼绿茶生产自动化的先河。

　　五是开展茶树生物化学的研究。1975年，吴老通过2年的研究，应用试管组织培养，从无胚子叶碎片中培养出小茶树。这是首次组织无菌培养法成功培育茶树的例子。然后他再用青心乌龙杂交后，得到1181株新品种，移植田间，供后人继续研究。这是茶树生物化学的一次突破。1976年这项成果获台湾地区第一届"杰出科技奖"。

六是长期主持台茶的审评工作。吴老对茶叶的审评极为重视，所内每一次新品种采摘回来，制成样品，皆由吴老亲自审评。审评之后的统计分析及研究也由吴老亲自完成。四十年如一日，吴老从而积累了非凡之审评功力。吴老还亲自制订台茶审评标准，举办茶叶审评员资格考试，倡导举办各种茶事比赛活动，从而促进了台茶品质的不断提高。

七是积极开展国际茶叶交流活动。吴老曾多次前往印尼、韩国、印度、新加坡、日本等国参加国际性茶叶学术会议，也多次到欧洲数十国以及美国主要城市考察茶叶的生产及消费市场情况，在国际上提高了中国茶的知名度和影响力。吴老在退休之后，还多次率团到大陆参加学术活动，促进两岸茶叶的交流。

八是重视培养茶业后备人才。吴老从1952年至1993年先后担任台湾大学农艺学系茶作学讲师、副教授及教授等职，每届生徒达百人之多。吴老教学认真，诲人不倦，理论与实践并重，培养了大批茶学后备人才。吴老还重视所内员工的培养，经常选送员工到国外考察进修或研读硕士、博士学位，促进台湾茶业学术研究水准的不断提升。

九是成立茶艺协会，并任首届理事长和荣誉理事长，协会会员达1500人之多，天福茶叶集团总裁李瑞河也是会员之一。茶艺协会创立后，经常举办各种茶事比赛和茶艺师比赛，开展各种各样的品茗活动，并和日本、韩国等国进行茶事及茶艺的交流。

吴老这九大贡献涉及茶产业链的每一个环节。许多人穷极一生，也仅是在某一方面有所成就，而吴老的贡献却是全方位的，被誉为"台茶之父"，也是实至名归。

"立言"是"成仁至圣"的重要标志。吴老在践行具体功业时，不断总结，笔耕不辍，在国内外著名刊物上发表学术论文100篇，出版专著近10

部，代表作有《评茶》《茶叶》《今日台湾茶的研究》《新近之台湾半发酵茶再次的探讨》《吴振铎茶学研究论文选集》等等。茶者手上的这部论文集分上、下两册，共有论文 52 篇，其中英文学术论文 6 篇，并附有中英文双语的茶叶审评术语词条 165 个，内容涉及茶树栽培及形态、茶树育种、茶叶制造、茶叶化学、国内外茶业考察报告和国际茶叶学术会议 6 个方面。在"茶树育种"篇章中，吴老用 5 篇论文，详细记录了从 1969 年至 1983 年间，培育台茶 1 号至台茶 17 号的全过程，记录了每一号新品种的培育经历、茶青产量、采摘期、树形、芽叶密度等参数，尤为难得。在"茶叶制造"篇章中，吴老有 3 篇关于红茶生产的论文，《制造红茶基本原理之探讨》《切菁红茶制造法之研究》《红茶萎凋原理与槽型萎凋机之改良及使用》，无疑对当前坦洋工夫的生产具有很大的指导意义。每篇论文不但数据量超大，图表、坐标曲线比比皆是，而且化学分子式、化学反应方程式罗列其中，英文引用和注解随处可见。总体感觉，吴老的茶学思想具有国际眼光，是和国际茶叶科学的发展齐头并进、一脉相承的。这无疑是一个茶学宝库，如能认真研究，认真探寻，必有收获，意义非凡。

"立德"则非凡夫俗子能达之境界。吴老用自己完美的茶学人生释出一种和茶之本性融会贯通的道德理念，或称之为茶道精神。茶者斗胆，将其总结为"和""敬""清""谨"。

"和"指为人之和，这是事业之基础。吴老在事业之中，拥有耀眼的光环；在同事之中，是一个谦谦君子；在家庭之中，注重伦常。他将自己最得意的作品，台茶 12 号和台茶 13 号以自己的祖母和母亲的名字命名，这在茶界独一无二。在论文集中，他用大量的篇幅刊登长辈和家庭成员的照片，同样体现了中国传统士大夫独有的家国情怀。

"敬"指敬事立业。吴老事茶 58 年，恪尽职守，矢志不渝，方能取得这样令人难以置信的成就。吴老从接任平镇茶业试验分所制茶系主任，到退休，在职 37 年，平均每年发表论文 3 篇，仅仅这一项，就是一个巨大的工作量。他举 15 年之功，培育出 17 个优良新品种，也是一个奇迹。张宏庸在《台湾茶艺发展史》中，讲到吴老在场长任内心无旁骛，专心科研。这也从一个侧面反映了吴老敬事立业的道行。

"清"指清静处世，清静才能守廉，吴老主持台湾茶政37年，在创造功业的同时，也创造出巨大的财富，1979年，吴老所辖的林口分场奉命迁移，茶改场经核准后将土地出售，就得到经费4亿台币。吴老的门生中，也不乏商业大亨，如天福总裁李瑞河等人，而吴老却是清贫的，直到退休，终身都住在所内员工宿舍，茶者手上这本《吴振铎茶学研究论文集》还是他在退休后自费出版的，装帧普通，平装印刷。

"谨"指处世谨慎，不敢有丝毫的含糊。在陈焕堂，林世煜著《台湾茶第一堂课》中提到关于评茶的两件事：一是20世纪80年代，吴老举办过8次"茶叶品质感官鉴定考试"，共有400多人次参加，仅有22人通过初试，1986年，吴老又将这22人集中起来，再考一次，最终只有2人过关，获得"甲等感官鉴定证书"。可见处事之严谨，二是在吴老的倡导下，台湾各地经营举办茶业赛事，以吴老之功力，加上他德高望重又勇于担当，担任评茶主审，受到茶农和茶商的一致推崇。但退休之后，吴老就不再担任茶叶赛事的评委，而交由茶改场派他人担任。说明了吴老为人之严谨。吴老还主动坚辞场长、研究员和台湾大学教授等职，同样说明了这一点。

吴老的茶学人生是一个完美的人生，功绩等身、著作等身、荣誉等身，是茶界的一个典范。作为吴老的福安同乡人，我们感到无比的自豪和骄傲。同时，我们更应该充分发扬吴老的茶学精神，做好、做强、做大茶产业，重振茶业重镇之雄风，使福安的茶产业能屹立于东方之林。

茶者觉得，在不远的将来，如果福安能拥有吴振铎茶叶公园，拥有吴振铎茶学博物馆或吴振铎茶学院等研究机构，让吴老充满茶香的灵魂能重归故里，让福安成为海峡两岸的一个茶学圣地、一个亮丽的所在，那该有多好？我们何乐而不为呢？

吴振铎，对于中国茶业，对于两岸交流，对于福安人民，是一个永恒的光辉所在！

"三金""三紫""三黄"高香茶树的培育之路

董欣潘

金、黄、紫是大自然赋予人类的三种美丽色彩。在福安，当第一次听到茶树中的"三金""三黄"和"三紫"时，我一下子就被吸引了，想要探究它的"秘密"：何为"三金""三黄""三紫"？它们因何缘起？有什么值得称道的地方？

带着这些问题，我走访了位于福安市的福建茶科所及一些茶区。所到之处，人们无不对"三金""三黄""三紫"这些高香茶树茶种的培育者郭吉春教授交口称赞，称其为"福建茶树育种第一人"。

"三金"，即金观音、金牡丹、金玫瑰；"三黄"，即黄观音、黄牡丹、黄玫瑰；"三紫"，即紫观音、紫牡丹、紫玫瑰。9 个茶种因其自然幽雅的花香品性而被郭吉春赋予世间最能体现真善美的名字。这些茶种因其具有愉悦、馥郁的花香，一经问世，便备受人们青睐。

1964 年，郭吉春从福安农校毕业，入职福安专区职业茶业学校，从事教学工作。1968 年，调入福建省农科院茶叶研究所后，郭吉春跟育茶老专家郭元超学茶树育种。初来乍到，郭吉春对茶树育种充满好奇，怀抱着一份激情。万事开头难，面对一大堆茶树，面对一大片茶山，郭吉春不知从何入手。但他想，既然选择了科研，就要搞出名堂来。在郭元超老师的精心训练下，从1977 年开始，郭吉春开始踏上茶树品种资源和遗传育种研究之路。

那时候，郭元超老专家把福云或者福云系列的那些品种筛选出来，郭吉春跟他学习怎么筛选品种。最初的茶树是这样种的：云南大叶种 1 行，福建的福鼎大白茶旁边种 2 行，这样通过自然杂交。因为云南大叶种的芽期比较早，芽头比较大，经过自然杂交后，做出来的福云6号成为一个优良的品种，后来成为全国推广面积最大的品种，产量高、品质好。金观音、金牡丹等系列品种都是郭吉春老师选育的。他一共选育了10个品种。1978年，党的十一届三中全会刚刚召开，紧接着召开了全国科学大会，预示着新的科学的春天到来。那时，福云7号和8号还获得全国科学大会奖。

郭吉春采用杂交育种法，即每年10月至12月间茶花盛开之时，紧紧抓住这一黄金时节进行人工授粉，又于翌年10月对结出的种子进行采收、播种，经过1年时间的培育茶果才长成苗，出苗率一般能达到50%至60%。尽管如此，可选作杂交亲本的一些品种，或者花朵依然很少，或者父母本花期不遇，或者结实率极低，想收集花粉、想授粉杂交并结果还真不容易。事物总是在变化中发展。每遇上这种不确定的情况时，郭吉春便将一年生杂交苗移到茶园，总能收到80%至90%成活率。这样选育两三年使茶树不断长大，这期间虽然可以进行初步的观察、筛选优良单株，但幼龄期茶树的性状往往不稳定，实际上需要四五年的观察和筛选。初步筛选出的优良单株进行扦插繁殖，也需要一年才能育苗，每个株系如果扦插的苗木数量足够，才可以进行品系比较试验。选育杂交抓茶树，郭吉春都将其视如孩子般呵护。

科研其实是一项艰苦而又枯燥的工作，要经历漫长的时间，必须耐得住寂寞，守得住恒心。一个好的结果，既是机缘巧合，又仿佛冥冥之中自有天命使然。

就拿金观音即茗科1号来说吧。从1978年到1999年，郭吉春以铁观音为母本，以黄金桂为父本，采用杂交育种法，不知花了几多心血和汗水，终于培育出来。这个新品种具有无性系、灌木型、中叶类、早生种、二倍体等特征，芽叶紫红色，嫩梢肥壮，发芽密且整齐，适宜机采，同时，杂种优势强，品比、省级与国家级区试平均产量比父母本及对照种福大增产达30%至70%以上。关键是，该茶树种适制广泛，如乌龙茶、绿茶等，品质优异，制优率高。

同一时间培育的"三金"中的金牡丹和金玫瑰，以及"三紫""三黄"品种，都是采用杂交育种法育成的。它们具有杂种优势强、综合性状优异、成活率和产量高等特点。特别是金牡丹，因其具有抗旱、抗寒与适应性强等特点，在土层深厚、肥沃的园地种植，产量高、品比强，省级区试平均产量比父母本增产10%至50%以上。"三金"及黄观音、黄玫瑰为早生种，紫牡丹、紫玫瑰为中生种，紫观音为晚生种。选配黄观音和白鸡冠进行杂交，从杂交一代中分离选育出黄叶特异种黄牡丹，其适制性广，可制乌龙茶与绿、红、白茶，香浓郁，花香显，味醇厚，耐泡，叶底透亮，香味似黄观音，品质优异，制优率高，显著超过白鸡冠。尤其值得称道的是，黄牡丹全年嫩梢的芽、叶、茎呈黄色或淡黄色，属白鸡冠遗传性状，但比白鸡冠色黄、艳丽、美观，叶色特异，性状稳定，观赏性强，可美化观光茶园，应用前景广阔。

金观音为早生种，悦茗香为中生种，均为无性系。有专家评价说，两者都是难得的既具有铁观音的品质特征，制优率高，开采期早，又表现产量高，无性繁殖力、抗性与适应性强，适宜在中国乌龙茶区和江南茶区推广应用的国家级良种。这两个乌龙茶杂交品种的研究成功，解决了乌龙茶品种杂交一代保持亲本优异品质性状、实现定向选育的疑难问题，是乌龙茶育种上的重要突破，这一成果居世界同类研究领域领先水平。

金牡丹制乌龙茶香气馥郁悠长，滋味醇厚回甘，极具"韵味"，酷似铁观音；而制绿茶时，外形色绿，花香显，味醇厚，尤其是一芽二叶干样含茶多酚33.9%、氨基酸3.5%、咖啡因4.5%、水浸出物46.0%，乌龙茶挥发性香气成分含量丰富。金牡丹于1999年6月通过省级科技成果评审，2000年4月通过福建省品种审定，编号为闽审茶2000001。经过2年的种植，获得了预期的效果，2002年4月，其通过国家级品种审定，编号为国审茶2002017；2004年12月，获得福建省科学技术二等奖。金观音由于扦插繁殖力强，省内外区试示范表现种植成活率高、抗性与适应性强，超过父母本，已在全国十几个省广泛种植。

在40多年的茶树育种过程中，郭吉春虽历经艰辛，但育种有成：其中8个是人工杂交种、1个自然杂交种；5个国家级审鉴定良种、1个省级审定良种、3个国家登记良种。金观音、黄观音与另外2个品种获得2项福建省科技奖二等奖；被评为国家科技攻关项目一级优异种质2个、优质种质3个。

两个品种获得福建省科技二等奖，一个是"乌龙茶新品种黄观音、黄奇选育与推广"2002年获得，一个是"茶树新品种茗科1号、悦茗香的选育与应用"2005年获得，都是在郭老师担任副所长领导职务之后获得的。郭吉春主持完成的省部级和国家"七五"至"十五"科技重大重点项目有14项、省农科院重点课题11项，通过省部级验收或鉴定的项目成果25项。育成铁观音与黄金桂的杂交种黄观音、金观音、金牡丹等，是乌龙茶育种的重要突破。总结提出乌龙茶品种资源若干生物学性状的基本特征、茶树杂交一代若干性状的遗传变异趋势及性状选择指标。乌龙茶品种资源研究居国内领先水平。在福建及10个省市推广的10多个新品种，发挥了十分显著的优质增效作用。

然而，对郭吉春来说，仅仅将茶树培育出更好的茶种还远远不够。他始终关注茶叶市场的发展和变化，顺应市场调控，达到资源有效配置，进而改变传统茶树种植方式。比如，采取"品种搭配"，即早生、中生、晚生的茶树立体种植。郭吉春要培育出"制优率高、适制性广"的茶树茶种，不仅使所育的茶树种苗是一个更优的品种，还有更广泛的适种性，不受地域制约和自然气候影响，扩大种植面积，增加茶农收入，更多地惠及于民，进而助力于乡村振兴这一造福工程。

郭吉春40年如一日，对"三金""三黄""三紫"茶树品种倾注心力培育，因此当选"百名杰出中华茶人"。那么，郭吉春从事茶树育种取得如此骄人的成果，到底有什么秘密呢？

正常情况下，业内很少做茶种人工杂交，因为成功率很低。尽管如此，郭吉春很多茶树品种还是通过人工进行杂交的，而且成功率很高。有一年，郭吉春参加一个全国性专家会议，有人问郭吉春，他们杂交个几百株都收不到几个果，他为什么能够收到上百个果的人工杂交后代？郭吉春说："你人工杂交200朵花，可能收获到1个果，如果你杂交2000朵花不就有10个果了吗？"但他们不知道的是郭吉春一直在做茶种人工杂交工作，20年间这样不停地重复努力做好一件事，以时间换数量，从而解决人工杂交问题。在郭吉春心里，坚持做好一件事就是成功的秘诀！

一株小小的茶苗，一粒小小的茶籽，一朵小小的茶花，一枚小小的茶芽，它们都是有生命的。而一个茶树育种人穷尽一生在追求这样的一个生命的最高境界，即将自己朴素的爱惠及于人。

金、黄、紫三种颜色代表大自然的不同色彩，生命的不同收获。而郭吉春在"三金""三黄""三紫"高香茶种的培育之路上，收获着人生满满的幸福，生命因此异彩纷呈。

茶科技引领坦洋工夫向新而行

艾 茗

创制于 1851 年，与首届世博会同龄的坦洋工夫红茶，其品牌价值达到 55.83 亿元，跻身中国品牌价值 500 强行列。一叶碧绿茶青转化为香醇红茶，成功的关键蕴藏在"工夫"两字中。百年"工夫"凝聚万千茶人智慧，以传统技艺加上现代科技理念，构建了茶树良种化、茶园生态化、生产标准化、加工清洁化标准管控体系，坦洋工夫在传承和创新中迸发崭新活力，让"绿"叶变"金"叶，引领红茶产业持续高质量健康发展。

品种创新激发"芯"动力

福安种茶历史悠久，福安茶苗也历经不断探索发展的漫长过程。居福建三大工夫红茶之首的坦洋工夫红茶，相传是坦洋村人以当地菜茶（靠播种茶籽繁育的茶树）为原料，创制了世上首泡坦洋工夫。紧细乌润的茶条，诱人饱满的甜香，鲜醇甘爽的滋味，使得坦洋工夫红茶大受欧美上流人士欢迎，成了福安最早出口的农产品，让坦洋村从闽东山区走向了国际舞台。1915年，在美国旧金山举办的巴拿马万国博览会上，坦洋工夫斩获金奖，可谓"华茶之光"。

20 世纪五六十年代后，人们发明了用"短穗扦插"培育茶树苗的方法，打开了广育良种的大门，福安也积极培育茶树品种，其中国家和省级茶树良种 40 多个，受茶农普遍喜爱的有金牡丹、瑞香、黄观音、肉桂、福鼎大白茶、龙井、梅占、白芽奇兰等 15 种。甘棠镇发挥交通地理优势和省茶科所技术优势，搭起"良种茶树母本园""无性系良种育苗园""控温大棚育苗园"

种质资源圃，开始大量繁育茶树种苗，年出圃良种茶苗8亿多株，茶树品种纯度达到100%。福安成为全国著名的茶树良种繁育基地，在全国6个区域性良种繁育基地中，福安基地创下"四个第一"：供应茶苗省份最多，销往18个省（区）200多个县市；供应茶苗量最大，最高时占全国茶苗供应总量60%左右，推广茶树茶苗累计230多亿株；茶苗的茶树品种最多，有50多个种类；供应的无性繁育茶苗最早，20世纪70年代就开始无性繁育苗木。因为这"四个第一"，福安茶苗享誉全国茶区，人称"天下茶苗出福安"。

农业部拨专款支持福安建设国家良种繁育基地科研大楼，配套茶苗研发室、检测中心、博士工作站，悉心培育优良品种。金牡丹、丹桂、金观音、黄观音等高香品种茶树的入列，打破了茶类的界限，为坦洋工夫传承创新奠定了基础。福安茶人采用这些新品种茶青，在传统坦洋工夫茶制作技艺基础上改进萎凋工艺，巧妙地融入摇青工艺，在国内首创花果香红茶成功。所制成花果香型坦洋工夫红茶外形乌黑油润，花果香明显，茶汤如琥珀色，滋味鲜爽甜醇，质优者会呈现兰花香、水蜜桃香。老"工夫"，新"工夫"，分别塑造出截然不同的品质风格。传统型坦洋工夫内敛质朴、中规中矩，创新型坦洋工夫张扬华丽、时尚新潮。它们美美与共，让坦洋工夫这百年历史名茶绽放在世界红茶的"花花世界"里，再一次引爆红茶消费热潮。福安被中国茶叶流通协会授予"花果香红茶发源地"称号。

数智技术燃动"新"引擎

进入新时代，福安茶产业积极拥抱数字化转型，乘"数"而上，向"新"而行，延"链"发力。近年来，大力实施数字农业试点县建设项目（茶叶），重点建设遥感网、物联网、云计算、大数据、人工智能等数字农业基础设施、软硬件系统、支撑平台等。设立国家茶叶大数据县域运营分中心，应用区块链技术开发定制茶园、产业链金融、大数据应用等，促进产业数字化、数字产业化。将"数智化"手段应用于茶叶种产销全过程，已成为推动福安市茶产业升级发展的新引擎。

在社口镇全国首个5G智慧茶园里，借助5G、物联网、大数据等智慧农业核心技术，智慧茶园的生产环境实现可视化，病虫害信息自动监测采集上报，一体化水肥精准灌溉。5G 智慧茶园综合管理平台建成投用以来，茶农的活少了，茶园管理效率倍增。福安市农垦集团坦洋茶场场长郑明星说："有了遍布茶园的智能设备，我们只要打开电脑或手机，茶园的天气、土壤、虫害等信息及茶树生长情况一目了然，为科学开展农事活动提供了依据。"

借助数字技术源头赋码，从原料和生产上提升茶叶品质，福安市先后出台坦洋工夫红茶栽培、加工技术规范等标准，并鼓励企业建设发展无公害茶园，推进茶叶质量安全可追溯体系建设。在海拔近 700 米的白莲山，福建省林鸿茂茶业有限公司建设有 2300 多亩有机茶基地，推行生态立体种植模式，实施绿色防控技术，推广使用生物有机肥，加快传统农业向现代农业转型升级。全市共建成全国绿色食品（茶叶）原料标准化生产基地 12.2 万亩、标准化生态茶园近 8 万亩、绿色防控面积约 8 万亩、有机茶生产示范基地 3 万亩。实行源头赋码、标识销售，220 多家茶企开展 "一品一码" 信息及质量追溯体系建设，112 个产品获得绿色食品（茶叶）认证，18 家茶叶企业的 169 个产品分别获得无公害、绿色食品、有机茶认证。福安相继获评全国绿色食品（茶叶）原料标准化生产基地市、全国茶叶标准化生产示范市、全国十大生态产茶县等称号。

大数据、人工智能、物联网等先进技术的应用，为茶企提供了从生产到销售全链条的数字化解决方案。

在城阳镇茶洋村隽永天香茶业生产基地内，该企业与省农科院开展的 "福建省红黄壤区退化旱地肥力提升技术研究与应用" 项目，不仅提高了茶叶品质，增加有机茶的产量，也提高了茶园土壤肥力，改善有机茶园生态环境，隽永天香茶业生产基地被列入国际标准农产品示范基地。

在社口镇红新茶业厂内，只闻机声，鲜见人影，无尘自动化生产线的投入使用不仅提高生产效率、节省人工，也让茶叶品质大幅提升。企业着手研发茶多酚萃取等项目，进入茶食品、茶饮料等领域，做长做强产业链。

数智化技术为茶产业带来了新的生机，还帮助茶企通过社交媒体、网络直播等新媒体平台，与消费者建立更加紧密的联系，塑造独特的品牌形象和文化内涵。基于大数据分析的结果，"遇见坦洋"奶茶品牌创始人陈香雪针对不同消费者群体和市场需求，研发出 3 款新口味坦洋工夫系列奶茶，成功吸引了大量目标消费者群体。新款茶品已成功入驻在全国门店超 5000 家的"茶百道"，在红茶奶茶的细分消费领域打开了市场。在大众点评上，许多年轻人狂炫："茶百道坦洋工夫茶系列直接拿捏住我，连喝三天！"

茶界"黄埔"聚力新赛道

茶产业高质量发展是"长跑"，也是一场"接力赛"，茶界多方的"双向奔赴"，是福安茶产业始终坚持的高质量发展路径。

福安素有"茶界黄埔"的称誉，这也是福安获评"茶业科技助农示范县域"的底气所在。1934 年，福建省第一所茶叶学校"省立福安初级茶叶班"在福安创建，1935 年，全省第一所茶叶研究机构"福建省建设厅茶叶改良场"落户福安。今天的茶叶改良场已发展成为福建省茶叶科研的最高机构福建省农业科学院茶叶研究所，建有全国最早、福建最大、特色最突出的"茶树品种资源圃"，收集保存国内外茶树种质资源和遗传材料 4000 多个，并拥有国家茶树改良中心福建分中心、全国第二个国家土壤质量福安观测实验站等国家、省级创新平台 15 个。当年的福安农业职业学校，成为闽东农业人才的摇篮，台湾茶界泰斗吴振铎、林复等都是当年福安农校的首届学生。《中国农业百科全书·茶叶卷》所列十大茶人中的中国茶界泰斗张天福、茶科教育家庄晚芳、茶学大师李联标、台茶之父吴振铎等都在福安有过任教或工作的经历，为福安培养了大量茶业人才。

整合科研力量，发挥科研优势。近年来，福安以茶为媒、向茶而兴，建立全国首个"三茶"研究院，聘请中共第 20 届中央委员会候补委员、中国工程院院士、湖南农业大学学术委员会主任、茶学学科带头人刘仲华为名誉院长，揭牌"三茶融合创新园"，设立中国农技协红茶科技小院、"坦洋工夫"博士后科研工作站等研究机构，组建福安市茶产业专家顾问团，聘请茶叶知名专家林光华、冯廷佺、孙威江、苏峰、陈常颂为顾问，在品种选育、栽培管理、工艺研究、产品研发、标准制定、数字茶业等方面开展技术创新。

福安市茶业部门与福建省茶科所签订《技术服务合同》，与福建省茶叶质量检测与技术推广中心签订《茶叶质量安全与技术推广服务共建合作协议》，聘请茶叶专家对茶叶生产技术和质量进行指导把关。自福建省现代农业（茶叶）体系综合试验站在福安设立以来，福安市协助福建省茶科所建设茶树新品种栽培技术研究试验点，指导各乡镇开展生态茶园建设和茶树品种改造工作，示范推广500亩，辐射带动5000亩；在设计新型制茶设备、优化茶叶加工工艺方面申请发明专利3项。

福安还联合国内高等院校、科研机构、检测机构、知名红茶企业的专家和学者组成全国茶叶标准化技术委员会红茶工作组，积极参与红茶标准制修订工作，推进茶产业标准化数字化，主导及参与制订、修订了《地理标志产品坦洋工夫》国家标准，《花果香坦洋工夫·闽科红》《坦洋工夫茶感官分级标准样品》《红茶第1部分：红碎茶》《红茶第2部分：工夫红茶》《红茶加工技术规程》《电子商务质量管理术语》等17项国家标准、行业标准及省地方标准。2021年，由福安市茶业协会提出的《陈香坦洋工夫》团体标准发布，填补了陈香坦洋工夫产品标准的空白，也丰富了福安红茶品类。特别值得一提的是，2022年，由福安市茶产业发展中心牵头提出制定的《花果香红茶》行业标准得到批准，为花果香红茶推广提供了技术保障，使其市场份额不断扩大，花果香红茶产量达9000吨以上，毛茶产值10多亿元，综合产值50多亿元，并持续迅猛增长。据不完全统计，福安市所生产的花果香型红茶已占领全国70%左右的创新红茶消费市场。

栉风沐雨百年路，坦洋工夫一直奔跑在以"科技+质量"为核心的发展之路上。未来，将把握时代机遇，倾力打造"三茶"融合发展先行示范区、中国红茶交易中心、全国区域茶树良种繁育基地3个新高地，不断提升自身的竞争力和发展潜力，书写好茶文化、茶产业、茶科技这篇大文章，让福安红茶、福安坦洋工夫大步走向全国，走向世界。

造福百姓　成就自己

——教授级高级农艺师苏峰和他的"创新劳模工作室"

周宗飞

不平凡的人，多半是以平凡的形象和言行面对大家。

之所以会重新冒出这样的感想，都源自认识多年的苏峰。

苏峰平凡，却又非常不平凡。他生于茶乡，毕业于茶学专业。之后，他长期奋斗在茶叶技术研究、推广和管理工作岗位。数十年来，他踏遍了我国广大茶叶主产区和八闽山山水水，用一小片茶叶做出了一大篇惠民大文章，赢得广大茶界、茶农的一致好评。

为充分发挥他"领衔人"作用，2017 年 5 月，福建省农业厅为苏峰正式挂牌了"劳模创新工作室"。几年来，该工作室大力弘扬"爱岗敬业、争创一流，艰苦奋斗、勇于创新，淡泊名利、甘于奉献"的劳模精神，为推进福建省优势茶产业在乡村振兴中的作用做出了重大贡献。

初识苏峰

21 世纪初，我在闽东日报社当记者，苏峰在宁德市茶业局担任副局长。那一年，宁德市政府为了做大做强闽东茶产业，造福茶区广大茶农，专门组织新闻媒体记者组成采访团，深入茶区、茶企、茶厂、茶园、茶农中去采访，并要求报社开设专栏，记者每天都要写一篇千字以上的通讯见诸报端，结束后，还要结集出版。采访团出发那天，市政府分管农业工作的副市长还专门前来为采访团授旗、致辞并送行。

就是那一次，我认识了苏峰。他当时既当采访团的领队，也当联络人和"服务员"。

在我的印象中，他为人谦和低调、办事认真、积极又周到，没有一点的官架子和专家的清高相。采访团的吃住行，他都考虑得非常细致，没有出过一次的纰漏。

他茶学知识非常渊博，是陪伴在采访团身边的好顾问和好指导。而且他认识的茶人非常多，每到一处，都事先给我们介绍有关情况和知识，帮助我们罗列采访提纲和内容。采访中遇到的难题和专业问题，他都会第一时间帮助我们解决。好几次夜里，我刚杀青的新闻稿要从县里传真给报社，他都主动带领我去找他熟悉的部门和朋友帮助完成。

在 10 多天的采访相处当中，他给我的印象是平凡的，仿佛是一位始终关爱着、跑前跑后的大哥，但又是不平凡的：一个大男人，居然能把事情的方方面面考虑得那么周详和贴心。

此后，我们很少交集。后来，听说他调到省城工作了，我们之间就更没有联系了。但每次喝茶，或到茶区、茶企，与茶人聊天时，总是会想起他当时慈善友好的音容笑貌，以及他当时传授的茶学知识。

再识苏峰

再识苏峰是在《闽山闽水物华新——习近平福建足迹（上）》一书中。该书第 78 页写道：

1988 年 7 月，22 岁的苏峰从福建农学院茶学专业毕业后，分配回到家乡，成为宁德地区农业局茶叶技术推广站的一名技术员。

这年 9 月，苏峰和两位同事来到宁德地区农业局包村扶贫点——霍童镇大石村开展驻村扶贫。那一带是叶飞率领的闽东独立师北上抗日的出发地。12 月，时任宁德地委书记的习近平来到镇里看望老红军，检查革命老区工作。中午，他得知有几位地区农业局的干部正在大石村扶贫，当即决定到村里看望。

苏峰和同事们汇报了驻村工作经历，在短短几个月间，他们为村集体调果苗，种了 50 亩温州蜜柑，改造 200 亩低产旧茶园，推广发放 50 多公斤紫云英种子，争取资金修复 100 多米水毁道路和 2 个涵洞。"习书记边走边听汇报，微笑点头，没有作具体指示和发言，最后和我们握手告别。"

本以为这事就这么过去了。一周后，他们接到地委办通知，要求写一份驻村扶贫工作总结。不久后召开的全区农业工作会议上，苏峰所在的宁德地区农业局获农牧业扶贫工作二等奖，奖金 500 元。

当时地区财政吃紧，刚刚毕业的苏峰月工资不过 42 元。"习书记那么关心一线扶贫同志，那么关心扶贫工作，这给我们极大鼓舞。"苏峰说。从大石村归来，苏峰成为地区茶业管理局筹建组的一员。1989 年 10 月，宁德地区茶业管理局、茶叶技术推广服务中心正式挂牌成立。

读了苏峰与习近平总书记的故事，我为自己能认识苏峰感到高兴。同时，也激发了我对他的好奇，于是，专门上网搜索了有关"苏峰"的内容。

检索苏峰

苏峰，1966 年出生于福安市国营王家茶场，成长于王家茶场、红星农场（高坂茶场）、坦洋茶场，1988 年毕业于福建农学院园艺系茶叶专业，先后工作于宁德地区农业局茶叶技术推广站、宁德地区茶业管理局、茶业技术推广中心等，2008 年迄今，在福建省种植业技术推广总站任职，现为省农业农村厅教授级高级农艺师（正高三级），国家高级审评员；兼任农业农村部农产品地理标志评审委员会委员，省茶叶标准化技术委员会副主任，省茶行业职业教育指导委员会副主任，全国茶叶标准化技术委员会白茶工作组副组长，第 7、8 届福建省科协委员，省农作物品种审定委员会第 4、5、6、7 届茶叶专业委员，省名优茶评审专家，省食品安全委员会受聘专家，福建农林大学硕士生导师，省茶叶学会第 9 届副会长兼秘书长、第 10 届高级顾问，省老科协副会长等。

苏峰生于茶区，长于茶场，专业茶学，从事茶业，一身事茶，与茶为伍，为茶而生。他先后组织了全省茶树品种结构调整、名优茶开发、有机茶认证、QS（SC）取证、无公害、绿色食品、有机茶建设和地理标志产品认证评审。他参与组织实施全省茶树优异种质资源保护与利用工程，开展生态茶园建设、现代茶产业建设、茶庄园建设等省茶产业发展重大发展项目。他还主笔起草了我国第一部地方性茶产业法律 2008—2012 年《福建省促进茶产业发展条例》、2007 年《宁德市人大关于宁德市促进茶产业发展的决定》，起草制定了我国第一个《茶庄园建设》标准，参与制定或组织审定 30 多项福建省地方标准、实物样标准和团体标准、企业标准。他审定与推广金观音、早春毫、瑞香、榕春早等 10 多个省级优良茶树新品种。他参与起草制定了 1988—2021 年福建省、宁德市（地区）相关茶产业政策规划等。他还曾获农业部丰收奖一、二、三等奖各 1 项、福建省科学技术进步奖二等奖 1 项、全国名茶评比金奖 1 项，获国家专利 7 项，发表论文 70 多篇。

一分耕耘，必有一分收获。由于工作突出，德技双馨，2014 年，他荣获福建省五一劳动奖章，2016 年获全国五一劳动奖章，并被授予全国示范性劳模创新工作室领衔人、"闽茶之星"、"杰出中华茶人"等光荣称号。

采访苏峰

福安市一好友约我帮助采写一篇关于苏峰、关于他的"劳模创新工作室"的小通讯。我欣然接受，并立即电话苏峰，向他了解"劳模创新工作室"相关情况。

不打电话不知道，一打吓一跳。这位其貌不扬、看似平凡的茶业科技工作者，以及他的工作室原来是这么不平凡。

2017 年 5 月，为积极贯彻习近平总书记给中国劳动关系学院劳模本科班学员回信精神，进一步发挥劳模作用，福建省农业厅正式挂牌了苏峰"劳模创新工作室"，苏峰为主任，并指派多位中青年工程师、在读博士研究生等组成创新工作室团队，要求：定期组织召开交流研讨、难题分析、人才培养等活动，提高团队整体综合素质；定期组织深入基层调研、帮助基层解决茶叶生产加工销售领域遇到的困难和问题。同时，注重创新成果在全省茶叶领域生产实践中的应用，每个成员必须挂钩联系 10 个茶叶产加销一体化（单位）大户，促进茶叶"五新"成果推广应用，力争挂钩（单位）大户年产值增长 5%—8%；还要针对应用过程中存在的不足，及时进行改进和完善。

为充分发挥创新工作室团队在科学技术、管理推广、标准规范等方面高地作用，工作室辐射、造就并吸收了一大批学习能力强、创新能力强、业务素质高的专业技术人才和茶业工作者。武夷星、品品香、八马等单位人员积极响应，第一时间参加到工作室团队工作中来，有力推动了全省茶产业提升。

同时，创新工作室成员主动或应邀马上奔赴各地作专题报告、培训讲座、田间指导等，为专业技术人员、企业员工、茶农、创业大学生等传经送宝，进一步提升当地茶产业科技水平；积极参加产茶县（市、区）茶叶感观审评活动，提升核心团队成员茶叶审评技术水平，服务指导当地产业质量提升，壮大茶叶经济，助推农村精准扶贫；定期组织开展到茶叶主产区茶农、基地调研，与时俱进掌握福建省茶产业发展动态、了解和帮助解决当地发现的新问题，积极撰写调研报告；参与《福建省人民政府办公厅关于绿色发展质量兴茶八条措施的通知》的制定等。

苏峰说，几年来，工作室以日常业务工作为抓手，利用经常下乡的机会，进行传帮带，培养和造就热爱专业、勇于奉献、有智慧、有技术、能发明、会创新的人才。他们多次深入福建省茶叶主产区，考察调研茶树种质；到当地生产基地帮助建立茶叶生态复合式生产方式，助力形成"蓝天、青山、碧水"良好生态环境。苏峰还长期致力于茶园生态、绿色认证等工作，为福建省安溪铁观音、宁化孔坑茶等申报地标产品成功发挥了积极的作用。同时，他还组织团队参加《武夷山原生群体种质的保护、繁育与配套生产技术》等多个科研项目，解决茶产业发展中的技术瓶颈问题等。

就如何发挥福建省茶区多分布于风景秀丽之地这一优势做大做强茶产业这一问题，苏峰经过深入研究思考，在学习法国波尔多酒庄生产管理模式后，首次系统地提出"福建茶庄园建设发展模式"。他通过对全省已建成集种植、生产、品牌、文化、旅游、科研于一体的20多个茶庄园考评分析，提出福建省茶庄园建设的规范标准，有力促进福建省茶主业由生产功能向生态、休闲、旅游功能联动，实现一、二、三产业融合，加快福建茶产业的发展提高。

创新工作室组织参与茶叶产品质量检验，掌握福建省茶区产品的质量水平，为绿色发展、质量兴茶提供充分实践依据和相关数据。工作室审定通过了武夷岩、安溪铁观音茶、白茶、红茶、茉莉花茶、白芽奇兰等7个福建省名优特色产品《冲泡与品鉴方法》，丰富了福建省茶文化内容，为进一步宣传推广多彩闽茶发挥积极作用。作为福建省茶行业职业教育指导委员会副主任，苏峰还带领团队经常深入职业院校指导开展茶艺、制茶技能比赛等，为福建省培养职业技能合格人才发挥推动作用。

在服务福建省茶产业快速发展同时，团队成员经常在《中国茶叶》《农业工程学报》《福建茶叶》等核心刊物和《福建农业学报》等专业报刊上，发表大量学术论文。苏峰等主要成员还申请了多个发明专利和实用新型专利等。

一片绿叶，半世人生。年逾五十的苏峰，于看似平凡的工作，却谱写了不平凡的人生。他造福了百姓，也成就了自己。

高风味有余

范秀智

自陆羽寻茶问道始，我国绵延千年的茶文化便回响无穷。鸿渐羽化，继有来者。直至今日，在中国这片广袤而深厚的土地上，仍有无数清雅之士循着那缕茶香，赓续前行……

一

从时间和空间的维度俯瞰，福安的近现代史几乎都浸泡在鲜红呈金色的醇厚茶汤里，起起落落，舒展蜷缩……1851 年"坦洋工夫"红茶创制成功，1915 年"坦洋工夫"红茶在巴拿马太平洋万国博览会上获得金奖，彼时的荣光漫溢至今。从此，醇香蜜韵洇染了福安人的血脉，重塑"坦洋工夫"的荣光成了他们的执念。

1958 年，福安县国营坦洋茶场创建，专注于"坦洋工夫"红茶的生产、文化传承和技术创新。也是这一年，福安城关茶业局对面的一户人家，一个男婴呱呱坠地，家人为他取名"林鸿"。而在千年之前，一名陆羽、字鸿渐的茶人，正苦心孤诣撰写《茶经》一书。与茶结缘，是林鸿的命运。

1976 年，林鸿高中毕业，作为知识青年来到福安市溪潭镇岳秀村，跟随生产队种植茶叶。一排排茶树顺着山势迤逦而去，在茶香弥漫的山间，林鸿倾听着草木生长的声音，在村民的带领下，种植、采摘、修剪、锄草、制茶。四季轮转，他渐渐磨平了手上的茧，也渐渐学会了如何辨认一棵茶树的名字、一片叶子的形貌……在"上山下乡"的时代浪潮中，林鸿开启了他与茶相伴一生的情缘。

1978 年，高考制度恢复，林鸿考上了宁德地区农业学校（现宁德职业技术学院），成为第一届茶叶专业的学生。春去秋来，在经验丰富的老师们的教导下，林鸿以下乡时茶树栽培的实践为基础，开始系统地学习茶叶科学理论、制茶技艺、审评检验、茶文化等知识，为他此后的道路打下了坚实的基础。毕业后，林鸿被分配到坦洋茶场做技术人员，全程负责茶叶种植、采制、粗加工、精加工、审评、检验等环节。初出茅庐的他谦逊肯学、吃苦耐劳、一心钻研，带他的老师傅们也乐意对其倾囊相授。他如饥似渴地吸收着新知识，不为名利所动，不为浮华遮眼，只一心一意地探索和提升红茶制茶技艺，坚定走自己选定的路，追寻自己认定的道，如一片片柔嫩青翠的叶，在烈日炙烤、碰撞摩擦、炒制揉搓中，渐渐蕴藏了柔韧而惊人的力量。1984 年，年仅 26 岁的林鸿被任命为坦洋茶场技术副场长。1999 年，林鸿调到福安市茶业局技术推广站，负责技术咨询、生产指导、培训推广等工作。他跑遍了福安市的每一个山村，每一处茶园。一直到 2018 年退休，他都一直走在红茶制茶技艺和茶文化推广的道路上，行而不辍，履践致远。

20 世纪 70 年代，因国际市场发展趋向等原因，全国实行茶叶"红改绿"政策，"坦洋工夫"再陷低谷。随着时间的推移，坦洋工夫制茶技艺逐渐隐没于时代洪流之中，断层 30 多年。幸运的是，林鸿一直不愿放弃也不舍放弃，即便是红茶产业低谷期，他依然初心不改，执着于坦洋工夫传统技艺的传承与精进。他坚持每年开班授课，有教无类，毫无保留地把技术传授给有心之人。直至 21 世纪，国内国际茶叶市场逐渐恢复，红茶产能逐年扩大，红茶制茶技艺再次焕发新生。因传统甜香型的坦洋工夫红茶在现代市场中逐渐丧失优势，创新型的花果香型坦洋工夫异军突起，受到消费者的青睐。时隔 1 个世纪后的 2013 年，新坦洋牌坦洋工夫再次荣获"巴拿马国际博览会金奖"；2021 年，坦洋工夫茶制作技艺被列入第五批国家级非物质文化遗产代表性项目名录。静谧的时光无言，却见证了一切。

二

在坦洋工夫茶里浸淫大半生，林鸿对传统技艺有着一种深沉而执着的热爱。他熟悉坦洋工夫的每一段历史，熟悉制茶的每一道工序，熟悉每一片叶子的脉络与脾性，甚至可以用五感追寻它的过往。他说茶品就是人品，要做茶就要先做人。"我认为茶人应该遵守一个原则。上一代人传下来的，就是学做茶首先要学会做人。端端正正做人，按现在的话说，就是要讲诚信，在质量上要有保证，做事情不可以跳跃，应该一步一个脚印，把茶叶做好。"这是当年的老师傅们告诉他的，如今，他把这些咀嚼过无数次的话再次告诉了徒弟们。

他以师带徒的形式传授坦洋工夫传统技艺。他的弟子有二十几位，遍布大江南北。这场师徒情缘，是师父对徒弟们人品、悟性的认同，亦是徒弟们对师父匠心、技艺的认同。天南地北的师兄弟们有了同样的信念，便有了同气连枝的归属，也共同承担起传承发扬坦洋工夫传统技艺的神圣使命。徒弟们每年都会给他寄来新做的茶，他认真地观察着茶的外形，辨别茶的内质，从不同的口感中细品每种茶的工艺过程，也感受着每一位徒弟的制茶态度与制茶的奥妙。同一种茶，在不同人的手中，呈现出无限的可能性，奇妙的是，茶的个性在其中，人的个性也在其中。

在师傅的言传身教下，徒弟们也都很争气。虽然分散在全国各地，但他们一心遵循老师的教诲，在各自的领域获得成功。弟子郑国华、陈辉煌分获全国茶叶（红茶）加工工职业技能大赛第二名和第四名，其他弟子则获评国家二级评茶员、二级制茶师、一级茶艺技师、高级加工技师、高级评茶员等。他们所制作的茶叶在全国、全省、全市等各级比赛中屡获茶王奖、特等奖、金奖、银奖等。有的徒弟始终深耕茶叶生产一线，自主研发创新产品。有的徒弟致力于茶叶品牌创建，不断扩大中国茶文化的影响力。有的徒弟自发自觉地从事着茶文化的推广，以茶艺教学、茶艺表演等形式宣传中国的茶文化。还有的徒弟积极投身于乡村振兴的时代洪流，以茶致富，以茶兴业……传与承，传的是深厚的历史文化底蕴和做人做事的原则，承的是创造未来的无限可能。传承二字，是对一颗匠心最漫长也最庄重的考量。

日复一日，一颗颗饱满的种子，在新时代的土壤中渐渐萌了芽，略显娇嫩，却坚韧顽强。它们怀着对未来的向往与期盼，正奋力地朝着阳光伸展着枝丫。

三

林鸿一生志向在茶。如今耳顺之年的他，是坦洋工夫国家级非物质文化遗产代表性传承人，入选"国茶工匠"——红茶类制茶大师，被评为福建"品牌茶人""闽茶之星"等。与茶相伴的40余年间，他先后担任过福安市坦洋茶场技术副场长、福安市茶叶公司技术负责人、福安市茶业局技术推广站站长等职务，是福安市级代表性传承人中，为数不多的于茶叶制作加工工艺、审评、茶园管理领域均有独到见解的传承人之一。

为了推广制茶技艺和茶文化，他几十年如一日地下农村、走基层、进田间地头推广茶叶技术，开办培训班传授坦洋工夫制茶技艺，带动更多人重新认识坦洋工夫，为坦洋工夫制作技艺的传承与推广做出积极贡献。他还曾参与制定、编写《地理标志产品坦洋工夫》国家标准、《坦洋工夫综合标准》地方标准、《花果香红茶》行业标准，编写《坦洋工夫制作技术》《福安市茶叶标准化生产手册》等标准及实用宣传培训教材，获得福建省标准贡献奖、全省农业系统先进工作者等荣誉。

林鸿一生逸趣亦在茶。年轻的时候，同行之人渐渐走散，奔着其他的方向去了，而他在一次次的自我审视后，慎重且坚定地认定了自己的方向。从此，纷纷万事，直道而行。他循着一片叶四处延伸的脉络，踽踽独行，试图探索和解开它的所有奥秘。在错综复杂的叶脉里，他嗅到了隐秘的香，触摸到了千年的魂，历经风霜雪雨、日升月落，最终，找到了那个独属他的"桃花源"。

40多年间，他对这片草木，倾注了自己所有的深情。如果说岁月是一溪流淌的水，那他便是浸泡其间的一片翠绿的叶，他把自己完全融入茶的命运之中，随之沉浮。从葱葱郁郁的生长，到离开枝头被晾晒、被揉搓，直到在火与水中获得新生。这些充满灵性的草木之魂，与他的人生反复纠缠，从未远离，那些日日夜夜的触摸与交谈，那些丝丝缕缕的微苦与回甘，仿佛让他的心与魂也浸染了茶的清香。从此，有限的生命变得丰沛又诗意，温暖又辽阔。在茶的世界里，他抵达了静穆安然的人生境界——心无挂碍，空净澄明。

　　"一汲清泠水，高风味有余。"此刻，端起一盏茶，鼻尖萦绕着一缕香，晃晃悠悠，携着隽永的诗意，逸过千年清幽的时光，拂过百年辉煌的坦洋，汇入浩瀚如烟的茶典。重峦叠翠，烟雾空濛中，有一抹清瘦的身影，正置身漫山葱郁，轻捻嫩叶、慢汲流水……

国家级赛场上，福安茶人的荣耀与辉煌

如 许

一

福安，是有福之地。

福山福水产福茶。

福安是全国十大重点产茶县，被誉为"中国茶叶之乡"。从唐代的"比屋皆饮"，到宋代"斗茶"习俗的盛行，直至清朝咸丰、同治年间（1851—1875）的"坦洋工夫"红茶漂洋过海，福安茶业发展史源远流长。

福安茶业科教优势明显。成立于1935年的福建省茶科所，创立者是茶界泰斗张天福。当代茶圣吴觉农、茶科学先驱李联标、茶树栽培奠基人庄晚芳、近代高等茶学教育创始人陈椽，以及茶树育种专家郭吉春等中国茶界名家亦在这里留下奋斗的芳躅。这里，引以为豪的还有全国最早、福建最大、特色最突出的"茶树种质资源圃"，其收集并保存国内外种质资源和遗传材料4000多份，拥有国家级、省级创新平台15个，育成30个茶树品种（其中国家级品种26个）。乌龙茶育种居国际领先水平。福安市还拥有领先全国的国家区域性茶树良种繁育基地，年出圃良种苗木8亿多株，50年来输送茶树苗200亿株，推广运用到全国17个省份。

宁德职业技术学院茶学院前身，为创办于1934年、被誉为"茶界黄埔"的省立福安农业职业学校，是福建省第一所茶业专业学校，不仅拥有一支雄厚的师资队伍，还拥有一个集产、学、研、训、赛、考六位一体的校内实训基地。

深厚的茶文化，加上茶科教助力，福安拥有了同时生产红茶、绿茶、白茶、青茶、茉莉花茶、工艺花茶等多品类茶叶产品的综合实力。1915 年，坦洋工夫红茶获得了巴拿马万国博览会金奖，从此迎来了制茶史上的"绝代风华"。1970 年，福安成为全省茉莉花茶主产区之一。1979 年，福安大白茶创造亩产超千斤的全省纪录。1985 年，福安茶厂"白云牌"茉莉花茶荣获巴黎美食旅游博览会金质奖。1986 年，福安被福建省列入全省花茶示范县之一。同年，福安大白茶被国家认定为全国推广优良品种。1988 年，福安王家茶场的茉莉花茶在巴黎的花茶评比会上获得金鸡奖。1990 年，坦洋茶场出口坦洋工夫红茶被列为全省农垦系统出口创汇之最。2005 年，时任中国国民党名誉主席连战先生在北京老舍茶馆品鉴福安工艺花茶，领略了福安茶艺，欣然提笔赠词"振兴茶文化，祥和两岸情"……一路走来，福安为全国各地乃至很多国家茶产业发展，提供了研、种、产、销等宝贵经验。可以说福安茶业是中国茶业发展史的"浓缩版""综合版"。

20 世纪 80 年代，伴随改革开放的进程，福安茶叶市场逐渐形成富春北路茶叶一条街、富春茶城、茶王街三足鼎立的茶叶市场格局。全市现有茶园 30 多万亩、涉茶人口约 40 万、茶叶加工企业数千家，有 400 多家茶庄、茶行分布各大中城市，有 2 万多人的营销队伍常年走南闯北营销茶叶。

为了更好地推进坦洋工夫技艺传承，福安市先后举办了坦洋工夫"溯源"全国巡回品鉴会，坦洋工夫制作技艺精品展等系列活动。此外，茶研学活动、坦洋工夫非遗文化旅游节、斗茶赛等，为坦洋工夫的传承创造了良好环境。在持续 18 届"坦洋工夫"杯斗茶赛的推动下，福安茶人彼此品鉴比拼，为坦洋工夫红茶制作营造了浓厚的氛围。期间不断涌现出各级各类制茶能手，有 15 名茶人成为坦洋工夫红茶非物质文化遗产代表性传承人。其中，李宗雄、林鸿、龚达元、郑明星、傅佛华、林芝华、叶燊还入选"国茶工匠·制茶大师"名单，为福安这座"大茶都"增添了熠熠星光。

深厚悠久的茶文化底蕴，不断进步的茶科教，带动了福安茶产业的繁荣壮大，如此天时、地利、人和的良好条件，让福安的制茶大师们有了高质量创新发展的肥沃土壤。

二

2020 年 10 月，初秋的武夷山市景色秀美、风光宜人，由农业农村部、人力资源社会保障部、中华全国总工会联合主办的 2020 年"全国农业行业职业技能大赛茶叶加工工（精制）职业技能竞赛"在这里举行。

福安是坦洋工夫的发祥地，工夫红茶是主打产品，从业人员、加工技术能手多。为了在本次国赛中展现"中国红茶之都"的风采，福安市政府先举办市级选拔赛，接着又承办了省级选拔赛，经过激烈的角逐，黄震标、郑国华和陈辉煌 3 位选手脱颖而出，获得国赛资格。

黄震标，"70 后"，制茶高级工程师，拥有茶叶加工工等多项职业资格的一级高级技师，毕业于宁德市职业技术学院茶学专业，因具备规范的理论知识和娴熟的制茶技艺，先后受聘多家茶企。20 多年来，他不忘初心，勤学茶技，利用福安丰富的茶树品种资源，采用高香型品种，借鉴其他茶类制作技艺，与公司团队一道潜心攻关，在传统坦洋工夫红茶制作技艺的基础上，融入其他茶类制作技术。2014 年试制成功的"古道野枞"得到张天福先生的高度评价，2017、2018 年连续两届在福安市"坦洋工夫杯"斗茶比赛中荣获金奖名茶。

郑国华，"80 后"，福安市科茗农业发展有限公司制茶高级工程师，是一位拥有茶叶加工工等多项职业资格的一级高级技师，毕业于武夷学院茶学本科，师从全国著名茶树育种专家郭吉春研究员和坦洋工夫省级非遗传承人林鸿，一直从事茶叶新产品研发、加工、审评和茶树新品种选育、推广等工作，在茶业一线深耕 20 多年。他利用福安现有乌龙茶树品种资源，反复试制，创造性解决了乌龙品种难制绿茶、白茶、红茶的技术难题，成功申报《一种颗粒状坦洋工夫的制作方法》等国内外发明专利、软件著作权 11 项，自主研发的"春桃香"等茶叶产品在国内各类赛事中获各类奖项等 20 多项。

"90 后"的陈辉煌是 3 位选手中最年轻的一位。2013 年，陈辉煌从宁德市职业技术学院茶学专业毕业后，应聘到福建农垦茶叶有限公司从事茶叶加工、研究、审评、销售、技术推广等工作。他制作的坦洋工夫茶在各类赛事中屡获殊荣。参加工作 7 年来，陈辉煌参与省级地方标准《坦洋工夫红茶栽培技术规范》及多项企业标准制定。2008 年，以金牡丹乌龙茶品种鲜叶为原料制作出香气浓郁高爽的创新型新品"冠军红"，获得业界的好评。

2020 年，茶叶加工工赛项首次列入全国农业行业职业技能竞赛国家一类赛事。进入决赛的 60 名选手来自全国 14 个省（区），个个都是制茶高手。台上一分钟，台下十年功，竞争激烈的国赛是体力、智力和综合素质的大比拼。本次决赛包括理论知识考试、现场操作技能考核等环节。第一次代表"中国红茶之都"福安参加国家级比赛，对于 3 个选手来说压力巨大，近 3 个月的时间，黄震标、郑国华和陈辉煌 3 人以加工车间、审评室为家，反复加工试制、水分检测、审评、拼配。尤其是拼配，考验的不仅是眼力，更是耐心。作为师傅的林鸿每天模拟出题，用心指导 3 个徒弟训练。他们先判断不同型号茶样的大致配比，然后逐一分解，给出整体比例，在和师傅比对中发现不足，及时调整。功夫不负有心人，凭借多年的实战经验、笃实的茶叶加工水平以及丰富的理论知识储备，3 人在国赛赛场发挥出色，郑国华获得了第二名，陈辉煌获得了第四名，黄震标获得了第七名，其中郑国华和陈辉煌被评为"全国技术能手"，黄震标被评为"全国农业技术能手"，为福安茶人赢得了荣誉。

"红茶加工工序是一环扣一环的，每一道工序对茶的品质均有着重要的影响，每一个步骤都必须严谨对待，不能有半点疏忽。我认为鲜叶萎凋难度比较大，萎凋作为加工第一步，同时也是形成红茶色香味物质变化的基础，这个过程的含水率也是比较难把握的。鲜叶萎凋程度不足，含水率判断错误，没有达到 62%左右将会影响到接下来的揉捻工序，也将很难做出一款高品质的好茶。"谈及决赛过程中印象深刻的事情，陈辉煌这样说道。他心中清楚，今天之所以能够获得国家级奖项，除了母校的培养，还在于长期的制茶生涯对他的磨炼。作为一名年轻的制茶师，师傅告诉他要提高制茶技艺，得扛得住辛苦，耐得了寂寞。他也告诫自己要沉得住气，既然热爱这个行业，就要默默努力付出，虽然有付出不一定有回报，但没有付出一定没有回报！

"这次国赛，最重要的是实操环节，每个选手拿到的 5 斤鲜叶要在 24 小时内完成茶叶样品制作。评委对最终成品的考核标准不仅是外形（形状、色泽、整碎、净度），还有内质（香气、滋味、汤色、叶底），坦洋工夫红茶的制作技术尤其是精制工艺在比赛中发挥了重要作用。"

黄震标说的是花果香型的坦洋工夫红茶制作技术，这也是他最为擅长的工艺。对于福安3位选手的最后成品，评委们给出了很高的评价，认为花果香十分明显，汤色金黄透亮，味道醇厚鲜爽，在本次比赛中可谓独树一帜。其他省份的参赛选手也对此表现出浓厚的兴趣，纷纷向他们了解坦洋工夫红茶及其制作工艺。

"这次能获得全国赛的第二名，我觉得这是我们福建茶人的荣誉，更是我们福安茶人的荣誉。"赛后面对采访，郑国华如是说。生于茶乡，长于茶乡，从小与茶为伴的郑国华，对茶叶有着一种深厚的感情，深知茶叶对山区农民增收的重要性。备赛以来，郑国华精神一直紧绷，不敢有丝毫懈怠，从理论到加工，他都认真训练，想方设法弥补自己的短板，终于在国赛上一鸣惊人，获得亚军！

一分耕耘，一分收获，一个制茶"国手"的培养，需要的不仅是个人的努力，还离不开一个团队的凝心聚力。这一点，作为师傅的林鸿老师特别有感触，他认为福安茶人国赛获奖，得益于福安——"中国茶叶之乡"这片肥沃的土壤，众人合力，一路传承守护，才谱写了福安茶业的荣耀与辉煌。谈及这次国赛的意义，他肯定："这次国赛不仅展现了福安茶人努力奋发、敢于拼搏的整体精神面貌，还进一步扩大了福安茶叶，尤其是花果香型坦洋工夫红茶的知名度。正是一代代茶人的不断成长，接续奋斗，守正创新，引领茶产业健康可持续发展，让茶产业真正成为新时代的富民产业。"

三

一花独放不是春，百花齐放春满园。

2021年4月23日，中国农业科学院茶叶研究所"中国茶叶·制茶师（花果香型红茶）"研习班在福建省福安市坦洋茶场举行，来自全国各地的学员参观了福建省茶科所品种园，还在坦洋村领略了坦洋工夫红茶的历史文化。

对于刚获得"全国技术能手"的郑国华来说，能够在家乡福安和自己的师傅——坦洋工夫省级非遗传承人林鸿一起受聘担任研习班导师，可谓一举多得。通过全国研习班的平台为来自五湖四海的学员们分享花果香型坦洋工夫红茶的制作技艺，在品鉴、宣传、推广坦洋工夫的同时，也对福安"三茶"融合发展、农民增收以及乡村振兴起到积极的推动作用。

2023年5月28日下午，第5届全国农业行业职业技能大赛茶叶加工赛项（绿茶）类在广西三江落幕。来自全国17个省（区、市）的71位决赛选手同台比拼，交流经验，倾情演绎茶匠风采，大力弘扬工匠精神，助力茶产业高质量发展。经过激烈比拼，福安市选送的参赛选手陈建平夺得全国第6名，俞水荣荣获第10名，他们均获得"全国农业技术能手"的称号，另一位选手刘小春获"优秀选手"称号。本次大赛福安茶人取得的成绩，再次证明了福安在全国茶界的地位，更说明了福安是名副其实具备多茶类生产的中国茶叶生产核心区。

如今，借助茶文化、茶产业和茶科技的不断融合发展的东风，在新征程上，福安茶人将继续书写新的荣耀与辉煌！

首届全国红茶加工制作大赛，福安茶人获得"一金二银三铜"佳绩

青春韶华玩转鲜嫩绿叶

——专访绿茶加工大赛中脱颖而出的福安茶人

山 风

"力争保一进二！" 2022 年 8 月，福建省第 2 届茶叶（绿茶）加工工职业技能竞赛即将举行，这是福安市政府分管领导对参赛的 3 名福安选手提出的希望，而这次大赛也是第 5 届全国农业行业职业技能大赛茶叶加工赛项福建省选拔赛，全省只有 5 个名额。

"我们福建如果有 1 名选手能够拿到全国前 10 的名次都算不错了。" 2023 年 5 月，以绿茶加工为主题的第 5 届全国农业行业职业技能大赛茶叶加工赛项总决赛在广西柳州市三江县举行，福建 5 名选手即将出征，其中包括福安 3 名选手，而我省茶业界在赛前并不乐观。

出乎意料的是，在全省第 2 届茶叶（绿茶）加工工职业技能竞赛中，福安选手陈建平、俞水荣、刘小春摘金夺银，位列第 1、2、5 名，并代表福建出战第 5 届全国农业行业职业技能大赛茶叶加工赛项决赛，从全国 70 多名顶尖高手中脱颖而出，分别取得第 6、10、42 名的好成绩，在福安乃至全省茶叶界传为美谈。值得一提的是，这 3 名福安选手是近年来在各类赛事中崭露头角的新秀，1 名 "90 后"、2 名 "85 后"。

农家走出新茶人

福安北部的范坑乡素有 "鸡鸣一声，两省三县相闻" 之称，被誉为福安的 "西伯利亚"。洋山村是该乡相对地势还算平坦的一个小山村，平均海拔 680 多米，世代务农为生的村民，依靠少量的薄田和种植茶叶、太子参维持生计。1991 年出生的陈建平，在这里度过了童年。

"从小跟着父母上山干农活，茶叶是家里的主要经济来源，很多时间都在茶园里，所以从小对茶叶有感情。"陈建平说，"20 世纪 90 年代中期在村里上小学，学费 130 多块钱，父母只能先付 30 多块，余下的 100 多块钱要等来年春茶采了才能补缴。"

陈建平上小学四年级的时候，进城务工的父亲带着他走出了山。他在福安二中念完了高中。"在填报高考志愿时，第一志愿是福建农林大学茶学专业，第二志愿是湖南农大茶学专业，最终是第一志愿录取。"陈建平说。他的亲戚也有做茶叶的，很辛苦，又赚不了多少钱，而那时候正是坦洋工夫重振雄风之时，所以他想读一下茶的专业，出来可能对家乡的发展和个人的前途都有好处。

与陈建平不同的是，1988 年出生的刘小春是跟着父母先进城再返乡种茶、做茶。

"父亲本来是在城关做工程的，2010 年选择回到村里从事茶叶种植与加工。"刘小春说。其父亲回到老家城阳镇洋面行政村牛老子自然村，开荒种了 100 多亩茶叶，并联合毗邻的村子，建起了 400 多亩的茶园基地，成立了茶叶专业合作社，还在基地附近建设了一座占地 5 亩多的茶叶加工厂，他也因此与茶结缘。

2013 年，刘小春参加由省委农办、省农业厅主办，福建农林大学、宁德职业技术学院等高校承办的"新型职业农民素质提升工程学历教育大专班"。"以前全凭经验制茶，走了很多弯路。在大专班老师的指导下掌握了炭焙技术，成品红茶的香气比通过机器提香的更纯更自然。"刘小春说。他还向坦洋工夫非遗传承人林鸿拜师学艺，茶叶的加工技艺有了明显提升，2012 年和 2014 年摘取福安市"坦洋工夫杯"斗茶赛"金奖名茶"桂冠，2018 年跻身"福安十大制茶能手"行列。

2018 年 9 月，首届全国红茶加工制作大赛在广东英德举行，为提供比赛的茶青，仅采茶工人就动用了 1200 多人。大赛吸引了来自全国各地的 233 名制茶高手群雄逐鹿，刘小春最终获得银奖。"那才是真正的做茶比拼，每名选手 75 公斤茶鲜叶。"刘小春说。

1987 年出生的俞水荣也来自农村，老家是在龙岩长汀县，却与福安茶叶结下不解之缘。"读的是福建农林大学茶学专业，大四的时候，坦洋工夫集团到学校招聘实习生。其实还有到武夷山和广东梅州实习的机会，但当时的坦洋工夫在市场上很红火，就选择来福安。"俞水荣说。

大学毕业后，俞水荣就孤身一人来到福安，由于种种原因辗转于福安多家民营茶企。凭借自身不怕吃苦、勤学好问和骨子里的一种执着韧劲，不断从茶叶生产一线汲取各种养分，羽翼日渐丰满，经他审评选送的茶样多次在"中茶杯""闽茶杯""宁德茶王赛""坦洋工夫斗茶赛"等赛事中获奖。2018 年 11 月，俞水荣参加首届福建省评茶员茶艺师职业技能大赛，从 100 多名参赛选手中脱颖而出，夺得评茶员项目职工组第 1 名，并在全国总决赛中赢得职工组全能赛二等奖，位列全国第 7 名。

携手入围创佳绩

2022 年 8 月 23—25 日正值盛夏时节，福安坦洋茶场高手云集、茶香飘溢，全省第 2 届茶叶（绿茶）加工工职业技能竞赛在这里火热进行。

本次大赛是全省制茶能手的又一次集中选拔，前 5 名选手将代表福建参加第 5 届全国农业行业职业技能大赛茶叶加工赛项的全国总决赛，吸引了来自全省各地的 38 位制茶能手，顶着热浪高温，杀青，揉捻，烘干，精制……一双双灵巧的双手，将一片片嫩绿的茶叶，变身为一道道馨香的成品绿茶，呈现在评委面前。

经过严格评审，并结合理论知识的考核结果，福安选手陈建平、俞水荣、刘小春分别位列第 1、2、5 名，突破了赛前"保一进二"的希望，创造了福安茶人在大赛中的"高光时刻"。

2023 年 5 月 27 日，来自全国 17 个省份的 71 名茶叶加工制作高手，齐聚广西三江侗族自治县，展开第 5 届全国农业行业职业技能大赛茶叶加工赛项的总决赛，包括陈建平、俞水荣、刘小春在内的 5 名选手代表福建出战。

"赛前，我们到福州集训。专家说，我们 5 名选手中，如果有一名进入全国前 10，都算不错了。所以去的时候，心里面没有多大压力，只要正常发挥好就可以了。"陈建平说。

据了解，本赛事以绿茶加工为主题，是全国茶叶技工从业人员的顶级赛事，参加总决赛的选手是从全国4000多名制茶能手中遴选出来的，既要比拼"文化"，即通过理论知识考试考查选手的茶叶制作理论水平；又要比试"武斗"，即通过茶叶拼配考核，考验选手对每一种茶叶长短、成色和香味的掌握程度；还要竞逐"实操"，即通过现场对新鲜茶叶进行摊青去味、烘炒杀青、揉捻做形以及干燥、精制等工序的技艺较量。

经过激烈角逐，陈建平、俞水荣分别以第1、10名的名次，荣获全国农业技术能手称号，位列第42名的刘小春获"优秀选手"称号。

"浙江、江苏、安徽等省份，做的绿茶真的是很漂亮，只是说他们的选手参赛经验不足，有的还是按照自己当地鲜叶处理方法，结果是不理想的。"俞水荣说，到广西三江比赛之前，指导老师反复提醒过，一定要针对当地茶青的特点进行处理，不然会出现苦涩味浓重等缺陷。

"我们福建的绿茶加工水平相对没有优势。"陈建平说，"这次全国比赛，给的是前一天的茶青，而且还是'雨水青'，我们福建的选手一般认为要低温长时间晾青，其苦涩度才会降下来、花香会显一点。但因为晾青过程太长了些，被扣分了，理由是这些青叶是'隔夜青'，伤了叶片。说明对茶青掌握得不够，这方面我们相对比较吃亏。好在之后的加工环节，我们把分值拉了回来。"

光鲜背后是汗水

"全国农业技术能手""福建省劳动模范""福建省五一劳动奖章""福建省金牌工人""韩城工匠""福安十大制茶能手"……一路走来，作为福安茶界后起之秀的陈建平、俞水荣、刘小春收获了众多荣誉。"有些东西，人家看起来好像是光鲜亮丽的，其实背后的付出也是很多的。"说到这些年取得的成绩，俞水荣万分感慨。

俞水荣记忆犹新的是，大四实习的时候，他和一位植保专业的校友来坦洋工夫集团报到，随即被派往位于晓阳镇首洋村的锁泉基地。

"那个基地太偏僻了，一路晕车呕吐啊！好不容易到了目的地，一瞧，前不着村、后不着店，连手机信号都没有。第二天，同行的校友就'跑路'了，我选择留下来。"俞水荣暗暗告诫自己，"学茶的，肯定要在基地待的，无论如何都要耐得住。"

转眼到了春茶采摘时节，因为地处偏远，周边县市和浙江泰顺等地茶青，大都深夜运抵这里，且必须第一时间上架萎凋。而山里的夜晚寒气逼人，主要承担茶青验收和茶叶品质记录等辅助性工作的俞水荣，再晚也要起床加班。

随着基地茶青的开采，俞水荣更加忙碌了。在负责茶青验收之余，他还参与到红茶初制之中，并与制茶师傅们对产品进行审评，探讨改进措施，几乎每天都要到半夜两三点才能去睡。"虽然又苦又累又寂寞，但收获还是很大的，特别是领会了老师傅们的敬业精神与对茶的敬畏之心。"俞水荣说。

"赛前我们是做足了功课的，包括理论和实操，特别是理论知识考得面很广、很细，要求足够的知识储备。"说到参加全省和全国的绿茶加工大赛，陈建平说，赛前，他与俞水荣、刘小春白天一起练实操，反复练，练到两只手不怕烫；夜晚，聚在一起温习理论知识，相互交流、相互提问。

在参加第5届全国农业行业职业技能大赛茶叶加工赛项的总决赛之前，俞水荣的妻子分娩，还是剖宫产，但他却无暇顾及，匆匆告别妻子和刚出世才2天的女儿，动身前往广西三江县。"感谢女儿给我带来了好运。"俞水荣微笑着说。

"参加比赛还是有技巧的，我们知道在大赛中如何调整心态和状态，并根据比赛的节奏，在得分的关键环节下功夫。特别是茶青，嫩青和老青不一样，萎凋程度需要精准把握。"陈建平说，"赛前了解到广西三江的福云6号比较多，而且那里的采工采的鲜叶很嫩，针对其特点选择技术路线很重要，而且比赛过程是环环相扣的，每个环节都不能出现任何的失误。"

"南风之薰兮，可以解吾民之愠兮；南风之时兮，可以阜吾民之财兮。"采访结束时，陈建平引用古人说的这句话，表达了福安茶人致力于茶产业发展的信心与愿景。

产业发展篇

福安市茶产业发展情况调研报告(2022 年 6 月 22 日)

福安市人大常委会茶产业发展情况调研组

根据市委调研课题部署及市人大常委会 2022 年工作计划,市人大常委会成立调研组,由市人大常委会党组成员、副主任薛树明任组长,部分人大常委会委员和市人大代表为成员,于 5 月 19 日至 24 日,采取实地察看、听取介绍、集中座谈等方式,深入社口、坂中、城阳、赛岐、甘棠等乡镇以及林芝、同泰春、茗科、林鸿茂、福建初心农业科技有限公司、市良种茶树苗繁育协会等 6 家茶企、协会组织调研。5 月 24 日,调研组召开座谈会,与市政府分管领导、相关单位负责同志、茶企、合作社代表座谈交流,广泛听取意见建议。现将调研情况报告如下:

一、福安市茶产业发展现状

茶业是福安市的优势特色和富民主导产业,是乡村振兴的重要抓手。福安市获得"国家区域性良种繁育基地""中国红茶之都""中国茶业百强县""全国茶业生态建设十强县""国家级茶叶标准化示范县"等荣誉称号。据统计,2021 年有茶园面积 255270 亩,其中,红茶产量 9661 吨,占 35.5%;绿茶产量 14913 吨,占 54.8%;青茶产量 754 吨,占 2.8%;白茶产量 1876 吨,占 6.9%。2021 年,毛茶产量 2.81 万吨,毛茶产值 19.43 亿元,综合产值 100 亿元。农民人均纯收入三分之一来自茶叶。基本上每个乡镇都有种茶,面积 1 万亩以上的乡镇 9 个,产量 1000 吨以上乡镇 11 个(见附表)。全市有机茶生产示范基地 3000 多亩,全国绿色食品(茶叶)原料标准化生产基地 12.2 万亩。拥有全省最大的茶树良种繁育基地,年出圃良种苗木 6 亿多株,全市茶树良种化率达 98%。全市推广种植优新茶树良种 10 万多亩,建成标准化生态茶园近 8 万亩，推广绿色防控面积约 8 万亩。全市现有大小茶叶加工企业 600 多家，其中规上企业 29 家，省级重点龙头企业 17 家，宁德市级龙头企业 35 家，国家级茶业专业示范社 2 家、省级 9 家、市级 8 家。目前，全市有 7 家茶企拥有自营出口权，获得国际雨林认证 1 家、ISO 认证 8 家，具有食品生产许可证的企业 141 家。2021 年，茶企纳税 2700 余万元。

二、近年福安市茶产业发展新变化

（一）加大财政投入，改善营商环境。市委、市政府努力实施以"坦洋工夫"为重点的公共品牌战略，持续加大财政投入，茶产业取得持续健康发展。2021 年，福安市投入财政资金 3500 万元，其中上级专项资金 500 万元、本级资金 3000 万元（比 2016 年增加了 1800 万元），主要用于扶持"坦洋工夫"红茶产业发展，重点支持高标准茶园建设、品牌宣传推介、标准制定、良种保护推广等。投入 350 多万对茶王街及周边环境整治提升，将岩湖村安置地沿街 700 多间民房改造为商铺，已完成茶王街及周边 360 余间店铺改造工作；对富春茶城周边建筑设施陈旧老化、占道经营、影响市场交通、市容整洁等进行整顿，改善了茶王街、富春茶城的营商环境、人居环境。目前，富春茶城已入住茶叶经营户 186 户，茶王街及周边入住商户 210 户，茶王街夜景成为市民新网红打卡点。

（二）注重标准建设，持续做优品牌。《地理标志产品坦洋工夫》国家标准，《坦洋工夫茶感官分级标准样品》实物样国家标准，《花果香坦洋工夫·闽科红》《福安白茶》团体标准，《绿茶（A 级绿色食品）综合标准》《陈香坦洋工夫》等 10 项企业标准经批准发布实施。市茶叶质量检测中心每年定期对各乡镇春、夏、秋茶叶进行例行抽检，组织农垦茶业、隽永天香等 251 家茶企开展"一品一码"全过程追溯体系建设，其中福建隽永天香茶业有限公司被列入国际标准农产品示范基地。全市有驰名商标 2 件，地理标志证明商标 7 件（其中"坦洋工夫" 5 件、福安白茶 1 件、福安绿茶 1 件）。坦洋工夫茶制作技艺被列入国家级非物质文化遗产代表性项目名录，入选中欧地理标志协定保护名录，2021 年品牌价值 37.67 亿元，位列全国红茶类品牌价值第一位。福建省献礼中华人民共和国成立 70 周年特别呈现·大型纪录片《国货之光·对话新中国》中，"坦洋工夫"成为入选的唯一茶叶品牌。注重坦洋工夫传承与保护工作，培养坦洋工夫非遗传承人，开展系列坦洋工夫茶叶赛事活动，引导茶企茶人提升素质，目前福安市有 300 多名学员取得评茶师、茶艺师证书。

（三）加大信贷支持，创新信贷品种。至 2022 年 4 月底，福安市茶产业贷款余额 4.32 亿元，比年初增加 0.6 亿元，同比增长 26.67%，其中企业贷款 1 亿元，比年初增加 0.21 亿元，个人贷款 3.32 亿元，比年初增加 0.39 亿元。2021 年 3 月，为了有效扶持茶产业发展，助力乡村振兴，福安市农村信用合作联社授信社口镇人民政府 5000 万元"福茶贷"信用额度，扶持茶企春耕生产，帮助解决茶季企业资金周转困难。2021 年 5 月，为进一步落实"福茶贷"项目产业链利农惠农，解决农户资金需求，社口信用社创新信贷品种，在全省首推"福茶·契约贷"，以民间契约方式签订抵押承诺书，从机制上，有效阻隔了茶农之间互保的风险，真正解决农民贷款难、担保难的问题。"福茶·契约贷"以茶园为抵押，社口镇土地流转服务中心和村集体组织经济合作社对接共同推行。截至 2022 年 4 月底，总共发放"福茶·契约贷" 537 户 3796 万元，涉及茶园面积 2670 亩，其中坦洋村 42 户 358 万元。社口信用社推出的"福茶·契约贷"为社口 4.2 万亩茶园提供改造资金，丰富了农村生产要素融资途径，唤醒了农民"沉睡"资产，解决农民长期以来担保难的问题。"福茶贷"为社口镇 78 家茶企及各类茶商、茶农共提供信贷资金 5064 万元，其中茶企纾困贷款 15 笔，金额 905 万元，茶叶个体工商户提供贷款 183 笔，金额 2419 万元，为茶农提供贷款 312 笔，金额 1740 万元，有效解决了社口镇茶产业的资金需求。

（四）线上线下结合，拓宽营销渠道。随着近几年传统销售平台的激烈竞争和电商平台的发展，福安市大部分茶企适应现代社会的变化，利用网络功能建立线上线下相结合的销售方式，拓宽销售渠道。天猫商城、微店、易购、中国红茶网等平台都有坦洋工夫红茶企业入驻。特别是抖音等新媒体的带货直播，激发了福安市茶企线上营销的热情，如福建省红新茶业有限公司，积极对接宁德市、福安市有关部门，参加俄罗斯等境外国家洽谈直播视频会议，产品签订多家境外客商意向订单。同时，市茶业发展中心、市茶业协会以公共品牌带动企业品牌共同抱团参展推介，先后组织茶企参加了杭州茶叶博览会、山东茶叶博览会、海峡两岸茶叶博览会等推介活动 20 余场次；开展传承技艺、美丽中国福安坦洋工夫茶制作技艺精品展、拜师仪式及"坦洋工夫"杯等系列活动 10 余场次。

三、福安市茶产业发展存在的问题

在看到成绩的同时，我们也看到福安市茶产业发展面临的问题，表现在以下几个方面：

（一）源头管理不够到位，茶叶质量有待提升。种植环节，一是高品质基地面积不大。生态茶园建设步伐虽有所加快，获得"全国绿色食品原料（茶叶）基地县"称号，面积 12.2 万亩，但目前获得绿色食品认证基地面积不足 2 万亩，高品质的有机茶基地全市仅为 3000 亩。二是种植统一管理难。福安市茶叶种植涉及千家万户，统一管理存在实际困难，很多农户仍然在茶园经常使用化学农药、除草剂。三是部分授权茶企没有茶叶生产基地。按地理标志坦洋工夫的授权条件，茶企要有 50 亩以上的茶山基地，才允许授权，但目前 45 家授权企业中，33 家企业有 50 亩以上茶山基地，还有 12 家授权茶企没有茶叶基地，其中包括 6 家分装 SC 的授权企业。四是所拥有的茶叶基地不能满足安全生产的需求。由于缺乏自有生产基地或生产基地产量不足，大部分茶企在生产高峰期，直接向茶农或茶贩收购茶青，这样收购的原料茶青存在农残、清洁等安全卫生隐患。近年来，福安市茶企也遇到几起因农残超标被退货的事件，因而，迫使一些规范的企业，将茶青收购、茶叶生产移至外地，造成福安市茶业资源、人才流失，茶青价格走低。

（二）发展问题仍未破解，市场竞争能力不强。加工环节，一是企业生产规模偏小。龙头带动力不强，标准化、集约化产业水平普遍较低，大都尚未建立健全现代企业管理制度，45 家坦洋工夫地理标志使用授权企业中，除天香等几家纳税大户外，大多数企业规模都比较小，抗风险能力差。福安市没有一家国家级龙头企业，而福鼎有 3 家国家级龙头企业。二是用地难。据了解，目前福安市茶企用地缺口达 300 亩。近年福安市仅规划坂中茶叶加工区作为首个茶叶加工专区，坦洋茶谷项目进展缓慢，其他大部分茶企用地不合规，厂房建设不规范，在 45 家授权企业中，只有 5 家用地建设基本合法合规，7 家厂房建设用地是农业设施用地，其余 33 家全部用地不合法、建设不规范厂房，由于选址建设不合规，有的占红线，有的占蓝线，有的占农田，有被拆迁风险，不能成为企业固定资产，造成茶企投入畏手畏脚，生产环境和生产设备简陋。三是融资难。金融服务以固定资产、信誉、营业等为前提，固定资产是先决条件，茶企的茶园与茶厂存在先天不足，茶园、厂房没有权属证明，不能作为银行提供贷款抵押担保要件，难以得到相应的金融服务。四是存在安全生产隐患。部分茶企生产车间、仓库、生活居住混杂，火灾隐患较大，近年福安市茶企发生了几起重大火灾事故，造成很大的经济损失。如 2021 年溪潭镇芹洋茶业加工厂发生火灾，一把火把厂房烧的精光。五是生产质量没有严格把控。大部分茶叶初制厂简陋、设备落后，生产车间卫生不达标，进入车间没有做到按食品生产要求穿戴，工商登记的茶企、合作社600 多家，取得食品生产许可证的只有 141 家。

（三）市场配套还需提升，公共品牌效应不足。一是产茶重镇没有茶青交易场所。福安市农民人均纯收入三分之一来自茶叶，种植面积 1 万亩以上的乡镇 9 个，产量 1000 吨以上乡镇 11 个，大都处在上半区，但没有一个乡镇有茶青交易场所。二是富春茶城停车难问题逐渐凸显。在市政府及相关部门的努力下，富春茶城、茶王街环境得到提升，但随着客流的增多，停车难等配套公共设施问题又随之而来，营销流通体系配套的滞后，影响了茶叶市场集散功能和定价功能的有效发挥。三是市场入驻商户品牌意识薄弱。入驻富春茶城、茶王街的商户大都以批发走量为主，坦洋工夫品牌意识薄弱。四是对外宣传政企互动不够深入。公共品牌打造主要靠政府财政投入，大多茶企只关注自身品牌的宣传，对公共品牌的宣传不够热心，"坦洋工夫"在全国茶叶市场的认知度不高。

（四）文化挖掘深度不够，茶旅融合发展不足。福安市生产茶叶也有悠久的历史，但茶文化挖掘力度不够。企业茶文化氛围不浓，除少数几家企业，大部分企业缺少茶文化展示与介绍窗口，甚至有的生产者讲不全产茶过程、说不出茶叶口感、道不全喝茶益处等常识。与福鼎、武夷山相比较，福鼎、武夷山两地重视挖掘茶文化，福鼎成立了茶文化研究会，武夷山茶文化底蕴深厚，我们不如武夷山、福鼎政企合力将茶业与旅游、文化相结合，统一打造"大红袍""福鼎白茶"品牌的宣传力度。

（五）茶科技推广薄弱，服务基层不够到位。福安市从业人员文化程度不高，市、乡两级技术推广人员严重不足，市茶产业发展中心从事技术推广的中级职称以上技术人员4人，乡镇一级技术推广人员严重断层，直接服务于茶产业的技术人员明显不足，茶产业"五新"技术的推广应用受到限制。茶企创新能力不强，技术人才层次低，产品开发投入少，产业链松散，企业管理、生产和营销队伍薄弱，市场竞争力不强，制约了福安市茶产业的可持续发展。

四、推进福安市茶产业发展的建议

习近平总书记来闽考察时强调，要统筹做好茶文化、茶产业、茶科技这篇大文章，坚持绿色发展方向，强化品牌意识，优化营销流通环境，打牢乡村振兴的产业基础。福安市茶产业要重振百年品牌，必须做到政府、茶企、茶农"三驾马车"并驾齐驱，政府要为茶企提供服务、做强品牌，企业要产业升级、开拓市场，茶农要保证品质、提升效益，从而促进福安市茶产业又好又快发展。

（一）源头管控刻不容缓，夯实基础提升茶叶品质。茶原料的安全是茶产业的生命，务必采取强有力措施保障原料的安全。近年武夷岩茶、福鼎白茶光鲜亮丽的背后，是以标准化生产加工基地为支撑，福鼎仅质量溯源系统投入2000多万元，给白茶上"身份证"。针对目前福安市茶园、生产加工、质量安全监管等方面与先进茶区的差距，建议继续推进茶叶质量安全可追溯体系建设，学习福鼎市做法，全面做好信息化大数据溯源，以乡镇为单位，办理茶农、茶企、茶青经纪人信息卡，茶农、茶企、茶青经纪人在茶青交易时必须凭信息卡交易，全市茶青采摘、交易及茶叶生产、销售过程就全面纳入大数据溯源平台系统，对不履行追溯体系要求的生产经营者，市场监管局和农业农村局等部门将依照食品与农产品安全有关法律给予处理。同时，在种植环节上，加强农药监管，以改园、改土、改树、改肥、降药"四改一降"为重点推进生态茶园建设；鼓励种植茶园绿肥，对适度规模连片的茶树生产基地茶园推广应用绿色防控技术，开展茶树病虫害统防统治试点，提高防治效率，提升防治效果；加快茶园耕作、栽培、采摘等先进机械运用，提高茶叶产量和质量。在加工环节上，企业要全力提高品质，开展工厂清洁化改造，规范厂区车间布局，加强茶叶基地标准建设和企业食品生产许可的认证，提高茶叶生产技术水平，指导茶农、工人严格按标准规范去发展茶叶生产。在流通环节上，要加大茶青、茶叶产品上市前的抽检次数，提高大数据、云计算、物联网等现代信息技术运用水平。

（二）着力解决用地问题，统筹规划布局初制工厂。一是国有土地方面。①社口镇竹工坂地块剩余约50亩用地尚未供应，建议由有关部门牵头，对其进行整理出让。②竹工坂坦洋茶谷PPP项目用地，加快清算工作，待市政府统筹整理成熟后，由有关部门针对茶企实际用地需求情况报市政府安排，并考虑社口属地提出的茶青交易市场问题。③建议茶业小微园区选址畲开罗家洋工业园区旁苏坂村地块，规划用地面积约253亩，用地性质为二类工业用地，目前批而未供剩余约90亩。该地块位置合理，用地成熟，交通较便捷，地势平坦便于施工，可加快项目落地建设。二是集体用地方面，关于城阳镇、潭头镇、社口镇等北部乡镇区域，茶企拟选位置均位于城镇开发边界外，要按村庄规划实施，因涉及集体土地的报批、供地等事宜，目前缺乏相关政策文件指导实施，难度较大，且后期企业生产经营上存在产权登记、资金流转等问题，建议市茶产业发展中心、茶业协会摸底企业意向用地对象，优先对上述国有土地进行统筹安排后，再考虑设施用地。同时，对一些村庄周边用地进行摸排，对接属地乡镇将意向地块先行纳入村庄规划乡村振兴内布置为产业用地，待时机成熟时可优先服务于福安市茶企生产发展需求。同时设立相应用地条件，如仅限茶叶加工生产、限制转让、每亩投资额度、限定建设期限、明确税收额度等，对达不到要求的，补交土地出让金，超过土地建设期限未建的收回土地等。三是及时协调解决坂中坑下茶叶加工园区建设问题，促进企业入驻并尽快建成投产。四是统筹规划布局初制厂。初制厂是保证茶叶质量的重要环节，现有初制厂基本处于无序状态，建议由有关部门牵头，统筹规划布局福安市初制厂（保留、新建、拆除）。对初制厂设立基本条件，验收合格后给予一定资金补助等政策支持。鼓励精制企业收购验收达标的初制厂品。

（三）推进普惠金融服务，助推产业振兴加快发展。一是增加贷款总量。落实好普惠金融改革试验区相关工作要求，引导金融机构根据茶产业实际情况，合理调配信贷资源，增加茶产业信贷投放，全面做好茶产业相关金融服务工作。二是大力推广"福茶贷"和"福茶·契约贷"。总结社口信用社的好做法，大力推广"福茶贷"和"福茶·契约贷"。同时拓宽茶农茶企的生产要素融资产品的种类，对资信状况良好、确有还款能力、与银行有长期稳定关系的茶企，可以发放信用贷款。建立贷款绿色审批通道，运用循环贷款、无还本续贷等更为便利灵活的贷款和还款方式。三是加快推进农村生产要素确权工作。支持茶园、厂房、设备、茶叶仓储量等生产要素确权登记，进入福安市农村生产要素交易平台，以便提供融资贷款、流转服务，促进资源整合。四是每年从专项资金中安排一定比例建立金融支持茶产业风险基金和贴息资金，降低企业与茶农的融资成本。

（四）整合资源抱团发展，科技引领产业提质发展。一是对福安市茶产业进行科学规划。成立坦洋工夫红茶抱团上市领导小组，研究制定具体措施办法，如企业股份制改造，引导产业合理分工，优化资源配置，整合福安市优质茶企茶商10家，形成茶叶基地、生产商、经销商利益共同体，按产业发展需要、上市公司要求，力争3年内培育上市茶企1家，发挥上市公司资本平台虹吸效应，加速集聚福安市优质茶产业资源，实现坦洋工夫突破性高质量发展，助力茶农致富、乡村振兴。二是带动茶农按产业标准生产。鼓励茶企自建茶叶生产基地或扩大基地规模，成立茶业合作经济组织，以"公司+合作社+农户"的模式对茶叶生产基地进行管控，带动茶农按照产业标准和市场需求组织生产，实现生产与市场对接，有效缓解茶农消息闭塞、销售难的困境。三是加大科技投入，引进新品种、新技术、新工艺，延伸产业链。重点组织实施甘棠6000多亩全国区域性茶树良种繁育基地建设，使之成为全国良种的交易基地。发挥省茶科所在福安市的优势，鼓励茶叶科技人员通过创办科技型企业，开展科技承包和技术咨询等服务形式，提高茶叶科技成果转化率和贡献率。四是依托农业农村局新媒体中心，引进、培养茶叶专业人才，着力构建茶叶科技和管理队伍，为茶农、茶企提供技术服务。积极创建茶产业大数据中心，鼓励企业利用互联网、物联网、大数据技术改造提升茶产业，提高数字茶业发展水平。

（五）完善市场功能配套，增强市场辐射带动能力。一要坚持规划引领，加快茶叶交易市场的功能配套。统筹街区环境，补齐周边基础设施短板，在富春茶城周边规划新建停车场地、茶叶仓储场所，引进2—3家物流公司入驻富春茶城或周边，为商户提供优质仓储运输服务平台。建议在溪东村规划选址，将岩湖建材市场搬迁到溪东村，整合提升建材市场的同时，将岩湖建材市场改造成茶城的配套设施，全力打造中国工夫红茶集散中心，切实增强产业承载力、竞争力，为入驻茶城企业做大做强营造良好的发展环境。二要加强市场规范管理。茶王街、富春茶城在整治的基础上要进一步规范管理，由有关部门牵头，属地配合，协力规范到位。如沿街店面摆茶叶样品要设置警示线，商家摆放物品不得过线、不占用通道等。三要大力开拓市场。在主要产茶乡镇建设茶青交易市场，方便茶农就近交易茶青。建立健全营销网络体系，与各大销区市场建立联系沟通机制，大力培育茶叶电商企业，充分运用现代营销手段，大力发展线上线下商务，积极参加国内外大型展销活动，主动申办自营出口权，进一步拓展国内、国际市场。四要注重品牌效益。茶企要走以质取胜的道路，诚信经营，引导鼓励走"一茶一品"的发展路子，统一使用品牌（如红茶使用"坦洋工夫"，白茶使用"福安白茶"），努力提高品牌知名度，提高茶叶产品的竞争力。

（六）着力打造红茶文化，重塑坦洋工夫百年品牌。一是倾力打造社口坦洋工夫核心区。以坦洋工夫智慧茶谷和国家级产业强镇示范建设为抓手，重点支持社口建成名副其实的产业强镇。坦洋村是坦洋工夫红茶的发祥地，要拔高站位，发挥科研院所与坦洋茶场、坦洋村、白云山景区的技术、文化、产业、自然资源优势，围绕"一谷两溪三园四区"的空间布局，构建集茶叶科研、种植、加工、商贸、物流、文创、茶旅于一体的茶产业体系。二是树立好、传播好坦洋工夫红茶文化。继续开展传统技艺培训，发挥茶业协会人才驿站及坦洋茶场非遗传习所作用。组织专业人员，挖掘、整理、传播福安坦洋工夫文化，发挥市茶艺团的作用，积极开展茶艺、茶事活动，普及茶知识。着力培育茶王街多元化夜间经济，亮化景观，丰富夜间经济文化内涵，力争将茶城打造为福安市茶文化的新地标。三是大力宣传重塑百年品牌。以坦洋工夫茶制作技艺列入国家级非物质文化遗产代表性项目名录为契机，高层次策划打造坦洋工夫品牌，加强与科研院校和策划机构的深度合作，突出坦洋工夫的卖点和宣传推广亮点，采取政府搭台、企业唱戏等方式，在动车、电视台、报刊等媒体、网络平台上大力宣传坦洋工夫品牌，提升品牌知名度。借助坦洋茶谷文旅线路列入中国农业国际合作促进会首个"国际茶日"生态观光茶旅线路名单的"东风"，全力打造坦洋茶谷文旅精品线路，延伸茶产业链条，促进一、二、三产融合发展。

调研组组成人员

组　长：薛树明

成　员：郑彦鑫　吴卫平　蓝　鸿　夏陈玉

附

2021年福安市各乡镇（街道）茶叶面积及产量一览表

乡镇（街道）	年末实有面积（亩）	其中：采摘面积（亩）	其中：当年新植面积（亩）	总产量（吨）	其中：			
					红茶	绿茶	青茶（乌龙茶）	白茶
全市总计	255270	213609	2721	27204	9661	14913	754	1876
赛岐镇	7793	7793	0	1040	185	750	0	105
穆阳镇	4532	4349	0	989	627	362	0	0
城阳镇	17343	13049	254	1645	679	722	0	244
坂中乡	7406	6670	52	578	176	344	30	28
上白石镇	21031	17741	0	1791	346	1083	145	217
范坑乡	27253	27243	10	1688	1096	592	0	0
潭头镇	24934	24934	0	3239	1211	1902	0	126
社口镇	44573	43020	1553	4428	1874	1888	0	666
晓阳镇	15596	15596	0	2423	1150	1063	210	0
穆云乡	15217	15104	101	491	193	246	52	0
康厝乡	9087	8889	161	671	143	528	0	0
溪潭镇	9691	8418	390	1287	240	880	26	141
甘棠镇	11150	9423	0	1620	398	939	0	283
下白石镇	5030	4720	0	442	82	360	0	0
湾坞镇	4815	4432	50	472	15	457	0	0
溪尾镇	3142	3053	0	279	66	213	0	0
松罗乡	8505	6606	3	1028	328	616	18	66
溪柄镇	15793	15533	0	2655	652	1730	273	0
罗江办事处	1973	1970	147	421	200	221	0	0
城南办事处	406	0	0	17	0	17	0	0
城北办事处	0	0	0	0	0	0	0	0
阳头办事处	0	0	0	0	0	0	0	0

注：采摘面积和新增面积是实有面积的其中数，实有面积≠采摘面积+新增面积

福安茶产业的过去、现在与未来

蓝和鸣

  茶业是福安市的优势特色和富民主导产业，是助力乡村振兴的重要抓手。历届市委、市政府高度重视茶产业发展，先后出台了《关于加快现代茶产业发展的意见》《福安市进一步促进"坦洋工夫"红茶产业高质量发展若干措施（试行）》等一系列促进茶产业发展的优惠政策及措施，深入实施了"良种保育工程""茶园生态工程""质量安全工程""龙头带动工程""品牌提升工程""市场营销工程"等六大工程，茶产业实现了经济、生态、社会三大效益统一的可持续发展，荣获了"国家区域性良种繁育基地""中国红茶之都""中国茶业百强县""全国茶业生态建设十强县""国家级茶叶标准化示范县"等一系列国字号金字招牌。截至目前，全市茶园面积达 30 万亩，2021 年实现毛茶产量 2.81 万吨，毛茶产值 19.43 亿元，综合产值超 100 亿元，涉茶人口约 40 万，农民人均收入三分之一来自茶叶。

  习近平总书记对福安茶产业的发展极为关注。坦洋村是时任宁德地委书记习近平同志的党建工作联系点。习近平总书记在宁德工作期间，曾"四进坦洋"，提出了"闽东学三洋，坦洋要当领头羊""放大坦洋工夫品牌效应，因地制宜壮大茶叶经济"等宝贵思路。他离开宁德到福州任市委书记前的交接也在坦洋村，并留下了真情告白："青山不老，绿水长流，喝过坦洋工夫茶，人走情常在，我的心和你们的心是永远贴在一起的。"习近平总书记的重要指示，为福安茶产业的发展指明了方向，成为福安茶人努力奋进，追求卓越的力量源泉。

  我现主要从 3 个方面给大家介绍福安茶产业的发展状况。

一、福安茶业历史文化积淀深厚

（一）历史悠久。福安自古以来就是中国重要茶区之一，《福建乡土志》中记载"早在唐朝，闽东、闽北已开辟了许多茶园"（这里的闽东指的就是福安，福安在唐代置县称长溪，俗称闽东）。福安市曾出土隋唐青釉茶托杯、宋代斗茶用的黑瓷兔毫盏残片等文物，足以证明福安种茶、饮茶以及斗茶历史可追溯至隋唐时期。在明朝，福安就培育出以村命名的茶树品种"坦洋菜茶"。在清咸丰年间（1851—1861），以村命名的茶叶品牌"坦洋工夫"就闻名遐迩。1915 年，"坦洋工夫"荣获巴拿马万国博览会金奖，名声大震，被英国皇室指定为专供茶。1985 年，福安茶厂生产的"白云山"牌茉莉花茶荣获法国巴黎美食旅游博览会金质奖章。1990 年坦洋茶场生产的坦洋工夫红茶为福建省农垦系统出口创汇之最。

（二）科技发达。位于福安市社口镇的福建省农科院茶叶研究所是福建省唯一一家省级茶科研机构，创办于 1935 年。茶界泰斗张天福、当代茶圣吴觉农、茶科学先驱李联标、茶树栽培奠基人庄晚芳、近代高等茶学教育创始人陈橼等中国茶界名家都曾在此工作，为福安茶科技的发展奠定了坚实的基础。福建省茶科先后育成 21 个茶树品种（其中国家级品种 15 个），品种权 4 个，其中福云 6 号和"金观音"是目前国内推广种植面积最大的高优茶树品种。此外，乌龙茶做青工艺与设备、茶毛虫 NPV 杀虫剂等成果已转化应用，对我国茶叶加工、质量安全和品质提升产生了深远影响，对茶产业的跨越式发展起到积极推动作用。现在省茶科所在社口建有全国最早、福建最大、特色最突出的"茶树品种资源圃"，收集保存有国内外茶树种质资源和遗传材料4000 多个，并拥有国家茶树改良中心福建分中心、国家土壤质量福安观测实验站（全国第 2 个、全省首个）等国家、省级创新平台 15 个。

（三）教育先进。宁德职业技术学院茶学院前身为创办于 1934 年的福建省立福安农业职业学校，是福建省第一所举办茶业专业学校，并曾于 1960 年举办专科层次茶叶专业。张天福为该院创始人，庄晚芳、李联标、林传光、庄灿彰等一代大家先后在此参与科教工作。学校还培养出台湾茶叶之父吴振铎、全国茶树育种专家郭吉春等当代卓有建树的专家学者。当前福安市已联合学院等部门开设 5 年制"茶学本科试点专业"班，申报"福安市茶产业学院"即 5 年制（3+2）本科试点专业，助力地方茶产业"产、研、赛、训、考"融合发展。

二、福安茶业厚积薄发砥砺前行

（一）产业规模逐步扩大。全市在册茶企 3000 多家，其中规上企业 29 家，省市级龙头企业 52 家，国家级茶业专业示范社 2 家、省市级 17 家。目前，有 7 家茶企拥有自营出口权，获得国际雨林认证 1 家、ISO 认证 8 家，具有食品生产许可证的企业 141 家。

（二）茶园生态明显改善。全市有机茶生产示范基地 3000 多亩，全国绿色食品（茶叶）原料标准化生产基地 12.2 万亩，拥有全省最大的茶树良种繁育基地，年出圃良种苗木 6 亿多株，茶树良种化率达 98%。全市推广种植优新茶树良种 10 万多亩，建成标准化生态茶园近 8 万亩，推广绿色防控面积约 8 万亩。农垦 5G 智慧茶园列入 2020 国家数字农业试点县（茶叶）建设项目。坦洋茶谷成功入选"2019 中国美丽茶园"和"全国茶乡旅游精品线路"。

（三）质量安全稳步提升。全市茶园通过省级无公害产地认定，是福建省首个"全国绿色食品原料（茶）标准化生产基地"县（市）。福安市率先在全省茶业系统建立茶叶质量检测中心，有效监控茶叶农残。《地理标志产品坦洋工夫》国家标准，《坦洋工夫茶感官分级标准样品》实物样国家标准，《花果香坦洋工夫·闽科红》《福安白茶》团体标准，《绿茶（A 级绿色食品）综合标准》，《陈香坦洋工夫》等 10 项企业标准经批准发布实施。福安市组织农垦茶业、隽永天香等 251 家茶企开展"一品一码"全过程追溯体系建设，其中福建隽永天香茶业有限公司被列入国际标准农产品示范基地。

（四）品牌推广持续发力。全市拥有中国驰名商标 2 件、地理标志证商标 7 件。其中"坦洋工夫"先后获得"国家地理标志产品保护""中国证明商标""中国驰名商标""农产品区域公用品牌"等荣誉，品牌价值达 44.47 亿元。坦洋工夫茶制作技艺被列入国家级非物质文化遗产代表性项目名录。2015 年，坦洋工夫成为意大利米兰世博会中国馆全球合作伙伴、指定用茶，被列入中欧地理标志产品互认互保"100+100"的中方地理标志产品清单，入选中欧地理标志协定保护名录。福建省献礼"中华人民共和国成立 70 周年"特别呈现·大型纪录片《国货之光·对话新中国》中，"坦洋工夫"成为入选的唯一茶叶品牌。另有"新坦洋"品牌以 7918 万元的品牌收益值位列全国第 3、全省第 1。

（五）销售网络不断拓展。用地面积近 3 万平方米、总建筑面积约 14 万平方米的龙芝·富春茶城建成使用。全市拥有茶叶商户 600 多户，年交易量 1 万多吨，交易额近 40 亿元。福安市鼓励支持全国各地茶叶市场的 3 万多茶商销售、推广福安茶叶。在北京、天津、武汉、济南等重点销区建立坦洋工夫文化推广中心，开设专卖店、连锁店和专柜 8000 多家。福安市发展茶叶电子商务，坦洋工夫首批签约入驻福茶网，制定福建省地方标准《电子商务交易产品信息描述规范—茶叶》，全国电子业务标准化技术委员会茶叶电子商务工作组设在福安市，引导规范茶叶电子商务发展。

三、福安茶业继往开来前程似锦

2021 年，习近平总书记来闽考察时强调，要统筹做好茶文化、茶产业、茶科技这篇大文章，坚持绿色发展方向，强化品牌意识，优化营销流通环境，打牢乡村振兴的产业基础。下一步，我们将结合《福安市进一步促进"坦洋工夫"红茶产业高质量发展的若干措施（试行）》文件精神，坚持"茶文化、茶产业、茶科技统筹发展"的一个总方针，做到标准化、市场化、规模化、数字化、品牌化"五化并举"，有效带动农民增收，助力乡村振兴。

（一）标准化发展，提升质量安全。推进茶叶质量安全可追溯体系建设，营造健康的质量环境。引导进行加工厂清洁化改造，规范厂区车间布局。以改园、改土、改树、改肥、降药"四改一降"为重点推进生态茶园建设，提高茶叶产量和质量鼓励种植茶园绿肥，对适度规模连片的茶树生产基地、茶园推广应用绿色防控技术，开展茶树病虫害统防统治试点，提高防治效率，提升防治效果。加快茶园耕作、栽培、采摘等先进机械运用。建设茶叶质量安全管理追溯系统，茶叶电商销售平台、业务支撑和服务平台，提高大数据、云计算、物联网等现代信息技术运用水平。

（二）规模化建设，培育产业集群。鼓励成立茶业合作经济组织，带动茶农按照产业标准和市场需求组织生产，实现生产与市场对接，突破茶农消息闭塞、销售难的困境。重点扶持龙头茶企和规范发展、带动性强的合作社，在抓好茶旅结合、三产融合、产品研发上先行先试，起到龙头示范作用。加快坦洋茶谷和坂中坑下茶叶集中区建设，争取尽快投产。

（三）市场化营销，拓展网络渠道。进一步扩大市场规模，加强市场规范管理，配套建设市场公共设施，增强辐射带动能力，全力打造中国工夫红茶集散中心，借助市场影响力提升福安茶叶知名度。着手在重点产茶销区设立坦洋工夫体验中心，推动成立"产销联盟"，建立健全营销网络体系，更好地建立与各大销区市场的联系沟通机制。大力培育茶叶电商企业，发展线上线下电子商务，开展直播卖茶等多种形式的网络营销。

（四）数字化创建，加强产学研合作。加快甘棠6000多亩全国区域性茶树良种繁育基地建设。依托省茶科所技术力量，规划建设"茶文化、茶产业、茶科技创新园"，围绕建设空间布局为"一园二区一带"（茶科技创新园、茶仙小镇文化区、坦洋智慧茶谷产业区和十里茶廊景观带）的空间布局，构建集茶科技创新、技术示范、科普教育、茶学思想、观光旅游、文化宣传、产业振兴等为一体的全产业链科技创新"高地"。鼓励茶叶科技人员通过创办科技型企业，开展科技承包和技术咨询等服务形式，提高茶叶科技成果转化率和贡献率。依托农业农村局新媒体中心，引进、培养茶叶专业人才，着力构建茶叶科技和管理队伍。积极创建茶产业大数据中心，鼓励企业利用互联网、物联网、大数据技术改造提升茶产业，提高数字茶业发展水平。

（五）品牌化运作，重塑坦洋工夫辉煌。以坦洋工夫茶制作技艺列入国家级非物质文化遗产代表性项目名录为契机，高层次策划打造坦洋工夫品牌，加强与科研院校和策划机构的深度合作，突出坦洋工夫的卖点和宣传推广亮点，采取政府搭台企业唱戏等方式，在动车、电视台、报刊等媒体及网络上大力宣传坦洋工夫品牌，提升品牌知名度。利用坦洋茶谷文旅线路列入中国农业国际合作促进会首个"国际茶日"生态观光茶旅线路名单的契机，全力打造坦洋茶谷文旅精品线路，延伸茶产业链条，促进一、二、三产融合发展。

天下茶苗出福安

——福安市良种茶树苗繁育基地纪实

林思翔

　　走进福安城乡，恍如来到茶的世界。处处可见生机勃发的茶山，那一垄垄顺坡就势的茶树，如同一幅幅绿毯铺上云天，绿树蓝天浑然一体。走在村间巷道上，不时可闻氤氲飘逸的茶香。循香进门，喝上一杯热气腾腾的福安茶，那清醇幽香的茶汤，令人神清气爽、口齿留香。

　　福安北连浙南，东临海峡，山川灵秀，气候温润，适宜茶树生长，其产茶历史可远溯隋唐。境内世界地质公园白云山一带，常年细雨迷濛、云雾缭绕，天地精华与水木风骚的滋养，使这里生长的茶树枝叶尤壮，制出来的干茶品质特佳。著名的坦洋村就坐落其间。清咸丰元年（1851），该村首创"坦洋工夫"红茶，备受英国和荷兰王室青睐。1915 年，"坦洋工夫"作为华茶代表荣膺巴拿马万国博览会的金奖，确立了世界名茶地位，也彰显了福安产茶大县的风采。

　　历经盛衰坎坷，迎来盛世良机。如今福安茶产业有了空前的发展。全市拥有茶园面积 30 万亩。2022 年，毛茶产量 2.81 万吨，茶产值 21.2 亿元，综合产值超 110 亿元，涉茶人口 40 多万人，农民人均收入三分之一来自茶叶。茶产业已经成为农村居民增收致富的重要支撑。福安因此头顶"中国红茶之都""中国茶叶之乡""中国茶业百强县""全国茶业生态建设百强县"桂冠。

　　福安不仅茶园面积大，茶叶产量高，而且茶树品种多，还是全国 6 个区域性良种繁育基地之一。而在这 6 个基地中福安基地所产茶苗创 4 个"第一"：供应茶省份最多，销往 18 个省（区）；供应茶苗量最大，最高时占全国茶苗供应总量60%左右；茶苗苗木品种最多，有50多个种类；供应的无性繁育茶苗最早，20世纪70年代就开始生产无性繁育苗木。因了这4个"第一"，福安茶苗享誉全国茶区，人称"天下茶苗出福安"。福安成为全国著名的茶树良种繁育基地。

有道是："一切的现在，都会孕育着未来；未来的一切都根植于昨天。"福安种茶历史悠久，福安茶苗也历经探索发展的漫长过程。早期福安种的茶，多为"菜茶"。所谓菜茶，就是如菜一般普通的"家常茶"，即茶树散落在地上的茶籽长成的茶树。这种种子自然繁育的茶，早期由于疏于管理，没有修剪，高高低低，稀稀疏疏，叶片大小也参差不齐，所以产量很低，一亩山地能采制几十斤干茶，就算不错了。虽说菜茶不怎么样，但省工省力，不管理也能采一些。而且由于长期的野生历练，菜茶养成了抗逆性和适应性较强的性格，不论地力肥瘦，也不分山上山下，都能成活。菜茶虽个头矮、叶片小，但结实厚重，制出的红茶汤亮味醇，喝起来还挺有韵味。因此，在农耕时代，菜茶得以存活，继而传世。

后来因菜茶制成的"坦洋工夫"出名后，它被人重视，加强管理，越活越好，人们给它起了个名字"福安菜茶"。不仅福安种，其他地方茶区也纷纷引种，"福安菜茶"成了当年茶树品种中一个重要的当家种。在实践中，福安茶农又培育出了"福安大白茶"等品种，与菜茶一起"当家"。

进了20世纪五六十年代后，随着农业科技的进步，人们发明了用茶树叶穗扦插育苗的"短穗扦插"法。这种无性繁殖的茶苗，不但操作方便，育苗时间短，而且苗壮、抗逆性强，能大批量生产。什么品种都可以短穗扦插，这就打开了广育良种的大门。因此，其诞生后就很受欢迎，很快就推广开来。于是有性繁殖（实生苗）的福安菜茶就不再"当家"，退居与其他茶树品种平起平坐的地位。

福安茶农对茶树品种尤为敏感。甘棠镇茶农，在省茶科所科技人员的指导下，1972年就开始用短穗扦插法培育茶苗，当时主要培育福安大白茶、福云6号等品种。翌年出圃时，除周边县茶农来买外，福清等地茶贩也上门购买。那时一株苗仅5—6分钱，但销路很好，也能赚些钱。

尝到甜头后，当地就扩大规模加以发展。甘棠镇观洋片的厝坪、山下、牛柏洋、倪下等几个村都纷纷选地铺土，进行扦插，光这几个村就建立起了2000多亩的育苗基地。不仅面积大，品种也多起来了。订货商中，除本省福清等地外，贵州、四川、广西等地茶苗商闻讯也都找上门来。价格也上来了，福云6号每株可卖1角多。一户一般种1亩多，净收入可达1万多元。那时的"万元户"很不容易，这下更调动了茶农育苗的积极性。

西部大开发和开展大规模扶贫的政策，给发展茶叶生产，也给茶苗培育带来机遇。对于西部地区的开发、退耕还林和帮助农民脱贫致富，茶叶是重要产业。茶苗的大量需求，大大推动了茶树培育工作。福安市良种茶树苗繁育协会副会长高成进告诉我们："自1998年以来，我们的茶树良种繁育进入大发展阶段。那时开始，各地大力发展茶叶产业。贵州省700多万亩茶园，良种率80%，我们福安基地先后提供了100多亿株苗，占需求量的一半。其中铜仁市所需10多亿株茶苗全是我们提供的。"

"贫困地区种茶不容易，一定要包种包活。"高成进说，每批茶苗出圃时，茶苗基地都派人送货到目的地，并在当地住上1周左右，手把手地教当地人种植，直到他们学会为止。贵州省安顺市平坝区过去都是用当地有性繁殖种苗，周期长、产量低。为了帮助他们改种扦插苗，高成进和安顺市科技局人员在平坝区夏云镇发展良种茶园30亩，作为无性繁殖示范基地，并在那里住了2个月帮助指导，终于使良种良法得以推广。有一次高成进送苗到贵州毕节，经过3天3夜的路途奔波才到达，而后又在那里住了十几天教农民如何施基肥、如何挖沟排水、如何合理密植等，当地农民非常感动。

为了检查茶苗的成活率，基地还跟踪茶苗生长状况，定期派人到当地回访、察看。有一次高成进到贵州盘州市宝基乡回访，了解茶树生长情况。当地饭店范老板激动地告诉老高，他们用福安茶苗种了100多亩茶树，由于老高的指导帮助，茶树生长很好，后来采收制出的龙井茶，质量好，当地煤老板以每斤2000元价格买了去。他说，现在发财了，一定要请老高喝杯酒，好好感谢他！

茶苗销路好，受人欢迎，又促进了福安基地的茶农们精益求精地培育茶苗。如今，福安甘棠茶苗基地共有 50 多个品种，其中常用的有 15 个，比如金牡丹、瑞香、黄观音、肉桂、福鼎大白茶、龙井、梅占、白芽奇兰等。它们的共同特点是茶树产量高，制出的茶品质好，有的还具有清灵的花香。如今，福安茶苗除供应本省外，还远销贵州、广西、广东、云南、四川、湖北、安徽、江西、陕西、山东、浙江、江苏、河南、河北、甘肃、海南、西藏等省（区）的 200 多个县（市、区）。西藏林芝市和河北太行山区试种后，生长也很好。通过种植茶树，发展茶产业，许多地方的农民脱贫致富。贵州茶区每户平均种茶 10 多亩，每亩按增收 5000 元计，年可增收五六万元。真可谓一株小小茶苗，富了千万家。福安茶苗功不可没！

在福建省茶科所和宁德职业技术学院、宁德市农科所科技人员的指导帮助下，基地育苗的科技含量不断提高。如今在甘棠 3000 亩育苗基地中，既有大田栽培，又有大棚设施栽培。成品苗出圃，既有单株离土，也有带袋"陪嫁"的。在培育周期上，既有周年出圃，也有当年速成的。

由于育苗面积大、品种多，种苗质量高、声誉好，2019 年，福安市被农业农村部评为国家区域性良种繁育基地，是全国 6 个同类基地之一，而且是其中面积最大、品种最多的一个。农业农村部还拨专款支持福安基地建科技研发大楼。

列入国家级基地后，福安良种茶树苗繁育协会、经营茶苗的福建初心农业科技有限公司以及茶农们积极性更高了。基地所在的甘棠镇如今有 2 万多人参与育苗工作，观洋片几个村 80% 人员参加育苗。年轻人松地铺土，老年人帮忙剪穗，人人有事干。全镇 3000 多亩的育苗基地，年出圃良种茶苗 8 亿多株，茶树品种纯度达到 100%，年收入可达 2 亿多元，每户收入 10 多万元。培育茶苗成了甘棠的重要产业。育了苗，富了家，甘棠大地处处新楼林立，户户生活小康，一派欣欣向荣景象！

问及今后的发展打算时，福安良种茶树苗繁育协会副会长高成进说，科研大楼落成后，将加强与省茶科所、宁德职业技术学院、宁德市农科所合作，聘请科技人员入驻研发，加强数字化建设，提高科技含量，并扩大大棚栽培面积；同时整合内部资源，统一品牌，提高福安茶树苗知名度，推进良种茶苗繁育事业的更大发展，助推乡村振兴。

"种下一颗好种苗，走出一条好未来。"一片叶子、一棵苗子、一个产业，福安茶苗生生不息、延续千年，福安茶种业的未来一定会再创新的辉煌！

全国茶苗良种繁育基地福安甘棠

匆匆茶市　悠悠茶事

郑雨桐

敷锡五福，以安一县。

福安以福赐"名"，自古就是有福之地，于茶亦是如此，不仅有福安红茶、福安白茶、福安绿茶、茉莉花茶和工艺花茶"五朵金花"竞相绽放、鲜艳夺目，更有习近平总书记"喝过坦洋工夫茶，人走情常在"的念兹在兹、魂牵梦萦。

从古至今，从天赐茶福，到精研茶香，再到闯出茶路，福安之茶实现了由"叶"到"业"的华丽转变。福安也被誉为"中国红茶之都"。俗话说，"世界茶叶看中国，中国茶叶看福建，福建茶叶看三安（福安、崇安、安溪）"，也充分说明了福安茶的历史地位。

如今，福安更是变茶叶为产业、聚门市为茶市，进一步向中国红茶生产中心与贸易中心的蓝图奋进，在新征程上留下了茶香漫道的深刻印记！

远近有"茗"，打造"海上茶路"

白云东麓，如仙之境，青山藏锋，碧水流韵，坦洋村正坐落于此。寻茶而往，向茗而行，这里便是"坦洋工夫"红茶的发源地。

"坦洋工夫"名列"闽红"三大"工夫"之首。相传清咸丰、同治年间（1851—1874），坦洋村有胡福四者，试制红茶成功，口味独特，很受欢迎。此后茶商纷纷入山求市，接踵而来并设洋行，周围各县茶叶亦渐云集坦洋，"坦洋工夫"名声也不胫而走，坦洋村成茶叶集散地。

唐代陆羽《茶经》有云："茶者，南方之嘉木也。"正是这一嘉木，摇晃过千载岁月，起起伏伏、兜兜转转，与那走南闯北的福安商人，闯过历史沉浮，也在发展中蝶变。

1853 年，清政府同意闽茶在福州码头出口，自此形成了以福安赛岐港为起点、主运坦洋工夫的"海上茶路"。晚清时期，福安之茶远销八方、名声远播。每到茶季，各茶庄所产茶品由"担担哥"（挑夫）挑运到水路码头，转为水运，销往境外。

坦洋工夫最为人所知的成就之一是在 1915 年的巴拿马太平洋万国博览会上获得金奖。这次博览会是世界历史上第 1 个大型的国际博览会，吸引了来自世界各地的参展商和游客。当时，坦洋工夫茶以其浓郁的香气、醇厚的口感和独特的工艺赢得评委和游客的一致好评，最终获得了金奖，这也标志着坦洋工夫茶正式进入了国际舞台。

随后的数十年，坦洋工夫远销荷兰、英国、日本等 20 多个国家和地区，巅峰时期出口量达到 1500 吨，为当时的社会创造了大量的财富。

"茶季到，千家闹，茶袋铺路当床倒。"徜徉福安，至今仿若还能听到这一民谣，闭上眼，那繁忙的茶人还能带着那缕茶香，在一个擦肩后踏入你的梦中。

一举成"茗"，打造"网红茶街"

坦洋工夫闯天下，不仅卖出了销路，也积淀了一家又一家门市。而门市的集聚，又必然诞生市场的形态。

从 20 世纪 80 年代开始，随着改革开放的进程，福安茶叶市场从无到有，从零散店面到抱团集聚，逐渐形成富春茶城、茶王街、富春路茶叶一条街三足鼎立的茶叶市场格局。

纵观福安的茶市形成之路，我想，福安之所以"福"，或许就是源自福安人身上有一种敢闯敢试、敢想敢干的精神特质。从茶叶、葡萄、水蜜桃，到电机电器、船舶修造、按摩器，再到宁德第一个千亿产业地标——不锈钢产业集群，福安人总是秉承着这种精神，把产品做成产业，再做成市场，做成集群，做成生态。

福建省天华源茶业有限公司负责人黄忠斌便是这样一位"福安味"十足的福安人。他是福安穆阳苏堤人，一家三代做茶叶生意。从小浸泡在茶渍中的他，长大后在外闯荡拓销路、打市场，最终还是选择回到家乡继承父辈家业发展坦洋工夫，将"天华源"的品牌运营得风生水起，年销售额就达3600万元。

他不仅自己敢闯爱拼，更是带着同行一起抱团打拼。2019年，他发现福安除了富春茶城，没有一条像模像样的茶叶街，想起在外打拼时看到的文创街区，便萌发了打造一条网红茶叶街的想法。"如果都只是零散的发展，没有形成一定规模的市场，我们的'坦洋工夫'是没有竞争力的。"黄忠斌表示。

于是，他找了志同道合的茶商，与岩湖村委达成协议，将村里原先闲置的农贸交易市场门店全部租下来，创立了极具地方特色和文化气息的"茶王街"。福安市委、市政府也大力支持，在道路"白改黑"、周边环境整治等方面给予配套。2022年建设"坦洋工夫主题公园"，使茶王街与富春茶城紧密相连，连片形成具有一定规模的茶叶交易集散地。

茶王街自成立以来，更是开展"元宵猜灯谜""茶王街福茶祈福仪式"等活动，成为新晋网红"打卡点"。每到夜晚，霓虹灯亮，随处可见各大网红在茶王街展演，将茶旅融合演绎得淋漓尽致。

如今，茶王街主街区有30多家商户，算上周边的有280多家商户，年交易额四五十亿元，后期还计划开发1000多间店面，打造华东地区最大的茶叶交易市场。

无论是富春茶城、茶王街，还是富春路茶叶一条街，均因茶而兴、聚茗而香。那交织而成的茶韵中，仿佛留下了一道道芸芸众生的印记，似是匆忙过客，又似是久久停留。匆匆茶市，由此可见一斑。

举世闻"茗"，打造"红茶之都"

茶之叶，成茶之业；茶之市，书茶之事。

正是因为茶叶市场的集聚效应、带动效益，如今，纵观福安茶叶整体市场，现有大小茶叶加工企业数千家、规上企业 29 家、省龙头企业 17 家、宁德龙头企业 35 家，既有多品类茶叶店铺，还有茶叶包装、礼盒设计印刷、茶具批发等配套业态，是目前省内外经营茶类很多、规模很大、交易额很突出、活跃度很高的综合性茶叶市场之一。

而福安茶市之所以成型，福安茶人之所以敢闯，离不开茶业整体大环境的发展，离不开党委、政府的坚强支撑和有力推动。正是一任任领导干部，用那一双双"有形的手"，牵住福安茶叶市场"无形的手"，才创造了那一段段茶业辉煌。

近年来，福安市坚持统筹做好"茶文化、茶产业、茶科技"三篇文章，实施品牌建设、科技兴茶、结构调整三大战略，出台了《关于加快现代茶产业发展的意见》《进一步促进"坦洋工夫"红茶产业高质量发展若干措施（试行）》等一系列促进茶产业发展的优惠政策及措施。

在这个过程中，福安市委、市政府高度重视规模化、市场化的发展。比如，成立由城市管理局、市场监管局和城阳镇等单位组成的工作小组，入驻富春茶城，进行茶城的日常管理工作；严查严打茶叶生产交易中价格欺诈、掺杂使假、虚假广告等不法行为，确保"放心茶"流通……

不仅如此，福安还计划打造中国红茶数字交易中心。该项目总投资 5.04 亿元，建设内容包括茶文化街区改造、公共停车场、金湖路道路改造、岩湖茶博园建设、配套市政道路及管网改造等，以"金娃娃"项目的牵引带动，全面提升茶叶市场整体竞争力。一张张不断延伸的销售网，由此重新出发，更加全面地覆盖大江南北。

"福安作为国内知名的茶叶交易市场，各地茶商长期前来采购。当中，福安红茶及坦洋工夫是核心产品和主推品牌。所以筹划在现有富春茶城、茶王街以及邻近的城北茶叶市场基础上，增设中国红茶数字交易中心，以此促进销售端集群更加完善，既满足福安多品类茶叶外销需求，又能突显福安茶产业核心发展方向。"福安市茶产业发展中心副主任郑祖辉表示。

欣然可见，这一叶天赐福茶，必将随着中国红茶数字交易中心的创建和发展，攀上巅峰、举世闻名，再创"闽红"的奇迹！

当轻轻合上这段关于茶市的茶事，我一直在想，若有人如我一般，有幸品茶似的品味福安茶业浮沉史，应该也会为之所震撼，为之所倾心。

《系辞》有云："方以类聚，物以群分。"福安人能得此天赐福茶，福安茶能随福安人闯向世界。一切仿佛都是冥冥之中的天数——正是这一方水土、这一城风情，才能同时塑造出如此品质的茶、如此品质的人，才能强强联手、举世闻名。

所以说，这一城匆匆的茶市，记载了这一城悠悠的茶事。若有一日，谁人有缘来到福安茶市，请轻轻闭上眼，感受那穿越百年的擦肩而过，感受那穿越百年的辗转兴衰，随着那一抹茶香，飘向世界，飘向寰宇，飘向未来！

福安茶行业的"五朵金花"

李彦晨　李　广

　　茶叶局领导在"福安茶叶协会"群中提出倡议，要求大家用 4 个字的词组，给"坦洋工夫"一个定位，比如岩茶的"岩骨花香"、铁观音的"天然神韵"等。众茶友积极参与，提出了"和韵飘香""红韵醇和""红韵天成""云臻桂馥""功致香远""蜜韵兰香"等几十个。也有人提出，还是用张老的题词"坦洋工夫，驰名中外"更为妥当。可能是没征集到最好的，茶叶局在"今日福安"平台上正式发文，向社会征集"坦洋工夫"的四字词组定位。不知进展如何？从 2007 年开始复兴坦洋工夫，10 年过去了，广告费花了大几千万，现在才提出规范定位，算不算是"迟来的爱"呢？"坦洋工夫"的定位滞后，那么，福安茶业的定位呢？也是个问题。

　　近 10 年来，全市上下在不遗余力地打造"坦洋工夫"，致力于红茶产业发展。不但从历史的烟云中唤醒了"坦洋工夫"，也带动了国内红茶产业的全面复兴，催生了"正山小种"和"金骏眉"的红火。但坦洋工夫本身却相对寂寞了。从这几年福安茶行业的发展状况看，红茶不应该是福安茶叶的全部，福安茶叶协会不是福安红茶协会，正如福安电机协会不是福安水泵协会或者发电机协会一样，我们应该从更广阔的视角来审视和定位茶行业。20 多年前，农业部给福安授予一个金光闪闪的招牌——"中国茶叶之乡"，这才是福安茶叶准确的定位，在"中国茶叶之乡"的基础之上，我们要有"中国茶叶之都"的概念，树立自信、共同发力，让红茶、绿茶、白茶、花茶和工艺花茶共同发展，因为福安茶产业具有这样的历史厚度，具有这样的发展实力。目前，福安市政府将福安定位为"五福新城，山水画廊"。五福新城造就五福临门，五福临门必将绽放"五朵金花"。

坦洋工夫

"坦洋工夫"红茶产业是福安茶业的招牌菜，历史之荣光、今天之荣耀、市场之宽广等不用多言。从茶叶的发展史、世界范围的市场分析等多方面分析，红茶的发展价值不言而喻。一句话，红茶如面食，是人类世界的主食；绿茶如大米，是中国人的主食；其他茶类如大豆、高粱、玉米等，只能算是区域性食品或补充性食品。因此，我们必须走好红茶的康庄大道。既要深植于传统，也要善于创新，既要用面粉做好馒头，也要懂得用面粉烤制出香喷喷的面包。目前，金骏眉和正山小种充斥着网络，但只要你喝过网上这些所谓的红茶，作为茶人，你应该能判断出这些旗号的红茶明天的下场。而坦洋工夫相对寂寞。其实，寂寞有寂寞的好处，寂寞也是一个机会，是一个崭新的起点。只要我们沉下心来，练足内功，充分发挥创新型红茶的市场优势，让坦洋工夫既有传统的醇厚，又有创新的高香，双剑合璧，在不远的将来，坦洋工夫定能绽放出新的异彩。

福安绿茶

福安和宁德其他各区市一样，一直以来就是绿茶区，唐、宋、元、明、清等各个时期都有生产绿茶的记录。福安及周边地区绿茶佳品辈出，列入《中国茶叶词典》的名品有原产蕉城区的天山绿茶；原产霞浦等处的莲心茶；原产福安的福云曲毫；原产福鼎的金绒凤眼、三泉贡芽；等等。20世纪80年代初期，福安曾创造出绿茶生产的高峰，福安茶人用福云6号特早芽品种开发出"明前毛峰"新秀产品，采制于惊蛰前后，比一般绿茶提前一两个节气，成为我国亚热带地区出产时间最早的名优绿茶。当时的主产区社口一带元宵刚过，便众商云集，求茶若渴，"明前毛峰"绿遍大江南北。在此前后，福安茶人又创造出一批绿茶名品，如富春银毫、莲岳翠芽、六杯香和位于社口的省茶科所开发的方山玉叶、白兰春、雪峰琼花等一大批绿茶名品，福安成为全国名优绿茶新品的一个中心。福安福特茶叶公司还以"六杯香"作为字号，在上海豫园等中心区域开设专卖店。"六杯香"作为福安茶的代表，在上海名声远扬。

近年来，福安绿茶在产量产值上还是占据福安茶行业的大部分江山。据 2016 年福安市人大常委会的调研数据，2015 年福安茶叶总产量 24409 吨。其中，红茶产量 8939 吨，占 36.62%；绿茶产量 13534 吨，占 55.45%；青茶产量 971 吨，占 3.98%；白茶产量 965 吨，占 3.95%。绿茶的产量还是龙头老大。但高端绿茶已不见踪影。福安坂中桥头的茶叶市场内，很多店铺都在销售浙江松阳绿茶，其中不乏每斤数百的中高端绿茶。松阳有一个巨大的绿茶批发市场，市场外停满各种车辆，市场内四周是茶铺，中间小山般成堆成堆的绿茶，茶农和来自全国各地茶商熙熙攘攘，人流如潮，生意确实红火。这个批发市场的经营模式有特殊之处，市场周边的茶店基本不卖茶，它们的功能是帮助茶农过秤、收费、打包运输，然后抽取一定的点数，茶叶归茶农自己所有，顾客看中哪款茶叶，谈好价格，拉到周边的茶店就行。茶农和茶商有一个配合的过程，各行其是，各负所责。这里的茶园平缓，海拔低，生态条件远远不如福安。据百度数据，松阳有茶园 12.11 万亩，茶叶商品总值达 93.85 亿元，是福安茶叶商品总值 36.47 亿的 2.57 倍。以不到福安一半的茶园面积产生比福安高 2.57 倍的商品总值，说明茶产业的商品转化率是相当高的。这个数字确实值得我们深思。

其实福安绿茶的品种资源非常好，依山傍海，云山雾罩，生态资源相当好，还有传统良种福安大白、坦洋菜茶，特早发芽的福云系列良种，高香的金牡丹、黄观音等，只要用心，定能生产出丰富多彩的优质绿茶。目前福安绿茶是群龙无首，在抓好工艺改进、提升品质的同时，需要一个好品牌的牵引带动。这又是摆在福安茶人面前的一个艰巨任务。

茉莉花茶

毫无疑问，从全国意义来说，福安是茉莉花茶的主产区。从 20 世纪 60 年代后期，因中苏关系交恶，茶叶生产"红"改"绿"以来，福安一直是茉莉花茶生产的领头羊。茉莉花茶种植扩展到全市 15 个乡镇，种植面积达到

6500 多亩，年产鲜花 1000 多吨，可供窨制茉莉花茶 1700 多吨。国营福安茶厂是茉莉花茶生产的绝对龙头老大，平均年产茉莉花茶 3 万多担，最高时 6 万多担，产品统销我国"三北"（东北、华北、西北）地区和东南亚等国家和地区，受到广大消费者的热爱。从 1975 年至 1990 年，福安所产的"白云"牌"六窨特种花茶""毛蟹特种花茶""超特""特级""一级"茉莉花茶先后获国家级、省部级和国外的金奖，有的产品还被列为国家礼品，赠送外宾。1988 年，福安王家茶场的茉莉花茶也在巴黎的花茶评比会上获得金鸡奖。可以说，茉莉花茶是我们这一代人独特的记忆之一，我们是闻着茉莉花茶的香味长大的。

目前，随着各大茶类的争奇斗艳，茶客们可选择的茶品丰富多彩。茉莉花茶的市场份额相对变小，但茉莉花茶以它独特的审美价值，将永远有存在和发展的价值。在北方特别是北京和山东地区，茉莉花茶市场份额还是很大。北京的老品牌"吴裕泰"和"张一元"还是以茉莉花茶作为主打产品。福安的几家纳税大户茶企如天香等作为他们的供应商，还是依赖茉莉花茶的生产为生。茶叶市场中的几家大户也是以生产茉莉花茶供应北方作为生存和发展之本。

"黄鹤一去不复返，白云千载空悠悠。"福安茶厂的"白云"牌茉莉花茶已随历史的风云消逝在时光之中。福安茉莉花茶不缺历史渊源、不缺文化积淀、不缺原料、不缺技术，甚至也不缺市场，缺的就是一个品牌的牵引带动，缺的是有人登高一呼、统揽局面！

福安白茶

白茶作为一种茶类，历史上在闽东各个县市都有生产。宋代宋子安在《东溪试茶录》中记录福建茶树品种时提道"白茶叶、柑茶叶、早茶、细叶茶、稽茶、晚茶、丛茶"7 种茶类品种。福安为福建重点茶区之一，与上述记载有直接关系。清嘉庆年间（1796—1820），福安就开始生产白茶类的"白牡丹"产品，比"坦洋工夫"的生产还早半个多世纪。从清代中期以来，福安基本形成了绿茶、白茶、红茶三大茶类的生产格局，并开始出口贸易。

福安的白茶适宜品种有福安大白茶（原名高岭大白茶）和岭路大白茶等。福安大白茶原产于穆云乡岭村，栽培历史已有 100 百多年。1983 年，福安大白茶的选育推广获农业部的科技进步奖，1986 年被认定为国家级茶树优良品种。从 1964 至 1990 年，福安大白茶共繁育茶苗 4 亿多株，推广到省内外各大茶区，深受欢迎。福安大白茶品种表现优异、产量高，在同等栽培条件下，亩产是福鼎大白茶 1.43 倍，制成的白毫银针毫丰芽壮、滋味浓醇、品质优异，是生产白茶的上等佳品。

福安大白茶，又称"皇帝茶"，在畲族区域流传着一个美丽而动人的民间传说，极富人文气息，相比于"太姥娘娘"的传说更生动、更朴实，可信度和传播性更高。福安白云山属世界地质公园，福安茶人提出：白云山——福安白茶的家，创意好，底蕴足，极具品种包装潜力。一座白云山，孕育出两个美丽的传说，"鸭母娘娘"是红茶，"皇帝茶"是白茶，岂不妙哉！

近年来，福安茶人充分发挥创造性，用高香品种金牡丹、黄观音等生产白茶，具有香高味浓、滋味醇厚、性价比高等特点，颇具市场竞争力，展示了白茶品种和市场的多样性。

既然白茶已成气候，邻县茶区已杀出一条血路，我们何不因势利导，乘势而为？想当初，祁门红茶源于坦洋工夫，却登上国内红茶第一把交椅，享誉世界。福安白茶大有可为。

工艺花茶

工艺花茶是福安茶人智慧的象征，是茶行业的一朵奇葩。"茉莉雪莲""富贵并蒂莲""丹桂飘香""仙女散花""添福添寿""爱之心"等，仅听这名字就令人浮想联翩，充满美的享受。再看照片或实物，晶莹剔透的高脚杯中，在泉水的作用下，一粒粒元宝般的茶团徐徐盛开，如礼花般绽放，如春天般艳丽，确实美不胜收。中国国民党原主席连战先生和夫人，在北京老舍茶馆品鉴工艺花茶，给予很高的评价，其品鉴的瞬间，定格在照片上，成为经典。在北京，工艺花茶曾用来接待大使夫人，在宴会开始之前，每人一杯盛开的工艺花茶，能观赏又能品饮，等于正式宴会前的开胃茶，实在高端上档次，大使夫人们阵阵惊呼，赞叹不已。2000 年，福安市政府在上海城隍庙开展销会，当时的工艺花茶是按粒销售，每粒 50 元，有许多外国人踊跃购买。一个日本客户购买了一批工艺花茶，是准备拿回去和化妆品配套，购买一盒化妆品赠送一两粒工艺花茶。

国家也对此极为重视，主产工艺花茶的福安工夫茶叶公司的经营者荣誉等身，央视数次专题报道，好像还获得全国巾帼英雄十佳之类，福安茶人无人敢望其项背。

但近年来，福安的工艺花茶确实风光不再了，价格也一路下滑，原因何在？不必讳言，是福安茶人内部无序甚至是恶性竞争的结果。价格下降导致品质下滑，品质下滑导致市场缺失。2005 年，笔者在北京购买的工艺花茶，不但观赏性强，茶汤滋味也浓醇耐泡，而目前在市场买到的工艺花茶确实茶汤滋味清淡多了。

要复兴工艺花茶，还是要从品质入手。花要选得好，茶叶更要好。一是要选用耐泡度好的大白、大毫菜茶等浓醇的芽叶，也可以选用金观音等高香品种。二是加工的工艺方法要改进，加工的环境要美化，加工过程也要有观赏性。三是卫生标准要提高，要经得起农残等检测，不妨以有机的标准来生产，这样才能进入欧美等高端市场。四是要和旅游相结合。目前的旅游市场已和十几年前不可同日而语，现在的旅游已成为国人的一种生活方式，市场是巨大的。相对于其他茶类，工艺花茶的旅游商品属性更强。总而言之，工艺花茶是福安茶人的心血之作，也是福安茶人的代表作，一定要复兴，克服再大的困难也要复兴并进入更高层次的市场。

综上所述，相对于其他单一茶区，福安茶业的茶树资源之多样、茶类品种之丰富、工艺之精巧，是其他茶区望尘莫及的，是一种奢侈的存在。是前辈茶人辛苦努力，留给我们的宝贵资产，作为福安茶人，一定要加倍珍惜之。从政府层面来说，要树立建设"中国茶叶之都"的概念，谋划宏伟之蓝图。进行茶行业内部的产业布局，根据"五朵金花"之目标，因势利导，树立标杆，确立每一朵金花的领头羊。在对外宣传和展示时，依据"五朵金花"并举的格局，集中亮相，让外界对福安茶产业的历史、规模、容量有一个统一的认识，要让人眼前一亮，过目不忘。每一次政府组织的展销会，是为了展示福安茶业的形象，树立福安茶业这个大品牌。对于自然界来说，一枝独秀不是春，百花齐放迎春来，对福安茶行业来说，也是如此。对于茶人来说，在脚踏实地经营的同时，也要树立"中国茶叶之都"的概念，心存梦想，才能坚定，心有所属，才能远行。上下齐努力，种下梧桐树，不怕凤凰不来栖。让我们想象一下，如果有朝一日，在福安，在茶行业这个园区内，"五朵金花"共同盛开，姹紫嫣红，蝶舞蜂飞，那该是一个多么明媚的春天啊！努力吧，福安茶业！

花果香红茶香飘万里的奥秘

黄曙英

大自然的奥妙，博大精深、积厚致远。人在草木间，呼吸吐纳，饮风吸露，得天地之灵气，汲万象之精华，养一方之风物。茶者，南方之嘉木。福安作为坦洋工夫传统工夫红茶和创新型红茶的发祥地，孕育着一代又一代优秀的茶人。他们焚膏继晷、砥砺探索、励志图强的感人故事与工匠精神，犹如甘醇鲜亮的一脉红韵融注时间的长河，激荡千里赛江，奔向更广阔的山川。

你若芬芳，蝴蝶自来

2023 年 5 月 22—27 日，第 4 届中国农业科学院茶叶研究所制茶师（花果香型红茶）研习班在中国红茶之都——福建省福安市拉开序幕。来自全国 12 个省（市）的 46 位学员齐聚一堂，通过花果红茶产地探源、制茶实践、理论授课、茶企考察交流、茶叶品质鉴评等课题，学习花果香型红茶加工的理论知识，并开展技能实践，对花果香型红茶如何产、如何制、如何认、如何品有了深入了解。

"我是闻香而来，花果香味特吸引人，整个制茶工艺也是独具匠心。"

"我被坦洋工夫的魅力所吸引，特别对花果香坦洋工夫印象深刻，所以此次研学可以说是一种'寻根'！"

"花果香型红茶，花香四溢深受年轻人喜爱，未来的发展前景一定非常好！"

……

各期闻香而动的学员，因了福安这片茶文化沃土和精湛的坦洋工夫制茶技艺而感悟甚深！

你若芬芳，蝴蝶自来。究竟坦洋工夫花果香红茶有着怎样的奥秘，而备受茶人与消费者青睐呢？虽然传统的坦洋工夫红茶具备花香，但不一定具备果香。而创新型的坦洋工夫红茶既有花香也有果香，并且不同品种的花果香也不同。近年来，随着福安茶叶研发技术力量不断壮大，制作坦洋工夫红茶的茶树品种不再像过去初制坦洋工夫的地方菜茶那么单一，培育有福鼎大白茶、福云6号、梅占、毛蟹、福云7号、福鼎大毫茶、福安大白茶等，且不断涌现其他高香型茶树品种，如金观音、黄观音、紫玫瑰、金牡丹、黄玫瑰、丹桂、瑞香、春兰等，不同品种所制的高香型坦洋工夫香味特征各异，譬如梅占醇厚带品种香、金牡丹具备水蜜桃香等。这些丰富的制茶原料为创新坦洋工夫花果香红茶奠定了优秀的品质基础。

倘若说品质是茶叶的生命力，制作工艺则是茶叶图腾的灵魂所系。福建省农科院茶叶研究所原副所长张方舟教授说，坦洋工夫花果香既是品种香也是工艺香。其工艺主要是在晒青、摇青等创新工艺的应用，让花果香彰显，也就是花香型红茶工艺是在工夫红茶传统工艺里糅合乌龙茶的某一技术。但是有别于乌龙茶的摇青技术，红茶原料相对来说，比乌龙茶幼嫩一些，技术难度要比传统的工夫红茶技术要来得高。经过改良品种，优化工艺，百年名茶又"浴火重生"为香型独特的花果香红茶，成为福安"坦洋工夫"再创辉煌的新动力！

初心一叶，香自苦寒

花果香型坦洋工夫，又称创新型坦洋工夫。这"创新"二字里有内敛深厚的传承力量，亦有执着鲜活的永续光大。而这香气中则萦绕着一股福安新生代茶人"匠心茶事，创新研发"的精气神。

说起花果香型坦洋工夫的前世今生，作为坦洋工夫创新力量年轻代表的黄震标有着深刻的感悟。

1998年7月，来自三明的黄震标从福安农校（现宁德市职业技术学院）茶叶专业毕业后，到福州一家台资公司应聘，这一干就是11年。黄震标时时关注着福安茶界的消息动态，在内心里他已将母校所在地视为第二故乡。因为，4年的求学，树立了黄震标的精神坐标，他以母校为荣，以自己所学的茶叶专业是茶界泰斗张天福创办的而自豪。从母校走出的台茶之父吴振铎、民国茶学家林馥泉、福建农林大学博导教授林乃铨、全国著名茶树育种专家郭吉春等茶界名人的巨大业绩，深深震撼了一个青年的心灵，也坚定了他将毕生所学致力于造福地方民生的远大志向。

随着全国掀起"一片红"的热潮，坦洋工夫也迎来发展新机遇。2010年初，闻声而动的黄震标在恩师张方舟教授的推荐下，毅然婉拒了公司的高薪挽留，放弃了11年从一线茶工奋斗至独当一面的高管位置，举家迁移福安。作为"跳出农门"的家族长子，背着亲友各种不解的压力，黄震标默默地扎根坦洋工夫集团基层一线，他将11年台企历练——从高强度的每日15米挖坑种茶，到一天八九人同时摇青7500多公斤的繁重任务，再到负责3000亩有机茶的严苛病害、用药管理等不同工种积累的经验——化作一丝不苟的制茶理念，全身心扑进新的岗位……一个个坚实的脚印，浸润着辛勤的汗水，也成就了一位优秀茶人的本质追求与品格持守。

他山之石可以攻玉。到任福安茶企不久的黄震标，因受之前台湾乌龙茶制造技艺影响，大胆提出采用福安高香型茶树品种，在坦洋工夫传统萎凋工序中融入乌龙茶工艺，制作出既有乌龙茶花果香又具有红茶醇厚的创新茶叶。

然而，创新的路上并非一帆风顺，黄震标团队在真正着手创新茶研制后，诸如品种的选择、原料的成熟度、气候要求、季节因素、乌龙茶工艺何时融入和融入多少等问题接踵而来。黄震标团队在此期间虽先后制作出近百号茶样，但经专家们审评后都被认定"没有福安红茶坦洋工夫应有的特征"，条形粗大、苦涩感明显、叶底有条、易返青等问题明显。不过，令人惊喜的是，茶样的花果香远高于传统坦洋工夫。"这说明我们的方向是对的，这是唯一亮点，应当坚持，不要怕被否定，要埋头研制到底……"抱着一线希望，黄震标在心里暗暗鼓劲。

功夫不负有心人，在张方舟、林鸿等老一辈茶人悉心指导下，通过黄震标团队近2年不懈努力，坦洋工夫新品"一泡红"终于在2011年底问世。十年砺剑，香自苦寒。首款花果香型坦洋工夫，既有红茶的风格，又有岩茶的风韵和花果香显露等特点，得到业界和消费者肯定，并获得国家发明专利1项、实用新型专利6项。

从翩翩少年到年近不惑。黄震标说，他对茶叶的热爱犹如生命的回报。20年来，正是这种来自本真的不变"初心"和一份深藏内心的"坚守"，使他在茶叶创新发展的路上不畏挑战，窨制出了独特的花果香茶品。他多次在全国、省、市茶叶技能赛中获奖，先后获得福安市优秀青年人才、福安市"金牌工人"、首届坦洋工夫十大制茶能手、宁德市特支人才"百人计划"（技能大师）、福建省五一劳动奖章、全国农业技术能手、制茶高级工程师等荣誉称号。

矢志坚守，青春留香

"坦洋工夫制茶技艺，是一辈子做不完的课题。每一道工序都是我们茶人留存初心的容器。唯有不断去实践、去总结、去创新，方能永续光大。"俞水荣如是说。

同样是2010年初，这位来自龙岩的农大茶学专业优秀本科生，因一次来福安实习的机缘，一头扎进了坦洋工夫集团白云山麓锁泉茶基地。虽然一路晕吐过来，面对山旮旯里设施简陋的基地，甚至查个资料、回个信息，都要跑上10来分钟冲上山顶才有信号的闭塞环境，同来的植保专业校友第二天就跑了，但俞水荣选择留下，并积极投入春茶采收的一线。因为加工厂路远地偏，从浙江泰顺，及宁德、霞浦等地运过来的茶青，往往在深夜赶到，因生产需要，茶青到厂必须马上上架萎凋，即使十分劳累也需要立刻制作。有时遇上阴雨天，萎凋时间更长，再揉捻、发酵、烘干到深夜，结束一天的工作往往要到半夜两三点。不论实习期间，还是正式入职后，俞水荣一如既往、兢兢业业的做事风格，留下了极好的口碑。

凭借自身不怕吃苦、勤学好问和骨子里的一种执着韧劲，俞水荣不断从茶叶生产一线汲取各种养分，羽翼日渐丰满。经他审评选送的茶样多次在"中茶杯""闽茶杯""宁德茶王赛""坦洋工夫斗茶赛"等赛事中获奖。他也成为坦洋工夫创新红茶的得力干将，默默奉献着年轻茶人的一份"花果香"。

2018 年始，俞水荣代表福安乃至福建省与陈建平、刘小春等新生代茶人在全省、全国各类高水平茶叶技能赛上披荆斩棘、摘金夺银，可谓青春留香、战绩累累。特别值得一提的是，在一次省赛中，选手需评估茶叶经杀青工序后的含水量环节时，令所有在场评委惊叹的是，俞水荣评估出的数据竟然和精密仪器测出的一样，甚至精确到小数点后几位。这就是功力所至，这便是福安新生代茶人的匠心独运。

10 多年来，俞水荣遇过逆境，曾经因种种原因辗转多家茶企，甚至有过数月未领工资的艰难时刻。但他常常告诫自己，不能忘却当初大学入党时的誓言，即便做不了大贡献，也要像稻草人一样默默坚守住这片茶园，用行动印证自己的初心。守得云开见月明。2018 年，俞水荣被福建省总工会授予"福建省金牌工人"荣誉称号。2019 年，他被福建省人社厅授予"福建省技术能手"荣誉称号；同年，被福安市总工会认定为"韩城工匠"。2021 年，他被福建省总工会授予"福建省五一劳动奖章"，还取得"制茶高级工程师"副高职称。2023 年，他被中共福建省委、福建省人民政府授予"福建省劳动模范"称号；同年，被农业农村部授予"全国农业技术能手"称号。

如今，在农垦集团担任技术经理的俞水荣坦言："我的网名一直叫'稻草人'，因为我用青春见证了守望的价值。福安是'中国茶叶之乡'，这里漫山遍野的茶园，需要千万个'稻草人'扎根乡土，矢志坚守。"

花果香型坦洋工夫创新红茶，是福安茶人 10 多年不懈努力、创新研发的结晶。而有一批"青春有我，创新有我"的年轻人的加持，可让坦洋工夫的花果香更浓更沁人心脾！

待到花香飘逸四野、果香弥漫满室，徜徉白云山麓万亩有机茶，听茶人唱茶谣，我相信用心品过这一脉鲜香透亮、柔润甘醇的花果香坦洋工夫茶，你便能深切参悟她香飘万里的奥秘！

2022 年 11 月，福安市荣获"中国花果香红茶发源地"称号

福安茉莉花，香飘弥京城

黄群菁

酷暑难耐，福安坦洋工夫茶都的"茗春馨香"茶铺里，却花香满室。那香气含蓄清幽，香而不浮，爽而不浊，令人精神振奋。抿一口主人刚刚沏好的新茶，舌面生津，独特的"冰糖甜"，入喉沁心，使人心旷神怡。"窨得茉莉无上味，列作人间第一香。""露华洗出通白身，沉水熏成换骨香。"这些都是对茉莉花茶的赞美诗句。香气氤氲中，福安市茉莉花茶非遗传承人杨晶晶女士娓娓道来，让我们在花香与茶香中走进福安茉莉花茶的前世今生——

以花之魂　醉茶之魄

茉莉花茶又叫茉莉香片，是用经过加工精制的茶坯，与养花伺花后完全开放的茉莉鲜花，混合窨制而成的再加工茶，成品将茉莉花筛除，只闻花香不见花。通过鲜花吐香、茶胚吸香，使茶味与花香融合无间。正所谓"茶引花香，增益茶味；花促茶香，相得益彰"。

福安茉莉花茶外形秀美，毫峰显露，香气浓郁，鲜灵持久，滋味醇厚鲜爽，汤色黄绿明亮，叶底嫩匀柔软，经久耐泡，冲泡两三次后香气犹存，汤色也依旧杏黄明亮，一经热水冲泡，茉莉花香飘逸满室。在茗春馨香茶铺子喝上几口，口中便绽放出整个盛夏的芬芳气息，直至让花香入骨、直呼过瘾方罢矣。

茉莉花茶源起于汉唐，形成于两宋，发展于元代，鼎盛于明清，衰落于晚清民国，复兴于当代。它有着"在中国的花茶里，可闻春天的气味"之美誉。福安产茶、制茶的历史可以追溯到唐代，而到了宋代，福安已经是福建主要的产茶县之一。1969 年，是福安茉莉花茶发展的一个重要时间节点。这一年，由于中苏关系交恶，按照计划经济的要求，福安茶叶全面"红改绿"，由红茶生产改制烘青绿茶，制成精制茶坯，窨制茉莉花茶，产品也由外销转为内供，开启了福安茉莉花茶统治华北市场的时代。几十年来，福安茉莉花茶从"香在深巷"到"名扬中外"，走过了一条漫漫长途。

背着布袋去北京

老北京人最喜茉莉花茶。北京的水质偏硬，茶庄里其他茶叶根本泡不出滋味，只有这茉莉花茶可以软化水质，化苦为甘，经过苦水的洗礼，仍然保持浓郁的香气。所以，只有茉莉花茶能上得了北京人的茶桌，进入北京人的记忆。

北京人喝茉莉花茶是从小到大的。泡茉莉花茶要用盖碗或茶壶。茉莉花茶用滚水沏开，稍做浸泡便可饮用，喜欢更浓一点的，可以用盖子焖一会儿。滚烫的茉莉花茶入口，花香会伴随着热水在口内散开，好喝得不得了，第一口下咽就停不下来。福安茶人深谙此道，心中思忖：茉莉花茶一旦入京，必将前程似锦。

1988 年，福安优秀企业家龚达元、陈灿光等人开启了茉莉花茶进京之旅。这不是一条顺畅的光明大道，没有进京前，大家也不知道迎接他们的将会是什么，是光明灿烂的产业辉煌前景还是四处碰壁的黯淡行程？但不管前方是阳光还是风雨，勇敢睿智的福安茶人义无反顾地背起布袋进京了。一开始，他们一家一家地去推销，茶庄、茶楼、茶铺，他们拿出福安的优质茉莉花茶一遍遍请人品鉴。被质疑，被拒绝，他们没有退缩，因为他们坚信，福安的优质茉莉花茶一定能得到认可，因为福安茉莉花茶便是如此：以时间酝酿，用匠心窨制，只待花与茶真正入了香，入口芳香、回味无穷。这是时间的味道，也是品质的味道。福安茶人对自己的产品有信心，北京人一定会爱上福安的茉莉花茶。果然，功夫不负有心人，福安茉莉花茶在北京一鸣惊人，享誉京城。北京人十个里面有七个爱喝茉莉花茶，而其中，福安的茉莉花茶占了 70%—80%。北京人爱喝福安的茉莉花茶，尤其爱喝"福安大白""福云六号""福云七号""大龙毫""大白毫"等优质茶叶窨制的茉莉花茶。福安茶人在北京站住了脚，几百家茶铺如雨后春笋遍布北京，几千人在北京销售茉莉花茶，把福安的好茶送到北京人手里，以春意的鲜爽加入盛夏的浪漫，以香气丰富了北京人舌尖上的体验。

"老字号"身后的"顶梁柱"

要说老北京城内的茶庄老字号，首先想起的非张一元和吴裕泰莫属，两个都是"中华老字号"，两者旗鼓相当，同样都是主打茉莉花茶，在老北京甚至有"南有张一元，北有吴裕泰"的说法。但人们不知道，他们享誉全国的背后，藏着一根定海神针——福安茉莉花茶产业。一直以来，福安茉莉花茶为他们提供了源源不断的优质好茶，为这些老字号的发展立下汗马功劳。而北京的另外一些老字号，如京华茶业、牛街正兴德等，也都有赖福安茉莉花茶供货产业链。伴随着"国潮"来袭、第三次"国货运动"的兴起以及创意经济、数字经济、知识经济、智慧经济时代的到来，福安茉莉花茶不仅拓展了销售渠道，同时也在积极探索新的销售方式。现在的福安茉莉花茶，不仅是铁道部的供货商，还是八马、农夫山泉等品牌的供货商；此外，还研发自己的品牌，在京东、淘宝等网站上销售，有 10 多万人在从事这些工作，年产值几十亿。

好茶赢得美名扬

福安茉莉花茶一路走来，荣誉加身。福安茉莉花茶的代表有白云山、坦洋工夫茉莉红、绿馨系列、天香、龙芽一号、白雪毫、茗毫、茉莉茶王等。1985 年，福安茶厂生产的"白云山牌"茉莉花茶荣获法国巴黎美食旅游博览会金质奖章。这一时期，福安茶厂生产的"白云山"牌六窨特种花茶，毛蟹特种花茶，超特、特级、一级茉莉花茶，先后获得国家级、省部级金、银、铜奖，有的被列为国家茗茶极品。福安茶人在 1996 年前后，还发明创造了工艺花茶这个新品类，以极其惊艳的姿态展现众人面前，花在茶中，花绽放在茶水之中，一时众多茶商争相仿效，风靡上海，北京等大都市，还出口日本，美国等国。福安市茗春馨香茶叶公司研发的茉莉花茶"龙芽一号""白雪毫""茗毫"被评为省优名茶,"茉莉花茶"被福建省农业厅授予名茶奖,在中国星级茶王赛中获得"金奖""茉莉茶王""三星级茶王""三星级国际茶王"等近百项荣誉称号,在茶博会上连续 3 年获得"茉莉花茶王"称号,茶王以 100 克 6.6 万元被北京吴裕泰茶叶公司拍得。2005 年,国民党名誉主席连战先生在北京老舍茶馆品鉴到福安的工艺花茶后,极为赞赏,挥笔题词"振兴茶文化,祥和两岸情",传为一时佳话。

盛世有茶兴,片叶值千金。小小茶叶,蕴含着振兴家乡、富裕人民的巨大潜能。一杯茶,品人生沉浮;平常心,造万年世界。茶,是文化,是传承,也是财富,涉及数千万人的生计。福安茶人将继续高度重视茶产业发展,统筹做好茶文化、茶产业、茶科技这篇大文章,让这片神奇的东方树叶为人们的生活书写更加美丽的童话。

"茶中仙子"工艺花茶的花舞世界

李　阳

赏水中仙子，走进花舞世界

中国茶文化历史悠久，如今，一种会在杯中开花的"花舞之茶"成为茶界新宠。早在 2005 年，前来大陆访问的中国国民党名誉主席连战一行在北京老舍茶馆品茶赏戏时，就饶有兴趣地品尝了"丹桂飘香"工艺花茶。

你看，高冲沸水时，小小茶球在水中旋转下落，水泡如珠，银针芽叶片片打开，一朵朵金黄的桂花从茶球中争涌而出，橙红的百花在水中逐瓣绽放。当漂浮的桂花沉入杯底后，最终展现的是茶叶和百合的姿态，茶芽叶细长、肥厚似针状，根根分明又紧紧簇拥在一起，好似草丛，几乎占据了整个杯底。金黄色的桂花掉落在银针丛中，若隐若现，可爱至极。百合花花瓣细长，花型中等，花瓣横向纵向舒展，姿态万千，与杯底银针相衬，好似含羞初绽的鲜花。不经意间，茶球已完全绽放。甜蜜的桂花香就随着水蒸气溢出杯口，混有淡淡的百合与茶味，竟有点类似于"水蜜桃"的气息甜蜜馨香。

让花朵盛开在茶杯中，这是茶界的一大发明。除了"丹桂飘香"，工艺花茶还能结合多种花、茶，在确证口感的基础上，打造出"茶在水中舞"的视觉盛宴。

这种神奇的花舞茶的发明者是福安茶人薛彤云。让花盛开在茶杯中，这个愿望说来容易，想法也很新颖，但做起来却是关山重重。刚开始试验时，薛彤云把花包在茶心里，再用开水缓缓冲入，一次，两次，三次……两个眼睛都瞪酸了，也只见茶球浮浮沉沉，没有绽放的迹象。好不容易掌握捆扎技巧，茶球成功绽放了，没多久花瓣又七零八落地掉落下来。经过无数次挑灯测试，倔强的薛彤云终于攻克了难题，把脑海中美丽的景象复刻到现实——杯底的茶球顺利依次绽放，花瓣不丢，花朵完美盛开。薛彤云看得笑眯了眼，大呼小叫喊醒家人一起分享这成功的喜悦。

如今，薛彤云已拥有了10多项国家专利和一些作品著作权，而她仍不断在生活中捕捉灵感，研制出"金盏银台""仙桃献瑞""浓情花语""飞雪迎春""茉莉仙子"等多品种工艺花茶。除了象征美与浪漫的取名方式，工艺花茶在其他领域也能够延伸美好意义，根据花开放的姿态与方式，能够取更有吉祥寓意的名字，如"花开富贵""步步高升""双喜临门"等。这种可赋予文化属性的方式深受消费者的喜爱，也为工艺花茶市场提供了更多未来可延伸拓展的客户画像。

识捆茶技艺，了解花舞工艺

工艺花茶形态各异，根据产品冲泡时的动态艺术感，薛彤云将工艺花茶归类为三类。绽放型工艺花茶，即冲泡时茶中内饰花卉缓慢绽放的工艺花茶，如"玫瑰之约"工艺花茶；跃动型工艺花茶，即冲泡时茶中内饰花卉明显跃动升起的工艺花茶，如"茉莉仙女"工艺花茶；飘絮型工艺花茶，即冲泡时有细小花絮从茶中飘起再缓慢下落的工艺花茶，如"飞雪迎春"工艺花茶。同时，薛彤云参与制定了工艺花茶省级地方标准，详细规定了其生产要求和等级分类，促进行业规范化。

这种独特新品种，其"花开绽放"的形成，绕不开独有的捆茶的工艺。当地饮茶之风盛行，早期百姓为在喝茶时减少茶水中的茶沫和茶渣，防止茶叶散落，有用棉绳将茶叶捆扎成团的习俗，后市场就有了捆扎茶。薛彤云受到哥哥带回的客户需求的启发，敏锐地察觉市场对花茶的喜爱，凭着对女性消费特有的敏感，在捆茶技术的基础上，采用食品级棉绳尝试将不同的干花捆扎进茶叶中，组合成美观且造型各异的工艺花茶，使其既能增加视觉美感，又可控制茶球浮力，融合花的芬芳，让清茶的口味更有层次，形成"茶中带花""花舞茶韵"的视觉效果。

工艺花茶特定的原料需求和制作工序能够有效带动茶农增产增收，为妇女、老人提供手工就业岗位。日常茶农采摘的制作优质绿茶的茶鲜叶一般是一芽一叶（长3—4厘米），而工艺花茶制作所需茶叶为一芽四叶，剥离叶片只留下茶芽和嫩茎（需7—11厘米长的茶叶嫩茎方便后续捆扎），有效增加了茶园的茶产量。工艺花茶的特殊工艺决定了茶叶采摘后还需要进行手工处理。为了使工人尽快掌握制作工艺茶的手艺，薛彤云从最基础的拣甄、拣把到缝花、成型，每个工序都不厌其烦地演示了一遍又一遍，让捆茶的技术传入当地茶农家中。工艺花茶专利技术成果的推广运用既解决了农村闲置劳动力出路问题，又提高了茶叶的附加值，直接增加了茶农收入。

创辉煌业绩，回溯花舞荣誉

美丽又致富的工艺花茶，刚面市就轰动一时，芬芳的花朵吸引了海内外众多商户前来采购。薛彤云因研发工艺花茶被全国妇联、国家知识产权局、中国发明家协会评为"新世纪巾帼发明家"；受到全国人大常委会原副委员长、全国妇联主席顾秀莲，原国家知识产权局局长田力普，全国妇联书记处书记甄砚等领导的亲切接见；荣获"全国三八红旗手""全国科技先进带头人""福建省三八红旗手标兵""福建省劳动模范""宁德市先进科技工作者"等称号。中央电视台一套《半边天》、二套《财富故事会》、七套《科技苑》、九套《中国财经报道》、十套《科技博览》等栏目，及《经济日报》《光明日报》《大连日报》《中国知识产权报》等多家媒体也对她进行了专访，趣称薛彤云为"中国当代的茶花女"。

工艺花茶独特的生产工艺，在横空出世后斩获茶界大小奖项，曾获第六届"中茶杯"名优茶最高奖，"人文中国·茶香世界"金奖、银奖，福安市首届斗茶展示会工艺茶"茶王"等。

工艺花茶不仅在国内茶界赛事崭露头角，还多次走出国门，参展上海豫园国际茶文化艺术节、北京马连道国际茶文化节。在"一带一路"中也能看到它的身影，工艺花茶曾作为上海市的旅游产品在法国马赛市进行展示，马赛市市长亲切地称之为"会开花的中国茶"。2009年，工艺花茶同鸟巢一起入选美国《时代》周刊最具影响力时代设计百强。近年来，工艺花茶畅销美国、日本及东南亚国家，常年供不应求。

迈前进道路，续写花舞之路

2021年，薛彤云携徒注册"花舞茶"商标，以"会开花的中国茶"为亮点，拓深拓宽"女性茶"领域，申请技能大师工作室。根据市场趋势，薛彤云在口感口味、工艺、配料、包装等多方面结合消费者需求和行业趋势进行创新升级，研发更多新组合。在现有花舞茶基础上，薛彤云通过互联网社交平台，凸显工艺花茶特点，通过软文、短视频分享的方式打造属于工艺花茶的产品文化。2021年，工艺花茶结合福州文创元素设计包装，获得海峡两岸文创设计金奖。同年，项目获国家级大学生创新创业奖项。《系捆两岸脉，茶连同根源》茶艺创编作品以台湾友人惊叹于工艺花茶的美丽，邀请福建茶人携手打造象征台海相连的花舞之茶为故事主线，表演参与2023年省、市茶艺技能大赛。工艺花茶的美丽在文艺作品中被进一步展开。

工艺花茶作为当地特色茶产品，其独具特色的美学属性，能够作为福安茶业对外展示的重要窗口之一。目前，工艺花茶也在抓紧申报非遗技艺、开设"工艺花茶学堂"，具有良好且可持续的媒体展示效应。杯中人生醇如茶，这场味觉和视觉的盛宴，还在延续……

福安农垦集团步入发展新轨道

舍　人

2017 年，乘着党的十九大的骀荡东风，福安市农垦集团有限公司从 1958 年的国有坦洋茶场、高坂茶场、王家茶场为主体进行改制，脱胎换骨组建了农垦集团。农垦集团成立至今创造了不凡的经济效益和社会效益，并在发展中弯道超车，成了全国农垦系统改革的佼佼者。

孟秋时节，末伏甫退。笔者趁着似退未退的"热度"慕名采访了农垦集团公司的董事长王耿华。不惑之年的王耿华一张国字脸，春风满面。见我等"名记"到来，几句寒暄后，便开门见山打开话匣子说个不停。他说农垦集团公司的指导思想是围绕乡村振兴，为农业增效、农民增收，担负起新时代新时期上级部门赋予的历史使命。具体做法，就是以茶叶为主打，践行实施习近平总书记来福建调研视察期间对当地干部群众的叮嘱，统筹做好茶文化、茶产业、茶科技这篇大文章。如何践行习近平总书记做好"三茶"统筹发展、融合发展的嘱托，谱写福建福安茶业发展的新篇章？福安农垦人要当全国农垦系统的"领头羊"。王董事长介绍，2018 年 2 月 7 日，福安农垦集团正式成立，标志着福安农垦改革再迈新台阶。公司谋划发展的定位是：以补短板、做示范、创机制为重点，以科技、品牌、资金为纽带，面向全域，整合资源，开发农业多种功能，推动资源变资产、资金变股金、农民变股东，带领小农户对接大市场，名副其实成为福安名优产品的供应商、全域农业公司开发的运营商、乡村振兴战略平台的集团公司。

我从公司提供的材料中知晓：集团公司成立至今，投入了 3000 多万元建设资金，建成共享茶园 8000 亩，并将其打造成集出口示范基地、智慧茶园、复合生态为一体的新业态；建成共享茶产业"三茶融合"示范园，即坦洋茶谷和集茶叶加工、研发、文旅，以及技术、人才、企业孵化为一体的茶商茶企的新平台；建成共享营销平台，建设了体验基地，开设了体验店铺，实施发展定制农业，在坦洋茶场建立茶叶加工体验和技术培训基地；同时，在坦洋村建成坦洋工夫文创基地，开设福安、宁德、武汉、深圳、北京、福州、重庆等地的体验中心，宣传推介福安坦洋工夫。

为了夯实产业基础，集团公司大力开展生态茶园、智慧茶园建设，仅茶园机耕路网建设，就投入建设资金2000万元。智慧茶园综合管理平台建立了可视化管理系统，实现了茶叶栽培水肥一体化、5G茶园管理全自动化、茶叶安全生产管理全程标准化等。同时，农垦集团以标准化建设为抓手，围绕"品种培优、品质提升、品牌打造和标准化生产"新"三品一标"的具体要求，培育出一批优质茶叶新品种，为福安茶产业高质量发展筑牢基础。

科技赋能，让农垦集团迅速发展。集团公司的5G智慧茶园，可称得上是运用数字种茶的"天花板"。中国广电700兆广覆盖、超强渗透的5G技术，可覆盖1300亩智慧茶园。公司在农业遥感、物联网应用及精准化生产等方面不断地突破，走出了一条具有闽东特色的产茶之路。运用5G技术种茶，实现了每一片茶叶的稳定标准化生长，每一片茶叶都被天空地一体化茶园智能感知系统的"呵护"萦绕着。天上的农业遥感卫星，收集着智慧茶园的面积、品种分布、气象灾害等数据。空中时不时还盘旋着无人机，采集着每一片茶叶多光谱、高光谱遥感影像数据。地面传感网也能检测到智慧茶园的温度、土壤墒情及养分含量等，而茶园虫害远程监测系统配备高清摄像机、虫情测报灯等虫害监测设备，又将自动采集诱灯区域和易发虫害区域视频图像呈现在5G智慧茶园的大数据中心，实现了茶园全产业链大数据一张图的可视化，让数字化管理管到了每一片茶叶。管理人员通过整合采集到的茶园情况，融入国家茶叶大数据平台的数据，并借助科学的模型算法进行智能分析，即可实现对每一片茶叶的预测预警和制定成长方案，平台只需1—2人就可实现大面积茶园管理而降低生产成本。

科技赋能，有多少神奇被福安农垦集团掌控。当茶园虫害远程监测系统发现茶叶发生病虫害了，大数据中心平台就将预测预警发送给福安红茶科技小院的农业专家，他们会实时给园中的茶叶把脉问诊，将"药方"发给管理人员，通过管理人员的施治，确保了茶叶质量的安全和丰产。而茶园水肥一体化与自动控制系统，根据茶叶不同生长期的需水、需肥情况，把水分、养分定时定量、按比例直接滴灌输送给每棵茶树。这种平衡集中施水肥的方法，每亩茶园能节水 150 立方米以上，节省肥料 40%—50%，既改善了土壤环境又实现了生态种植。据茶叶专家估算，运用数字化种茶技术后，农垦集团可实现每亩茶园的年增收入 1380 元。该技术推而广之，全市 30 多万亩茶园，涉茶农户 40 多万人，其年增收入将是一笔天文数字啊！

　　科技赋能，有多少妙招被福安农垦人捏在手中。在农垦集团，笔者还采访了全国农业技术能手、福建省劳动模范、集团专业技术骨干专家俞水荣和全国技术能手、福建省技能大师工作室领办人、集团专业技术骨干专家陈辉煌。两位技能专家说起在公司工作的感受时，有不同的感触，但相同的都是庆幸赶上了这个好时代，有福安农垦集团这么个好平台，让自己的聪明才智发挥到了极致。发展数字农业，对农业生产进行数字化改造，加强农业遥感、物联网应用，提高农业精准化水平，引领农业产业数字化和数字产业化等，都是他们在校研究的专业课题。因此，他们在农垦集团，能取得斐然成绩，完全是学有所用、顺理成章的。对于今后如何进一步做好科技赋能这篇文章，两位专家的回应居然出奇的一致：一是深入开展产学研合作，继续加强与中国农科院茶叶研究所、福建农林大学、福建省农科院茶叶研究所、宁德职业技术学院的合作；进一步完善中国农技协福安红茶科技小院和国家茶叶全产业链大数据县域（福安）分中心试点的功能。二是继续搞好数字赋能茶产业，做大做强"三茶统筹""三茶融合"这块大"蛋糕"。三是加快茶叶科技成果的转化，真正让农业增效、农民增收，促进乡村振兴战略的实施并结出丰硕的成果。四是强力打造坦洋工夫红茶核心区，利用老厂房、老宿舍、老茶园改造老茶坊、传习所、茶博馆、培训楼、茶工舍、智慧园等，以集体定制、研学实训、文旅文创为一体，扩展茶业功能。

　　哦，福安农垦人的奇思妙想一串串，他们腰间的锦囊一只只。锦囊里到底装着多少"宝典"，作为门外汉如我毫不知情，但我笃信：沿着科技赋能这条路子走下去，他们必定会创造出新的奇迹，让福安人民乃至全国人民都刮目相看！

福建农垦茶叶有限公司茶叶基地福安王加茶场

隽永天香长盛不衰的秘诀

杨秀芳

龚达元董事长，从事茶叶生产经营 40 多年，一直保持创业之初的诚信之心。他行远自迩，笃行不怠。他的福建隽永天香茶叶有限公司，走过 20 多年历程，始终传承福安茶叶之乡的丰富积淀，致力于有机茶科研开发和茶园建设，从成立时年产值不到百万元到现在的 2 亿多元，成为中国茶企百强行业、福建省农业产业化重点龙头企业、福建省名牌产品生产企业，连续 20 年获福建省重信用守合同单位、十佳诚信企业称号，连续 20 年成为福安市农业企业纳税大户……隽永天香长盛不衰，自有其秘诀。

创业之初的艰辛坚韧

1987 年，改革开放的东风强劲拂来，许多敢拼一把的人纷纷"下海"。当然，市场有无限的商机与广阔的前景，危机也不可测。科班出身的龚达元得知茶叶由二类物资变成三类物资可以在市场自由买卖时，敏锐地感觉到商机的到来。

1992 年，他和亲戚朋友开办了"天香茶厂"，主要生产窨香茉莉花茶。选择制作茉莉花茶，龚达元是有情怀的，在他眼里茉莉花是有灵魂、有气质的花。他喜欢茉莉花纯洁朴素、清雅幽香的秉性，花的馥郁芳香与茶完美相融，味蕾的体验自妙不可言。茉莉花茶有 300 多年的历史且受众面广，他希望能在自己手上将其发扬光大。

办厂伊始，他深知茶叶质量是打开市场的金钥匙。他所生产的窨香茉莉花茶，要经过数十道反复窨香烘焙方可功到自然成，其间 50 公斤茶叶要使用

500公斤茉莉花窨香。带着对自己产品的自信，龚达元准备向北方打开销售市场。

他大包小包、手提肩背着各类沉甸甸的茶叶样品，搭上往北行驶的绿皮火车。车上拥挤不堪，每个人像沙丁鱼罐头般挤贴在一道，各种难闻的气味弥漫空间，有种令人窒息之感。能让自己减轻负担的唯有两只脚轮着站立和休息。其间还要强忍着无法上厕所和饥饿之苦。有那么一瞬间，他忽然后悔了：前路渺茫，我何苦找罪受呢？好在车子越往北，掠过的新风景给了他视野的冲击。

他拖着疲惫的身体，来到北京某贸易公司采购部，将自己的名片递给经理。面对灰头土脸的年轻人，那个经理连看都没看就顺手把名片扔到地上。龚达元比被人打了一记耳光还要难受。不过，他马上调整被冷落的不快，俯身捡起名片，连连向经理道歉。要打开北京市场，这个采购部是一个关键的突破口，他不愿意就此善罢甘休。过些时日，他再次找到那位经理，并表明自己是南方人，北上创业不容易，请求给予支持。这一次经理收下了名片，但并未提及茶叶之事。几天过去，他再次敲开了经理的办公室。兴许三番五次到访混了个面熟，此次经理面带笑容地接待了他，并说想看看茶叶样品。他觉得曙光在望，对自己的茶叶，他还是满怀信心的。果然，经理在看完样品后，马上下了几百公斤的茶叶订单，让他获得6000多元的利润。第一次尝到大笔生意的甜头，他对未来更充满了期待和憧憬。

质量是企业的灵魂

"产品质量是企业的灵魂，诚信经营是发展的根本。"几十年来，龚达元始终坚持企业的定位宗旨不变。他要求公司全体员工"一切工作为了产品的质量，为了产品质量进行一切工作"，并坚持客户至上原则，郑重向所有客户及消费者承诺：如果产品质量出了问题，无条件退货，公司经理亲自登门道歉，并加倍予以经济补偿。在他的带领下，企业坚持高标准、严要求的质量方针，建立统一的从种植源头到产品销售全过程的质量全追溯管理体系，研发了"隽永天香"和"坦洋工夫"为品牌的红茶、绿茶、白茶、茉莉花茶、精美工艺茶等的 40 多个系列花色品种，得到了社会各界的广泛好评与认可。

"茶叶的源头没有把控好，后面有再先进的技术和工艺都是空谈。我们企业与 5 个茶叶专业合作社、500 多位茶农严格签订茶园用药责任状，禁止茶园使用国家禁限的农药，从源头上把好茶园质量关。"晨曦朝露去，披星戴月归。他经常头戴斗笠下茶园对茶农进行无条件的培训辅导。从种茶、制茶技术到施肥、病虫害管理，他总是不厌其烦地耐心解说。2000 年，他自己创建了 1000 多亩的宁德市首家有机茶基地，基地连续 20 年经杭州中农质量认证中心认证，各项指标符合国家有机茶标准。以有机茶基地为试验载体，龚达元参与的《复合生态茶园建设模式研究与示范》项目获得福建省科技进步三等奖，为福安市争创全国绿色食品生产标准化县市提供了示范辐射样板。同时，他加快企业"一品一码"追溯管理，做到来源可追、源头可控、去向可查、责任可究，逐步实现茶叶产品"从茶园到茶杯"的全程质量监管。2015 年，企业获得 ISO2000 食品安全管理体系认证及出口基地备案认证、出口食品生产企业备案证明。2016 年，企业通过 HACCP 体系认证。2018 年，企业通过 ISO9001 质量管理体系再认证、ISO14001 环境管理体系认证。

龚达元善于与时俱进、接受新生事物，其主持的《高香型有机坦洋工夫红茶加工关键技术并示范与推广》，获得 2017 年宁德科技进步三等奖；《优质绿茶新型全自动清洁化成套装备与配套技术集成应用》项目，获得福安科技进步二等奖。龚达元拥有丰富的生产工作经验和精湛的制茶技能。他总是亲力亲为指导产品技术研发，选送的茶叶荣获国际金奖 14 项、国内省部级金奖 10 项，产品入选钓鱼台国宾馆展示。2016 年，他被福安市授予"韩城工匠"称号；2018 年，被授予"红茶国茶工匠——制茶大师"称号；2018 年，制作的隽永天香牌茉莉花茶王荣获第十二届国际名茶评比"佳茗大奖"；2021 年，制作的隽永天香牌坦洋工夫红茶获"华茗杯"特别金奖等。他坚持人才兴企和传帮带，培养的学徒获得福安市"好师傅"称谓，2017 年，获得全国茉莉花茶制作大赛一等奖。他为闽东培养了一大批茶叶加工制作人才。

重信守诺的人生准则

龚达元的成功，与他的睿智与坚韧分不开，更重要的是他有着可贵的重信守诺的人生准则。自创办企业以来，他就暗暗告诉自己：致富有道，诚信为上。

1987年5月，他和南京一客户约好送茶叶样品商谈业务。临出发前，他隐隐感觉身体不舒服，可是为了不失约，他坚持出行。当车行至杭州段时肚子猛然疼了起来，他当时很想下车看病，转念又担心客户等得急，便坚持坐车到达南京。他忍痛同客户交流了一个多小时，客户发现其脸色发青，他才把实情告知，而后晕倒在地。客户立马将他送到火车站医疗室，经检查为急性阑尾炎发作，要马上到南京大医院去动手术。可他身上没有住院的钱，又担心孤身一人无人护理，再三要求回福安住院。经医务人员简单处理，他吃些止痛药后立马坐车回福安。不巧的是，车子开到温州却出了故障，要花5个小时修理方能启动。此时，肚子又开始剧痛，幸好车上好心人打电话叫了120救护车，将他送到福安闽东医院。医生说如果再延迟3个小时将生命难保。为了不失信客户，他差点搭上性命。

2007年中国农业发展银行为了支持农业企业发展生产，在福安市成立福建恒泰担保有限公司。公司直接与中国农业发展银行合作，为福安市农业企业提供贷款服务。龚达元拥有为人诚信的人格魅力，大家都推选他为担保公司的法定代表人。他以诚信经营为宗旨，2007年至2014年为宁德市56家农业企业提供担保贷款568笔，金额13亿多元。在担保期间有个别企业由于经营不善，不能按时还贷，龚达元挺身而出，多次自己垫钱帮贷款户还款。

常怀关爱他人之心

企业发展的同时，龚达元将对员工的关爱时时挂在心头，落实在各种行动上。他常常对高管们说："我们的员工是保证我们产品质量的操盘手，如果他们生活困难或心情不好，他们所生产的产品就有可能出现问题。"公司定期发放节假日补助，组织各类文体活动，对家庭困难或患病的员工给予物质支持，员工们深切感受到被重视、被关爱的温暖。让龚达元感动的是，他经常发现下班时间过了许久，还有员工主动在岗位上忙碌地工作。上前询问，回答是："我的这道工序是有时间性的，拖到明天就会影响茶叶品质。"

龚达元治企有方，更履行了一个企业家的社会责任与担当。且看这些沉甸甸的荣誉：2003—2004年度福安市委统战部光彩事业先进个人，2004—2005年度福安市优秀政协委员，2005—2007年度被宁德市工商联评为"先进个人"，2008年被中国农工民主党中央委员会评为"抗震救灾优秀党员"。龚达元热衷公益事业，在助学扶贫等公共慈善事业等方面捐款43万元，捐资68万元支持各地新农村建设，"非典"期间捐款20万元给福安红十字会，获得农工党全国抗非典工作的先进个人。2012年，他被中共福安市委、福安市人民政府评为"慈善先进个人"；2022年，被评为第6届宁德市道德模范。

如今，回首一路沧桑繁华，他淡然地把自己比成一株风雨中的朴素的老茶树。是的，"风雨多经志弥坚，关山初度路犹长"。他属于自然，属于他热爱的厚土，属于他执着追求的茶叶事业。

福建省农业产业化重点龙头企业隽永集团

十几载风雨只为一泡好茶

——记福建新坦洋茶业集团董事长张锦华

安泰农夫

在福安1880平方千米的热土上，福安茶人是一个功勋卓越的群体。他们聚是一团火，共同打造着福安茶的品牌，共同传承发展着福安茶文化；他们散作满天星，在各自的领域里默默耕耘着，经营着自己的茶园、茶场、茶厂、茶行、茶企，营造着属于自己的精神与财富的"王国"。其中，有个人对坦洋工夫茶的复兴崛起，功不可没。他，便是福建新坦洋茶业集团董事长张锦华。

2007年，福安市政府为振兴坦洋工夫百年品牌，倡导组建福建坦洋工夫茶业股份公司，张锦华作为发起人之一，被委任为该公司副董事长、总经理，负责企业架构、运营模式创建和坦洋工夫品牌的培育与推广。经过1年的精心运作，坦洋工夫品牌在全国范围内有了一定影响力。2008年底，福安市委、市政府为响应习近平总书记"要珍视、保护、发展、运用好坦洋工夫品牌，让坦洋工夫品牌，让坦洋工夫茶走向全国、走向世界"的殷切嘱托，扩大坦洋工夫品牌效益，决定推动福建坦洋工夫茶业股份公司上市。但由于"坦洋工夫"是区域公共品牌，是地理标识，不符合上市要求。2009年，张锦华在宁德、福安两级市政府的支持下，成立了福建新坦洋茶业集团股份有限公司，并担任公司董事长。同年，在宁德市第3届茶叶博览会上与福安市政府签订《年产1000吨坦洋工夫茶项目投资合同书》，开始了他"容万物，和天下"的价值追求，开始了他围绕"核心技术、行业标准、品牌产品"，打造"五好新坦洋"的漫漫征程。

好茶源自好茶园

清光绪版《福安县志·山川》："桂香山，在坦洋，产茶甚美，山麓登桂岩，香闻数里。"这里所记载的是坦洋村最早所产的"色翠、香郁、味甘、形美"的"桂香茶"的生长环境。时为福安市华隆实业发展有限公司（新坦洋茶业集团的前身）总经理的张锦华，了解到这一信息后，通过比对，发现其公司所拥有的天湖山茶场与坦洋村周边的环境与气候极为相似，就暗下决心建立一个"特色桂茶园"，复制出与百年前桂香茶相似的原始产茶环境，恢复坦洋工夫桂香茶的生产。于是，1998 年伊始，张锦华就带领华隆实业的员工在天湖山麓将珍贵桂花树种与 60 多年树龄的坦洋工夫母种菜茶进行套种，开始建设 2206 亩特色桂茶园，让桂花与茶叶同时开花长芽，让茶树新叶在浓郁的花香中得到自然的窨制，从而葆有天然的桂花香。2008 年，位于茶园基地核心区的 30 亩坦洋菜茶被福建省农业厅、宁德市人民政府核准为"中国坦洋工夫母种菜茶种质资源唯一保护区"。2009 年，公司围绕核心区 30 亩坦洋菜茶种质资源保护区周围的 10600 多亩老茶头母种茶，进行原生态保护和现代化、科技化管理，以保证茶叶的纯正性。2010 年，公司特色桂茶园被吉尼斯世界纪录协会评为"世界上桂花与茶叶套种面积最大的种植园"，并经杭州中国农业科学院茶叶研究所有机茶研究与发展中心认证委员会审定为有机茶园。经过人工采摘、精心制作，坦洋工夫桂香茶在传承和创新中再度崛起，在"2012 中国海峡名企名茶春季珍品品鉴系列活动"中，以 60 万元每公斤拍卖价获红工茶类竞拍最高价，刷新了坦洋工夫历史竞拍纪录。

好茶源自好模式

张锦华久经商场，深谙"好酒也怕巷子深"的道理。在"新坦洋"成立之初，他便确定了"名人名茶名店"红茶专卖店连锁经营第一盈利模式，借助"名人名牌"效应，发展连锁专卖店，很快就铺设了一个庞大的营销网络。2013 年，他引进英国百年老店成功实践模式——"伴手茶"模式，以简便的包装、快捷的体验和平价化的价格体系，让消费者感受到"物超所值"。

2019年，他推出首个中国茶类实物标准样专卖平台——标样茶城，通过统一文字标准和实物标准，帮助消费者了解茶产品，消除对茶产品的"不信任"顾虑。同时，公司借助信息化手段与电商行业标准，开启电商模式，开拓线上销售渠道；发挥自有的茶庄园优势，开启庄园式经营模式，做足茶文章，得到权威专家的认可，全国茶标委红茶工作组高级顾问、安徽农业大学校长宛晓春就曾称赞"新坦洋"庄园式经营模式代表着历史名茶的发展方向。2022年，新坦洋集团乘势而上，再次斥巨资启动福昇茶城全品类茶叶流通市场项目建设，助力区域茶企集聚孵化，服务于坦洋工夫品牌高质量发展。

好茶源自好标准

2013年，在张锦华的积极争取下，全国茶叶标准化技术委员会红茶工作组落户福安，新坦洋集团成为红茶工作组副组长兼秘书长单位。2015年，"新坦洋"成为福建省电子商务标准化技术委员会单位；2016年，成为全国电子商务质量管理标准经技术委员会委员单位；同年，被批准成为全国电子业务标准化技术委员会茶叶电子商务工作组秘书处单位。多年来，"新坦洋"负责牵头红茶领域以及茶叶电商国家标准的制订、修订工作，先后参与制订修订了《红茶·第1部分·红碎茶》《红茶·第2部分·工夫红茶》《红茶加工技术规程》《电子商务交易产品信息描述·茶叶》《花果香型红茶加工技术规程》等30多项红茶国家、地方及行业、团体标准。其中，《红茶冲泡与品鉴方法》，荣获2018年福建省标准贡献奖三等奖；《坦洋工夫茶感官分级标准样品》正式经国家市场监督管理总局、国家标准化管理委员会发布；《电子商务交易产品质量抽检规范茶叶》《电子商务交易产品追溯信息编码与标识规范·茶叶》2项行业标准，于2023年通过标准审查；国家标准《电子商务交易产品信息描述茶叶》，荣获2023年福建省标准贡献奖三等奖。

此外，张锦华倡议并牵头成立了宁德市标准化协会，先后受邀为广西梧州六堡茶、安溪铁观音、云南大理沱茶、武夷岩茶等国家标准实物样品的研制提供技术指导，为各类区域公用品牌茶产业的健康发展做出积极贡献。

对此，中国茶叶流通协会会长、全国茶叶标准化技术委员会主任委员王庆曾做过评价："'新坦洋'成为全国茶标委红茶工作组秘书长单位，既是企业发展的需要，也是'新坦洋'张锦华老总作为企业家承担社会责任的一种重要体现，对坦洋工夫的发展，特别是对坦洋工夫标准的成型和产品标准化进程有较大的帮助。"

好茶源自好技术

在张锦华"用新制茶"理念的引领下，新坦洋茶业集团重视科技赋能茶叶精深加工和茶产业人才培育，集团先后被认定为宁德市企业技术中心、宁德新型研发机构、福建省级专家服务基地、省级（企业）工程技术研究中心，搭建了农业科技成果向乡村振兴一线转化的创新平台，取得了20多项自主知识产权。2020年，新坦洋集团成为全国唯一获批设立博士后科研工作站的红茶企业；2021年，获批成立中国农技协、福建省科协福安红茶科技小院；先后与福建农林大学、安徽农业大学、广东省农业科学院茶叶研究所等一起合作研发花香型、花果香型、高香型红茶新品种，并进行示范带动。

为了加快坦洋工夫区域品牌、企业品牌、产品品牌的递进和驱动，促进坦洋工夫产品高质量发展，张锦华提出打造一款创新型坦洋工夫核心产品的构想。在他的带领下，新坦洋制茶工匠团队与省级专家服务基地、省级（企业）工程技术研究中心专家精诚配合，精选海拔600米的坦洋工夫母种菜茶种质资源保护区的野生茶树，在传统坦洋工夫制作技艺的基础上进行创新，历经4年研发出坦洋工夫核心产品"坦洋老枞"。其一经问世，便受到市场的高度认可和广泛赞誉，相继荣获5个"金奖"。2023年经中国茶叶品牌价值评估课题组评估，该产品品牌价值为3.04亿元人民币。

好茶源自好文化

"新坦洋"在狠抓品牌建设的同时，积极推广茶文化建构和茶旅结合。2009年，"新坦洋"与福安市政府签订年产1000吨坦洋工夫茶项目投资合同书，投入近1亿元资金打造中国第一个红茶创意园——新坦洋天湖茶庄园。目前，茶庄园拥有2206亩桂花树与茶树套种种植园和1万多亩"公司+农户"生态茶园，其中配套设施完善，集种植、生产科研、场景式营销、休闲娱乐、旅游度假与研学于一体。2013年，在福建省茶庄园评比中，天湖茶庄园获评全省第一名，荣膺"全国休闲农业与乡村旅游五星级示范点""福建省茶庄园标准化示范单位""福建省森林康养基地""福建省中小学素质教育社会实践基地""福安市中小学生研学实践教育营地"等称号。

为了实施品牌走出去战略，扩大坦洋工夫的国际知名度，为企业转型升级创造广阔的国际空间，自2009年起，张锦华先后赴英国、马来西亚、荷兰、波兰、斯里兰卡、意大利、日本、韩国、新加坡、德国、巴拿马、印尼等20多个国家和地区开展茶业对外经贸合作与茶事文化交流，向全世界推广福建茶，让坦洋工夫走向世界。2011年，公司与英国券商签订合作协议，正式迈向资本市场，打造坦洋工夫上市版块。2013年，应商务部的邀请，新坦洋集团代表坦洋工夫参加巴拿马国际博览会，斩获"巴拿马国际金奖"，再续中国红茶百年辉煌。

从事茶行业十余载，张锦华始终坚持在茶叶生产、加工、研发、营销第一线，践行着"用新制茶，用心卖茶"的理念，以"传承百年品牌，造福天下茶人"为使命，推动着坦洋工夫和福安市乃至全国红茶产业的发展，用自己的实际行动践行"敬业尽忠，争创一流"的"新坦洋"企业精神。在其正确领导下，新坦洋集团相继获得"中国茶产业十强连锁企业""中国十大品牌企业""茶业市场竞争力标杆企业""中国驰名商标""福建省名牌产品""福建省标准贡献奖""宁德市政府质量奖"等上百项荣誉。2023年"新坦洋"品牌价值15.03亿，位列全国茶叶企业第三位，连续13年入围中国茶叶行业百强企业。其个人也担任宁德市政协委员、全国茶叶标准化技术委员会红茶工作组秘书长、海峡两岸茶业交流协会副会长、中国茶叶交流协会副会长、福安慈善总会常务理事长、福安市茶叶协会副会长，被评为"陆羽奖"国际十大杰出贡献茶人、中国茶叶行业十大经济人物、中国茶产业十大杰出CEO、福建红茶杰出贡献人物等。

中国工程院院士、湖南农业大学博士生导师刘仲华教授感慨："福建新坦洋集团作为中国茶业龙头企业，作为中国茶叶标准化技术委员会红茶工作组副组长兼秘书长单位，在推进红茶产业发展，尤其是推进坦洋工夫红茶产业升级方面发挥了重要作用。"

　　新时代，新征程，新起点，我们真诚期盼坦洋工夫茶产业在各级政府的协力支持下，依托科技创新，进一步做优产品名品，以科技、文化为产业赋能、为品牌铸魂，在强力打造区域公共品牌的同时，培育一批以新坦洋集团为代表的龙头企业，在实施乡村振兴国家战略和推进中国式农业现代化建设中彰显茶产业的魅力，实现新的跨越！

福建省农业产业化重点龙头企业新坦洋茶庄园

白莲山上新歌美

卢 腾

峻峭的白莲山，巍然挺拔在逶迤的赛江畔，山下山上四季风光变幻，引人入胜，我曾多次登山观赏，领略风情。

这次上山，正值白露节气，山下"秋老虎"犹在发余威，暑气还重。然而，车行一两千米后，在蜿蜒上山途中，阵阵清风从茂密的山林中飘出，吹散了闷热的暑气，让人顿感清爽。路旁，层层梯田中的晚稻正孕穗，过岕风擦过蓄水的田面，凉丝丝地迎面扑来，又给人平添了几分凉意。

白莲山海拔 600 多米，山势虽高，却少见悬崖沟壑、巉岩怪石。在山上见到的多是山林、果园、茶园。在一片绿葱葱、翠青青的茶园中，有一块被人称作"八卦园"的茶园，尤为引人注目。

其实，"八卦园"是在外打拼多年回乡创业的能人林坛助创建的"名优品种茶示范园"。在开阔平整的园区中心，建有一座风格别致的八卦亭，围绕着八卦亭，分布着乾、坤、巽、震、坎、离、艮、兑 8 个卦名的小种植园。每个卦名园里，种植 8 种名优品种茶，8 个卦名园共种有福安大白、福鼎大毫、台湾乌龙、浙江龙井、永春佛手、铁观音、黄金桂、紫玫瑰、白鸡冠等 64 种全国各地知名的品种茶。在明丽的秋阳照耀下，各类品种茶的叶片，分别呈现出不同的色泽，煞是迷人。

林坛助是福建省林鸿茂茶业有限公司董事长。他出身于制茶世家，祖辈都是制茶人。早在清乾隆年间（1736—1795），他的祖先就在福安创立"林氏茶坊"。随后，他的先人和福安同业，发起组建福安茶业商帮。时至咸丰元年（1851），林氏茶坊创制的林氏红茶，和坦洋工夫茶并驾齐驱，誉满天下，依托水运，成为第一批运达西欧港口的中国木箱装的红茶。盛名之下，林氏趁势扩大了生产和经营规模，遂将"林氏茶行"的字号，更名为"鸿昌茂茶行"。名号虽改，初心不改，林氏依然认真制茶、诚信经营。今日的"林鸿茂茶业公司"，就传承了鸿昌茂茶行生产、经营的优良传统。

鸿昌茂茶行建在湾坞乡芦下村，当企业传到林坛助父亲管理阶段，时局动荡频繁，企业经营最为困难。不久，中华人民共和国成立，在新民主主义社会过渡时期，实行公私合营，鸿昌茂茶行由政府新成立的茶叶购销站接管。此后，父亲就带一家人返回白莲山下的白莲村种茶、制茶。

林坛助和家中五兄弟，从小在白莲山中的茶盘丘上学种茶，在村中的小作坊里学制茶。他吃苦耐劳，勤学苦练，年少时就学会了种茶和制茶的技艺，这为他日后的茶业生涯奠定了坚实的基础。

1982年，改革开放的春风吹拂神州大地，茶业开放经营，林家收回茶行，鸿昌茂茶行转到林坛助名下掌管。当时，他年轻气盛，凭着身怀制茶技艺，立即施展手脚干。他筹措资金，添置设备，采购茶叶、茉莉花，动手生产传统的茉莉花茶。当新花茶一出窨，芳香飘散，招引来远近的茶商上门采购订购，鸿昌茂茶行于是萌发新的生机。

20世纪90年代初，市场经济的浪潮在全国各地涌动。北京是各地特色茶的重要销售市场，闽茶已在当地大展风采了。林坛助和妻子吴文玉闻风而动，也带着自家茶坊生产的茉莉花茶，北漂京城找市场，开拓新茶路。

他们初到京城，落脚在通州一间地下室，每天背着一袋沉甸甸的样品茶，沿街步行找销路。可是，北京的老茶庄都有稳定的供应商，他们处处碰壁，天天吃闭门羹。林坛助心情有些沉重，妻子安慰他说："凡事开头难，先苦后甜呗！"妻子的话又鼓起他的信心。后来，经福建一位茶商的指点，他马上转到北京西城区马连道上摆摊设点。

当时，马连道虽说是中国北方出名的茶叶闹市，但是还见不到一间像样的茶叶经销店。不过，在老铁轨旁，却星罗棋布着全国各产茶区的茶摊。卖茶买茶的人熙熙攘攘，处处展现出商机。

林坛助的茉莉花茶，摊上一亮相，茶色佳、气味香，立即受人青睐。转瞬间，他带去的三大蛇皮袋茶叶销售告罄。

林坛助总算在马连道安下茶摊了，经营几天后，他的茶好、做生意又实诚的好名声不胫而走了。机遇总是青睐有准备的人。这天，摊前突然光临两位天津茶商，看过茶、品过茶后，二话不说就开口商量价格订合同，这不就是财神找上门喽？闯进马连道、天津市场，让他喜出望外！

这期间，马连道茶叶市场一下子繁荣起来，大小茶城相继出现，茶叶街日新月异，各地品牌茶企纷纷入驻茶城，或独立开店经营，各种类茶叶现身一展芳容。林坛助看在眼里热在心头，深感自己仅经营单一品种花茶，分量太轻。于是，他毅然决定注册"林鸿茂茶业有限公司"新商号，启动生产经营多种类新茶。

林坛助有着家传的制茶工艺和创新精神，他研发出的多种新茶，在茶叶评鉴会和斗茶赛上均获殊荣。例如"极品小种红茶"获得2009年"恒天杯"金奖；"野谷红茶"2014年获得"全国斗茶大赛"金奖；"白莲金针茉莉花茶"2020年被评为第9届北京国际斗茶大赛茶王奖，"白莲山荒野红茶"也获得金奖；"创新奇香"2022年获得宁德市第10届茶王赛创新型红茶金奖。林坛助研发生产的新茶，一投放市场，都成了抢手货。在华北、华东、华南等地的大中城市设有经销点，拥有固定的客户群。他还开辟公司官网、淘宝网、福茶网和抖音商城展示平台。

林坛助和妻子在外打拼多年，但他俩时时都思念着白莲山的乡亲们。

白莲山的山势、地形、土质和小气候，都适宜种植茶叶、果树、榛树，但是，过去山里没有通公路，制约了各种产业发展，致使星散在山前山后10多个自然村的乡亲们，抱着"金饭碗"过苦日子。那年，林坛助夫妻俩回乡，发现村里的青壮年大都外出打工，只留下老人和孩子看守家园。村里人还在传唱一首古民谣："为娘呀没心肝，将女婚嫁白莲山，三年没听锣鼓声。前门鸠团叫喳喳，后门云雾罩满山。"夫妻俩听了，很心酸！

党的十八大后，乡村振兴好政策不断出台，当地政府迅速帮助白莲山人，修通进山公路。山门打开，林坛助和妻子动身回乡创业，支持家乡发展经济，帮助贫困家庭脱贫致富。

林坛助回乡后，首先投资数十万元，将进山公路延伸到山上；接着承包新老茶园 2300 亩垦复翻新，建成无公害茶叶生产基地；其中茶盆丘园中种植的岩枞茶，获得坦洋工夫茶原料茶的冠名；同时，在山上创建具有粗精制功能的现代化茶叶加工厂，推行智能化管理，标准化生产，制出的成品茶，安全卫生、质量等级可追溯，让好茶走进千家万户。

吴文玉回乡后，发挥茶企的优势和能力，助力乡村振兴工作，积极推行"龙头企业+专业合作社+农户"的模式，壮大村集体经济，增加农户收入。她团结民营企业，服务民营企业，为民营企业经济发展做了许多有益工作，得到大家信任，2019 年，赛岐商会恢复成立，她当选为会长。

吴文玉又热心于社会公益事业。在商会党支部的领导下，她经常带领会员开展爱心活动。在新冠疫情防控期间，她发动会员捐款捐物，支持当地政府做好防疫工作。她尊师重教，尊老爱幼，每逢节日，都会带领会员上门慰问困难群体。她的爱心行为，得到了群众好评。2022 年，她当选福安市第 18 届人民代表大会代表。

现在的白莲山，在林坛助和众乡贤回乡创业助力带动下，已经旧貌换新颜。荒寂的山头骤然热闹起来，处处都有欢声笑语。眼下，一首新山歌被唱响："阿娘呀你心放宽，女儿婚嫁白莲山，山清水秀好地方，花开满山茶飘香。"脆亮的歌声，让人心醉呀！

在风清景明的白莲山上，听了林坛助夫妻艰辛创业的故事，看到他俩帮扶乡亲走致富路，治理的茶山、创办的茶厂所取得的业绩，我浮想联翩……

此次离开白莲山后，全然没想到，仅时隔 10 个多月，从白莲山又传来一桩喜事：已修成一条环绕山上 2000 多亩茶园，5 千米长，具有专业性、挑战性、趣味性的山地自行车赛道。经验收测试，中国自行车运动协会定于 6 月 17—18 日，在这里举行 2023 年全国最高级别的山地自行车联赛，同时也是福建省首次举办全国性专业山地自行车赛事。竞赛期间，山上会聚了全国 14 支专业自行车代表队 400 位运动员，参加越野赛、淘汰越野赛、团体接力赛等三大项角逐。连续的弯道、不断起伏变化的赛道，对选手的技术体能和意志都具有极大的考验和挑战，给观众营造一种愉悦激奋的氛围。谁都不承想，今日的白莲山，会展现这样的新风采。

福建省农业产业化重点龙头企业林鸿茂白莲山八卦品种植园

黄忠斌的茶叶市场情怀

王振秋

茶叶世家　父业子传

1973年阳春三月，黄忠斌出生在福安市社口镇秀峰村一个茶叶世家，其祖籍为黄烽将军故里穆阳苏堤。青少年时期的黄忠斌，心中就有一串种茶制茶的"千千结"，这种情结盖缘于他的舅舅叶乃寿。叶乃寿早年就读于福建省茶校，是制茶名家后来成为"茶界泰斗"的张天福的弟子。

1994年，黄忠斌科班毕业后就进入福安市罐头厂工作，工作虽是灌装食品，然脑子却不时受到"世家"茶香的熏陶。1996年，黄忠斌从原企业下岗后，就肩负起了经营家中茶业的重担。此间，他多多少少参与了舅舅叶乃寿为坦洋工夫寻找历史文献档案的过程，感慨之余，他心中更加坚定了对茶业事业的热爱。

坦洋工夫获金奖的证书，因岁月久远几近湮灭，是黄忠斌的舅舅历尽周折，最终在北京图书资料库找回原始文献。舅舅曾叮嘱他："坦洋工夫能在巴拿马太平洋万国博览会得金奖，是中国茶界的骄傲，也是福安茶界的骄傲，不能在我们这一代失去这段记忆。让坦洋工夫技艺在新时代焕发出昂扬的生命力，全靠你们年轻人呐！"

黄忠斌在种茶制茶等方面不断探索实践，小到制茶工艺工具的研选，大到茶业经营的运筹，皆亲力亲为。对于坦洋工夫制作技艺的打磨和精进，几年来，他花了不少的心血。2009年，他获得高级评茶员称号。

探索经营　创造佳绩

都说不想当将军的士兵，不是好士兵。2010年，高级评茶员黄忠斌，已然不满足于作坊式的小打小闹，想破茧而出一飞冲天，便打出了福安市天华源茶业有限公司的招牌，当上了公司的董事长兼总经理。他运筹帷幄，引进现代设备和先进工艺，融入传统制茶手法，不仅确保茶叶品质，还提升了制茶效率和产量。"鸟枪换炮"的当年，公司茶叶年销售额就达到了3600万元。

作为企业家自然要有一个"万宝路"的脑袋。黄忠斌的企业有了一定的积累后，他的视野也开阔了许多。那年，黄忠斌以"坦洋工夫天华源"的名义，赞助了在福安举行的闽浙赣马拉松赛，并取得了圆满成功。在媒体宣传的"轰炸"下，黄忠斌和他的天华源公司以及坦洋工夫茶的知名度一下子达到新的高度。回望一路走来的征程，黄忠斌传承家业、拼搏创业、实干兴业的经历，何尝不是堪比艰苦卓绝、顽强拼搏的马拉松赛程呢？

为了更好地提升坦洋工夫茶制作工艺技术，2013年4月，黄忠斌登门拜访了"茶界泰斗"张天福，得到张老亲切的言传身教。黄忠斌不断学习坦洋工夫制作技艺和市场经营方略，并师从茶业专家林鸿。在林鸿老师的指导下，天华源茶业公司的产品得到质的飞跃。2018年伊始，公司积极参加各级举办的坦洋工夫茶品比赛，连年获得嘉奖。

天华源茶业公司现拥有多个注册商标，其中"天华源"为公司主推品牌。10多年来，公司主打的产品以质量保证、服务优异为信誉，许多名茶荣获金奖，特别是"露华香"红茶荣获宁德市茶王赛金奖，产品畅销全国各地，深受客户好评和消费者青睐（公司还成了电力、银行等系统长期合作的供应商）。

如今，在黄忠斌带领下，天华源茶业公司拥有现代化标准生态茶叶加工厂房1座，与当地村委共建2个茶叶基地，基地总面积500多亩，可带动茶农500多户，年产茶叶1500多吨，年销售额6000多万元。

茶王街区　遐迩闻名

为了提升坦洋工夫红茶在国内茶叶市场的知名度和美誉度，很有必要在福安当地建设一个以坦洋工夫茶为主打的茶叶市场。2019 年，在各级领导和社会各界的关心支持下，黄忠斌牵头一些志同道合的企业主，挨家挨户与城阳镇岩湖村村民签订租赁合同，打造了如今的"网红"打卡点——茶王街。

拱卫福安市区北门的岩湖村，经济富庶，交通便捷。富春溪似一条玉带般环绕龙虎山流过村旁。村中还有鹰嘴岩、石板嶂、桃花岛等风景名胜，可谓山清水秀、惹人喜爱。黄忠斌选址于此自然有他的道理。

当初，名气还不怎么大的岩湖村，通过黄忠斌等一众茶人的精心打造，短短两三年，这里的茶市居然变得风风火火、热热闹闹。

茶王街落成之际，古色古香的街口牌坊，上书"中国红茶之都"几个大字，茶界泰斗张天福曾盛赞的"坦洋工夫，驰名中外"，此刻也终于有了属于自己的落脚点。清末，闽东海路开放后，坦洋工夫红茶通过三都澳海关漂洋过海，进入欧美国家，英国等数十个国家都能见到坦洋工夫茶的身影，一片树叶拴住了世人的心，并摘取了巴拿马太平洋万国博览会金奖。如今，这片树叶已然成为当下乡村振兴的希望。

走进茶王街，茶叶铺子装饰一新、整齐划一。据了解，2020 年以来，市里累计投入 350 多万元，用于街区周边环境整治提升，先后完成 1 号门楼建设、路面"白改黑"，改造门店 368 间，入驻的茶企茶商已达 210 户。商铺一开张，茶商、茶贩便像开了闸的潮水一样涌进茶王街，把整条街挤得满满当当。随着，客流量剧增和市民茶会品鉴、斗茶赛、休闲娱乐等活动的开展，茶王街迅速聚拢起人气和商气。夜幕降临，茶王街披上璀璨的夜景灯光，吸引了市民和游客争相驻足打卡，市民还选择在街上的一间茶室与家人共叙家常、共赏美景，了解坦洋工夫的历史文化。

常言道："人走，茶凉。"可如今世道不同了，不然何来人民公仆"喝了坦洋工夫茶，人走情常在"的亲民爱民情怀的赞语？而萍水相逢、颔首回礼的茶商茶客，又何来蓄满的深情与厚谊？这真是一杯饮不尽的人情世故，一街读不完的诗情画意啊！

不忘初心　砥砺前行

2021 年，黄忠斌被推选为福安市茶业协会副会长，同年在市政府的支持下，黄忠斌领导成立了福安市茶业协会茶叶市场分会，并被推选为分会会长。在分会和企业的一致推崇下，2023年1月，黄忠斌的公司被城阳镇人民政府授予2022年"服务乡村振兴先进集体"称号。

如今，知天命之年的黄忠斌仍然奋斗在坦洋工夫茶事的第一线。他的身体力行，让世人看到了一个茶人的执着和坚守。黄忠斌所追求的不仅是天华源茶业的事业繁荣，也不单是岩湖茶王街的繁荣昌盛。他心心念念的，是如何在茶王街专业市场的基础上，把原有的建材市场连片开发成茶叶市场，不断做强做大，让中国茶叶之光在世界舞台上熠熠生辉，让坦洋工夫跟随新时代中国梦的脚步，登上更大的舞台。

黄忠斌的传奇故事，不仅是一部坦洋工夫茶人的奋斗史，更是一部中国传统文化传承与发展的生动写真集。有幸生于这个伟大时代，黄忠斌以他的创业历程和匠人之心，献礼祖国复兴的华美篇章，为弘扬中国茶文化，推动乡村振兴再添上浓墨重彩的一笔。

福安富春茶城茶王街

"兴旺茶业"的兴旺之路

陈雅芳

在福安市坂中畲族乡坑下村内，年加工茶叶 1.6 万吨、综合产值达 30 亿元的坦洋工夫茶产业园一期项目正如火如荼建设，多家茶企已完成厂房建设，正在进行内部装修和设备安装调试，其中就包括省农业产业化重点龙头企业——福建省兴旺茶业有限公司。

"随着订单增多，旧厂房已无法满足生产需求，标准化厂房对我们来说迫在眉睫。"福建省兴旺茶业有限公司总经理徐玉芳介绍，目前该厂区的主体结构、基础设施建设已经完成，设备调试、生产空间规划正快马加鞭，预计年底投产。

从挨村入户收购毛茶起步，到成长为福建省首批"专精特新"企业，在30 多年的发展历程中，兴旺茶业的两代茶人如何接续发力，走出企业发展的兴旺之路？

筚路蓝缕　以启茶路

走村入户从农民手中收购毛茶，肩挑手提拿到茶叶站贩卖，谈及兴旺茶业发迹模式，福建省兴旺茶业有限公司董事长王桂松深有感触："1984 年，茶叶站主要以国营为主，受限于交通，很多农民手中的茶叶无法运出村，我就成了这两者间的'中间商'了。"

2 年时间，王桂松的足迹几乎遍布了福安种茶的乡村，这为他积累了稳定的客源，事业也渐有成色。"当时就想着如何扩大规模，解决更多农民手中茶叶卖不出去的难题。"说干就干，王桂松在 1986 年，就着手成立福安市

176

兴旺茶叶经营部，通过雇佣工人、购买运输设备，做大毛茶收购事业。

1989年，王桂松遇到了事业上的第一个挫折。"彼时茶叶站完成改制，不再归国家所有，而是私人经营。"王桂松回忆说，因社会动荡，很多茶厂无法维系，纷纷倒闭，茶厂欠的账款也随之杳无踪迹，一边是资金无法回笼，一边是从农户手中收购毛茶的钱还不上。

出路在哪？"那几年真的很难。"王桂松感叹道，开食杂店、服装店、快餐店……能经营的行当，他都去尝试，"靠着这3年的折腾，农户的欠款终于还清了。"

3年时间里，王桂松依然心系茶叶经营部的运营。当还清所有农户的欠款后，他又将重心转移到茶叶上。1998年，福建省兴旺茶业有限公司正式成立。此时王桂松已不再满足于本地市场，而是向外寻找新的机遇。"当时我们在陕西、沈阳等地设立了分部，销路还不错。"王桂松介绍，以坦洋工夫为例，批发价每斤能卖到30元，零售价能卖到100多元。

凭借独到的市场眼光，兴旺茶叶规模不断扩大，并于2005年，正式更名为福建省兴旺茶业有限公司，成为一家集茶叶种植、加工、销售、研发为一体的企业。

村企联建　共促发展

穆云畲族乡上村村位于世界地质公园白云山下，海拔736米，是第五轮省级扶贫开发工作重点村。长期以来，受地理位置等因素影响，村里大量壮年外出务工，仅剩一些老人以种植茶叶为生。茶树品种老、茶园管理技术落后、茶叶销售难……一道道难题成为村里发展茶业的一道道坎，如何破题？

村企联建为当地茶业发展带来了转机。"2016年，我们以技术帮扶入手，对上村村茶农开展茶叶种植技术培训，并指导改造茶园。"徐玉芳介绍。此外，兴旺茶业还在村里建立了茶叶初制加工厂，为村民提供就业岗位。

"茶叶采摘时就在自家茶园内忙活，茶闲时也能到兴旺茶业的初制加工厂打工，多一份收入。"对于上村村村民张幼良来说，家门口的就业机会，让他赚钱、顾家两不误。

同样的故事也在赛岐镇泰康村内发生。泰康村常年云雾缭绕，自然生态良好，盛产高品质高山云雾茶，茶园面积 2300 多亩。近年来，兴旺茶业通过村企联建方式，为泰康村茶叶加工、销售等提供技术支撑，同时将先进经营理念和发展模式引入该村，为当地茶业高质量发展注入新活力。"兴旺茶业为泰康村茶业发展传经送宝，不仅帮助村民提高茶叶种植技术，也提升了村里'造血'功能，实现村财、村民双增收。"泰康村党支部书记汤奶平喜上眉梢。

不忘来时路，兴旺茶业在做大茶产业的同时，依托"公司+基地+农户"的经营模式，与福安市 1 万多户茶农和合作社签订茶青收购协议，以订单形式解决茶农茶叶销售的后顾之忧，2022 年累计为茶农增收 2480 多万元，解决季节性劳动力 2100 多人。

在宁德市科技特派员郑楠辉看来，兴旺茶业能做强，除了与农户建立共同体联盟外，最重要的是不断在茶叶品质上下功夫。"兴旺茶业基地是福建省优质农产品标准化示范基地，种植优质新品种，采用物理、农业防治等绿色防控技术措施减少病虫害，采用'有机肥+配方肥'方式规范施肥，改良土壤，最终实现茶业提质、增效的目的。"郑楠辉介绍。

理念常新　紧跟市场

一家企业只有聚焦时代需要，与时俱进，才能获得长足发展。在坦洋工夫频频亮相全国乃至世界舞台的背景下，福安茶企也清晰意识到，只有紧跟市场步伐，才能行稳致远。兴旺茶业也不例外，多年前便开始布局更大市场。

新市场需要新布局，而新布局又离不开新血液的注入。2016 年王桂松女儿徐玉芳放弃稳定工作，回家参与兴旺茶业管理。"我大学主修国际贸易专业，进入公司后，主要负责行政管理和茶叶销售。"徐玉芳介绍，随着市场调研的深入，她发现许多客户十分看重资质认证。"当时有位客户想和我们签订 1 年 50 吨茶叶的订单，但因我们缺乏'雨林联盟认证'迟疑了。"这让徐玉芳意识到，茶叶品质是打动客户的一块敲门砖，真正能促成合作的是齐全的资质认证。

在经过 2 年的努力后，徐玉芳带领团队在 2017 年获得国际雨林联盟颁发的"雨林联盟认证"。据了解，雨林联盟认证是由成立于 1987 年的雨林联盟出具的，该联盟以向市场提供负责任的产品和服务为准则，其运行模式和准入标准已被欧美发达国家所认可，并成为彼此合作的必备基准。

"'雨林联盟认证'的获得是我们进入欧美市场的一张'绿卡'。随着该认证的通过，兴旺茶业产品身价水涨船高，成为市场新宠。"徐玉芳介绍，在茶产品单价提高 20%—30%的情况下，还有数家大型国内外茶商主动上门寻求合作。

尝到资质认证的甜头后，徐玉芳意识到，规范化管理对一家茶企发展壮大的意义。"福安产茶制茶历史悠久，坦洋工夫更是蜚声海外，我们希望通过规范化管理，用更高、更严的标准生产茶叶，让福安茶叶走得更远更久。"徐玉芳表示。

福建省农业产业化重点龙头企业兴旺茶叶新厂房

"天一阁" 坦洋工夫茶王炼成记

沈荣喜

闽之东，曰宁德，曰福安，出好茶。此茶产于白云山麓，汲取天精地华，从春初萌发第一枚叶芽开始，就为成为一泡好茶而蓄积力量。阳光使它苗壮，雨露让它成长。它在春风中静静等待，直到有一双巧手将它摘离园圃。它知道自己即将开启一段修炼的旅程，萎凋，揉捻，发酵，烘焙，筛选，再次烘焙，修行之路千难万苦。在机器的一次次搓揉下，它将身上叶芽紧缩再紧缩。在炭火的一次次烘焙中，它将体内芬芳激发再激发。一场旅程结束，它沉睡在闺阁里，只要一壶热水召唤，记忆便随之苏醒，氤氲成一杯杯沁人心脾的坦洋工夫茶。

福安城之北，有"中国红茶之都"富春茶城，有茶王街。街上商铺林立，中有名"天一阁"者，茶店也。店里有好茶，更有好茶师，其人章伏光者，"天一阁"阁主也，善制茶，屡摘市、县茶赛桂冠，声闻于街，是为坦洋工夫茶王也。

不怕不识货，就怕货比货

章伏光的老家在福安社口镇文林村，800年前南宋大儒朱熹曾寓居于此，后更名为林柄村，这里留下了许多和朱熹有关的文化遗迹。

章伏光初中毕业后跟着姐夫入行制茶，那时红茶衰败，茶厂多制绿茶。18岁那年，厂里安排他到社口镇学制茶。章伏光不仅仔细观察，还留心揣摩，他看着一摞摞茶青在师傅手上来来去去，心想：做一磨茶，究竟用多少茶青量揉捻才合适？他把心中的想法抛出来，可师傅只顾埋头做茶，并不搭理他。他是个有了想法就一定要去追寻答案的人。为了解开心中谜团，回到厂里他马上着手实践，把100斤茶青揉上半个小时，又把90斤茶青揉上一个小时……不断尝试，不断对比总结，功夫不负有心人，他发现一磨茶用75斤茶青揉制效果最佳。大家很惊讶，问他："你才去学制茶没几天，回来怎么变得这般厉害了？"他这人内向，看上去有些木讷，人家问了也只是呵呵一笑。

回到茶厂的那些日子，耳闻目睹，他觉得厂里有必要改变已有的管理思维，不能再按老路子走。他创造性地提出按照市场价格来制茶。春茶价好，不能按往常100斤的茶青量来揉，那样制出的茶质量不高。他反其道而行，减少茶青量，春茶按75斤一磨揉制，制出的茶不仅品质好，卖价也高。随着季节变化，茶叶价格下跌，在揉制的过程中逐渐加大茶青量，这样最大程度节约了人工成本，也提高了效益。那段时间，正是制茶旺季，章伏光忙碌在茶厂里，不仅要亲自参与制茶，还要指导工人，把关茶叶制作的每道程序，最忙的时候每天只能睡上2个多小时。那些日子他感觉自己就像一枚茶叶在飞速旋转的机器里不断地接受捶打磨炼。但他不惧挑战，在他的努力下，茶厂发展蒸蒸日上。有了名气，就有外地茶厂专程找上门来请他当师傅把关茶叶制作，一个晚上下来能拿到不菲的报酬。20多岁，章伏光已经到过潭头、穆阳等地，成了远近闻名的制茶师。

2006年，由于孩子要上学，章伏光把老家林柄的茶厂承包给了别人。林柄附近的南山茶厂效益一直不好，听说章伏光要离开林柄去福安开店，茶厂负责人找到他，要他留下来一起制茶。盛情难却，章伏光便来到南山茶厂。他先把工人召集来开会，让大家按他的方法制茶。可外来的和尚难当家，厂里上下对他并不怎么信服。为了让大家相信他的技术，章伏光对当家师傅说："你领着大伙先做，我不看，等你们做完我再来做。"等到他上场，先把炉火的温度调控好，从杀青到揉捻一条龙现场制作。俗话说"不怕不识货，就怕货比货"，老方法制出的茶由于茶青量大，温度不均匀，有的茶叶烤焦，有的又不会熟，揉出的茶品相、质量皆不够理想。而他由于控制好温度，用量均匀，杀青后的鲜叶颜色依然青绿，香气扑鼻，轻轻一揉就好了。茶做出来，拿到市场上去卖，别人做的卖23块，章伏光制的竟然买到了一斤28块。从那以后，厂里人对他刮目相看。在他的管理下茶厂效益逐年提高，从最初每年赚七八万，到后来的年纯利润都在30万以上。

那些年，随着红茶热再度升温，"坦洋工夫"这张金字招牌在政府的引领下逐渐被擦亮。和诸多茶人一样，章伏光也意识到红茶才是福安茶叶的前景和未来。他从2005年开始制作工夫红茶，越深入，越觉得要做出好茶，不能光闭门造车，得走出去拜师学艺。2015年，他正式拜当时坦洋工夫制作技艺代表性传承人郑明星为师，开始系统学习制作坦洋工夫红茶。章伏光头脑灵活，领悟力强，为人又谦虚，颇受郑明星的器重。遇到困惑，他总是第一时间提出来。每制出一款新茶，他都要请师傅第一个审评，师傅也直言不讳，及时指出茶叶加工中的不足，他就及时调整加工工艺，又提高了制茶技术。提到师傅郑明星，章伏光心里满是感激。他知道师傅的一次次挑刺，就是对他的一次次磨炼。只有敢于接受挑战，才能在成长的道路上突破自我，成为更好的制茶师。就像这杯子里的茶，没有一遍遍的揉捻，没有一次次的烘焙，又如何能激发出独特的芳香？他的努力，师傅看在眼里，也记在心上。师傅常说："在福安茶业界，天一阁的茶味道独特，既传承了传统坦洋工夫制作技艺，又融合创新，有自己的特点，让人喝过再也忘不了。"

这是我第一次做出这么好喝的茶

那天，我慕名来到茶王街，走过两边琳琅满目的商铺，走进天一阁茶叶店，章伏光正在包装茶叶。他见我来了，放下手中的活，从架上拿过一包茶，招呼我在茶桌旁坐了下来。

"从事制茶30多年，这是我第一次做出这么好喝的茶。"坐在我对面的章伏光递过一杯茶来，白色的陶瓷杯里是汤色金黄透亮的坦洋工夫茶，入口醇厚鲜爽，隐隐有一股淡淡的果香。他说的这款好喝的茶是2021年6月8日在宁德市首届红茶大赛中荣获创新型红茶茶王的坦洋工夫"十里飘香"。那一年，他的另一款茶"天一红"也在福安市第16届坦洋工夫杯斗茶赛中获得了传统型红茶茶王。一创新，一传统，天一阁茶叶连夺市、县两级红茶桂冠，一时轰动了茶业界。

回忆起那次大赛，章伏光印象深刻。我问他参赛前对这款茶有多大把握，他微微一笑："我感觉那次比赛拿到茶王的概率很大。"原来这之前，这款茶已经得到茶业界的认可，喝过的朋友赞不绝口，连师傅郑明星都说他制了几十年茶，这样的好茶还是第一次喝到。

我很好奇，这样的一款茶是怎样制作出来的？章伏光轻抿一口茶，说道："要做出好的茶，除了精湛的技术之外，还要有好的茶园基地，并在基地管理上下功夫。一款好茶，从采摘到制成，需要近 2 个月的时间，讲究的是天时地利人和。"章伏光告诉我，天一阁的茶园基地选在白云山东麓坦洋工夫核心产区、海拔五六百米的山南坡地，那里森林覆盖率高，水源涵养丰富。他的茶园实行的是人工管理，人工除草、人工防虫、人工施有机肥（特意选用来自内蒙古草原的羊粪）和人工采摘。说到采摘，他顿了顿："这茶青采摘有讲究，得选择天晴三日的午后采摘，这样不仅叶上的露水干透，经历了半天的日光浴，会让做出来的茶香味更足。"为了保持茶叶新鲜，避免被烈日灼烧而变红，章伏光要求采摘的茶青 1 小时就要收 1 次，收回来的茶青第一时间送到初制厂安排加工制作。在加工制作过程中，每一道程序章伏光都亲力亲为，就像对待自己的孩子一样百般呵护。不仅安排上空调和抽湿机，平常一条装 300 斤茶青的萎凋槽，做那款"十里飘香"只装了 100 斤，这样透气充分，使萎凋出来的茶青更均匀。等茶青萎凋到第二天早上 8 点才开始揉捻，揉出来的茶叶条形紧缩。为了让揉好的茶叶发酵更充分，平时一个篮子装 40 斤，这次他只装了 25 斤。在烘焙环节，为了提高清爽度，原来烘焙床放的是 80 斤的茶叶，他也只薄薄摊了 30 斤。

一道道程序盘下来，我以为应该好了，可章伏光摆摆手说："没呢，还得筛选精制，再次烘焙，温度控制在 65 度到 70 度之间，每半个小时翻一次，需要 6 个小时才能最终完成。"

我有些愕然了，对眼前这杯茶、这个制茶师油然而生出一股敬意来。原来一泡茶也要经历这样的重重磨炼，才能化成唇齿间曼妙的滋味啊！

坦洋工夫茶新的味道

对于今后的规划，章伏光告诉我，他要把"天一阁"这个品牌做得更好，要做出有文化品味的坦洋工夫茶。

我问他方向在哪里。他微微一笑，从旁边拿过一个牌子，我一看是他获得福安市第 17 届"坦洋工夫"杯斗茶赛金奖的奖牌。章伏光指着奖牌右上角的"示我周行"说："你看，这是我们公司最新注册的一款茶叶商标。"我好奇为什么会取这样一个名字。"我老家林柄村，原名文林村。800 年前南宋的理学家朱熹曾到过我们村，他在那里设帐授徒，留下了聚众厅、双凤井等许多文化遗迹。每次回老家，走进村子就能看到大门上'示我周行'的匾额，那便是朱熹的手笔。如今村子正在打造朱熹广场，发扬朱子文化。我们茶厂和基地都在林柄。我想做一款好茶，技术固然重要，如果能嫁接当地文化，让文化赋能，便可以进一步激发我们坦洋工夫茶产业的创新活力。这是朱熹给我们指出的大道，也是我一直追求的方向。"章伏光说着又递过一杯茶来。

我端起白瓷杯，呷了一口，茶香悠悠，仿佛有一股清爽的风从胸前拂过。它一定来自白云山的某个山麓，那里有蓊郁的森林，有清幽的泉流，林间鸟声鸣啭，阳光在茶园的叶子上跳跃，还有山下林柄村朱子的遗泽，都一一汇聚在这透亮的汤汁里，妙不可言。

我忽然想起制茶大师郑明星对章伏光的评价——是的，这一杯清爽鲜甜的茶汤里，有着这条茶叶街与众不同的味道，那是天一阁的味道，更是茶王的味道。

这也是坦洋工夫茶新的味道！

好一朵美丽的 "茉莉花"

——访茗春馨香茶业公司总经理扬晶晶

黄锦国

题记：

　　窨得茉莉无上味，列作人间第一香。

　　金秋的夜晚，携着一缕怡人的晚风，轻快地来到岩湖坂，徜徉在茶香飘逸的茶王街上，那一块块流光溢彩而又古意盎然的茶行招牌让人赏心悦目、目不暇接。终于，在廊亭东侧找到了心仪已久的 "茗春馨香" 茶庄。步入店内，只见一位30出头的妙龄女子正在埋头整理着茶礼盒，她便是我们要寻访的店主杨晶晶。

无由持一碗，寄予爱茶人

　　杨晶晶得知我们的来意，便热情邀我们入座，一边忙着烧水洗杯泡茶，一边娓娓地讲述起她与茶不解的情缘。杨晶晶娘家在湖塘坂，家里有数亩茶园，还有一个小茶厂。很小的时候，每到茶季，她就会被忙着采茶制茶的父母、奶奶带上山，吃住在茶厂，茶园、茶厂就成了她嬉戏玩闹的场所。耳濡目染，稍稍长大一点，她就无师自通地学会了采茶，懂得了帮父母看秤收购茶青，当父母初制茶叶的小助手。

　　那时，福安主打制作茉莉花茶，很多乡镇都种植茉莉花。她家也有一大片，于是她常常在午后顶着烈日到田里摘茉莉花，赚取零花钱。说到这些，杨晶晶脸上露出甜美的微笑，似乎还沉浸在儿时劳动给她带来的快乐之中。

　　茶园、茶厂、茶叶、茉莉花，在幼小的杨晶晶心中打上深深的烙印，以至于她对茶叶与茉莉花有着一种特殊的情感。长大后，她竟以茶为缘、以花为媒，嫁入了一个制茶世家，成为这一家族的第三代制茶人。

家学有渊源，传之于艾轩

杨晶晶夫家在坂中，其先生的外公黄成周，生于 20 世纪 30 年代，是新中国培养的第一代茶师，先后担任过福安县制茶所制茶师、福安茶厂制茶师、寿宁斜滩茶站干部、福安上白石茶站审评鉴定专家、福安坂中茶叶站站长，有着一手过硬的制茶技艺。

其公公陈灿光师承黄老先生，于 20 世纪 80 年初期就开始学习制茶并供职于坂中茶叶站；因国营茶厂改制，于 1992 年与龚达元、陈郑众等人合伙成立福安市天香茶厂；后因股东分解，于 1996 年成立茗春茶厂（2002 年更名为福安市茗春馨香茶叶有限公司）。他制作的茉莉花茶不仅于 2002 年、2003 年、2004 年连续 3 年蝉联"茶王"称号，公司产品还先后获得中国绿色食品、国际名茶金奖、福建省优质茶、福建省名茶等近百项荣誉。

其中，2002 年获奖的 100 克"茉莉茶王"经过多轮竞拍，被中华老字号北京"吴裕泰"茶庄以 6.6 万元天价拍得，创造了至今无人超越的辉煌。"吴裕泰"茶庄还与茗春馨香茶叶有限公司签订了产销协议。自此，该公司所产的茉莉花茶系列产品均由"吴裕泰"茶庄总经销。这不仅奠定了陈灿光作为福安茉莉花茶领军者之一的坚实基础，也为他振兴坦洋工夫茶提供有利条件。2007 年陈灿光参与福建坦洋工夫集团的创建，成为原始股东之一。

提起陈灿光，对其人品、制茶技术及对福安茶业的贡献，作为当年茶叶营销大户和高级茶叶审评师的杨柳明，由衷地竖起大拇指啧啧称赞！

闻道有先后，术业有专攻

杨晶晶大学攻读外语外贸专业，原就职于国内一家著名企业，出于对家庭、对茶叶深沉的爱，竟义无反顾地辞去高薪职位，返乡协助打理茶叶生意，出任福安市茗春馨香茶叶有限公司总经理。她于 2014 年开始学习茶艺，2018 年正式跟随公公陈灿光系统学习制茶。

杨晶晶学习特别用功、特别执着，常常不顾风吹日晒深入茶园，了解不同季节、不同品种茶叶的生长情况及品质；常常不怕酷暑高温深入茶厂，了解茉莉花茶制胚、伺花、窨花、散通、起花、烘焙、均堆、装箱等制作工艺，掌握温度、湿度、时长与茶叶品质的微妙关系。功夫不负有心人，她先后获得了高级制茶师、高级评茶员、高级茶艺师的资质，成了一名名副其实的制茶人。

杨晶晶深谙要制作出高质量的茉莉花茶，除了有好茶胚外，还要有高品质的茉莉花，因此她就四处取经，反复实验，最终利用福建茉莉花原始品种和新品种嫁接培育出多瓣高香品种茉莉花。茶吸花香，花增茶味，她们生产的茉莉花茶既有花的鲜灵清香，又有茶的绵口清甜，既做到杯盏留香、口齿生香，又做到清甜爽口、生津润喉，总是胜人一筹。

杨晶晶勤于学习，善于观察与思考，处理好守成与求变的关系，在传承的基础上大胆实验探索。不知经过了多少个日日夜夜的苦战，经历了多少次失败，遭受了多少回挫折，花费了多少资金，报废了多少茶胚与茉莉花，她终于突破了红茶湿度把控关和白茶选胚关，创新了花茶制作工艺，以坦洋工夫茶、白毫银针为胚研发出"坦洋工夫茉莉红""茉莉白茶"新品种。至今公司拥有茉莉花绿茶、茉莉花红茶、茉莉花白茶三大系列20多个等级，极大满足了市场的不同需求，制作工艺也有望获得国家专利。2021年，杨晶晶与公公联手制作的茉莉花茶，代表北京吴裕泰茶叶股份有限公司参加全国茉莉花茶加工制作精英赛荣获二等奖。

同时，杨晶晶还致力于坦洋工夫主流产品的开发提升，其制作的坦洋工夫红茶"香凝红"先后获得2021年"奇古枝杯"银奖、2022年福安市第17届"坦洋工夫"杯斗茶赛金奖、2022年第二届世界红茶质量推选活动金奖，成为坦洋工夫茶家族耀眼的一员。

功崇惟志，业广惟勤。一个个新产品的研发，一份份荣誉的获得，总要以无数次的坚持与付出为前提的。用杨晶晶的话来说，制茶是很辛苦的，只有用生养孩子的情感和智慧，才能做出一杯好茶！

一枝独秀不是春，百花齐放春满园

作为有文化、有理想、有抱负的新一代茶人，杨晶晶将眼光投放得很远，她不仅利用专业特长，成立宁德市云时代网络科技有限公司，开拓网上营销渠道，还投资建设茶庄园，把特色产业景区化，变茶园为"游园、学园"，变风景为"前景、钱景"，走"以茶带旅，以茶研学，旅学促茶"之路，推进茶旅研学融合，扩大就业面，带领乡亲发家致富。

她秉持"大家好才是真的好"的发展理念，与穆云乡当时的 5 个贫困村和 6 个产业薄弱村达成茶园基地战略伙伴关系，提供种苗、技术、资金，还与茶农签订保底收购合同，帮助茶农增产增收，促进乡村振兴，也为公司赢得优质而稳定的茶叶来源。

作为宁德市职业技术学院的客座讲师，她俯首甘为孺子牛，毫不保留地给学生们传授制茶、评茶、品茶技艺，乃至将自己独特的体验感悟和盘托出，并不计得失地将茶园、茶场、茶厂当作学生实践基地，只为茶文化的传承、新生代茶人的培养。

在杨晶晶与她公公两代人的共同努力下，福安市茗春馨香茶叶有限公司现拥有福安坂中乡茶叶加工厂、城阳镇东口茶庄园、穆云乡茶叶分装厂和福鼎点头镇生产厂等 4 处厂房，建立茶叶基地 3260 亩，年产值上亿元。从 2003 年起，公司连续 20 多年被评为福安市农业纳税大户、福建省农业产业化龙头企业。众望所归，杨晶晶也当选福安市茶业协会副会长、福安市巾帼创业协会副会长、福安市妇联执委等，在更加广阔的天地发挥着天赋与才干。

"一般茉莉花茶是两三窨，而做到六窨已算极品，九窨则是对茶叶本质与制茶工夫的两重考验，'茶王'当之无愧！"听闻杨柳明如是说，更觉得杯中虽已冲过三壶水的九窨"茉莉红"依旧清香四溢、清甜无比。而眼前这位既懂得制茶又懂得市场营销，端庄、聪慧、勤勉的姑娘杨晶晶，难道不就是一朵令茶叶"香甜入水、香气鲜灵自然、汤色通透清亮"的极品"茉莉花"吗？

走向世界的坦洋工夫

梦　笔

参加一次筵席，既享受了美食，又享受了文化盛宴，福建凤鼎翔茶业股份有限公司总经理缪青云感觉，出席这次在 SIAL 西雅国际食品展航旅餐优秀厨师烹饪锦标赛，真的不虚此行。这场锦标赛不仅是对航空产业链的献礼，也是一次中外文化的碰撞与融合。而福建茶企凤鼎翔茶业股份有限公司所提供的"凤鼎翔"坦洋工夫红茶，则成了这场盛事让与会者记忆尤深的"尤物"。凤鼎翔茶业股份有限公司，作为一家备受瞩目的茶叶生产企业，以其高品质的茶叶产品和卓越的茶叶文化传承在业界脱颖而出。该公司总部位于中国茶叶的发源地之一的福建省。这里，得天独厚的自然条件和悠久的茶文化传统，为茶企的发展奠定了坚实的基础。

在"中国茶叶之乡"福建福安，凤鼎翔茶业极负盛名，企业以其出色的制茶工艺和精湛技术蜚声遐迩，企业在茶叶种植、采摘、制作过程中，始终坚持严格的品质标准，确保每一片茶叶都能够保持最佳的鲜活度和可适度。"凤鼎翔"坦洋工夫红茶作为公司的代表性产品，充分展现了凤鼎翔茶业的专业水准和对茶叶品质的执着追求。

在第 3 届 CAMC 航旅餐优秀厨师烹饪锦标赛上，8 支航旅餐厨师队伍激烈竞技，向全球的观众和航旅餐相关行业的从业者，展示了一场富有创意的饮食盛宴。这场锦标赛的举办，不仅仅是一场美食的角逐，更是对航空配餐在航空产业链中不可或缺地位的一次认证。航空公司的品牌形象、运营成本和经营效率，都与航空配餐的效率、品质息息相关。

令人感到意外的是，在这次盛会上，凤鼎翔茶业股份有限公司生产的坦洋工夫红茶成了一道亮丽的风景线。来自航空公司、航空配食公司，以及知名酒店的航旅餐专业人士受邀出席赛事，对参赛队伍的产品进行品评并相互交流。在这些评委和行业专家的品鉴下，"凤鼎翔"坦洋工夫红茶，凭借其香气高锐持久、花果香浓郁、汤色红艳明亮，及茶味鲜、醇、滑、甘、爽等特点，受到了一致好评。为此，2023 年 8 月 21 日，中国航空运输协会客舱乘务工作委员会还特向凤鼎翔茶业股份有限公司致感谢信，信中说："贵公司高度重视、精心准备，为（这次）培训研讨提供了精致的茶歇服务，种类丰富、品质优良、服务贴切、工作到位，展现了中国航空食品优秀的服务意识和服务水平，受到了参训学员、授课讲师以及出席领导的一致好评。中国航协客舱委谨向贵公司表示衷心感谢。"

坦洋工夫红茶以其优良品质和独特的制作工艺，自 1915 年获得巴拿马太平洋万国博览会金奖后，便在茶界崭露头角，以致被英国皇室作为特供茶。近年来，坦洋工夫更是在国外频频出圈：在第 10 届巴拿马中国贸易展览会上，坦洋工夫红茶作为中国主要参展品；在意大利米兰世博会上，坦洋工夫茶入选中国全球合作伙伴及唯一指定用茶……陈思曼女士为旅阿戏剧花腔女高音歌唱家，也是迪拜贝尔康多艺术协会的主席，于 2023 年 7 月，将坦洋工夫红茶引入阿拉伯联合酋长国，并馈赠给王室成员。王室成员品茗闻香后便陶醉其中，对坦洋工夫红茶赞不绝口，称其不愧为中国名茶、世界名茶。

坦洋工夫红茶以其卓越的品质和独特的魅力，向世界展示了中国国饮的无穷魅力。这种佳茗不仅代表了福建的传统制茶工艺，也代表了中华茶文化的源远流长。世人更加深刻地认识到，中国茶不仅在国内拥有广阔的市场，也能够在国际舞台上展现其独特魅力，赢得世界性的喜爱和尊重。

坦洋工夫红茶的成功走向世界，离不开本土企业家的深耕，更离不开像陈思曼女士这样热爱中国茶文化的各界人士的倡导与推崇。陈思曼女士是一位将坦洋工夫红茶带到远方的使者，也是向世界传递中国茶文化的使者。她认为，优质的坦洋工夫红茶不仅应该留在家乡，更应该让更多的人品味到福建家乡的好茶。在她的努力下，坦洋工夫红茶正以其芬芳的气味和醇厚的口感，赢得世界爱茶者的心。让我们共同期待，坦洋工夫红茶能够在未来的日子里，继续走向世界、走向辉煌。

坦洋村真武桥

在域外茶市开拓奋进的福安茶人

郭雅明

坦洋工夫茶是福安人的骄傲。坦洋工夫茶"色艳香浓，鲜纯清甘"，一度为英王室所垂青。清同治年间（1862—1875），"遂翕然称颂岛外"，"会英商购买华茶，以坦洋出产为最……" 1915 年，巴拿马万国博览会上，坦洋工夫红茶斩获了金奖，乃"华茶之光"。

坦洋工夫茶，对在这片土地上生息绵延的人们而言，已不是一杯茶那么简单，故乡、乡愁和振兴都已经和坦洋工夫茶紧密相连。

从南到北，唯茶之雄心

刘忠雄出生在福安一个小山村，家族世代以做茶为生。他从小听着坦洋工夫茶的传奇历史、闻着坦洋工夫茶香长大，小小年纪就跟着父亲种茶、制茶，他的命运，与这片叶子紧紧相连。

2003 年，26 岁的刘忠雄手握着这片叶子赋予他的灵气和胆识，走出福安到天津创业，开始做茶叶销售。父亲嘱咐："我们农村人在外面一定要踏踏实实，再不济还可以回来跟我做茶，千万不能做坑蒙拐骗、违法犯纪的事情给家乡丢脸。"父亲的话像茶汤一样红润透亮，成为刘忠雄为人处世的行为准则。

天津人豁达豪爽、热情开朗，爱喝口浓热茶，尤其喜爱绿茶和花茶，讲究一天三遍茶："早茶一盅，一天威风；午茶一盅，劳动轻松；晚茶一盅，提神去痛。"刘忠雄喜欢与自己对脾气的天津人，看中了这个北京后花园蕴藏的巨大商机，他使出与父亲在老家种茶制茶的执着功夫，在人生地不熟的天津茶市默默"开荒拓土"。刘忠雄发现，天津虽为北方集散中心，南来北往，新鲜事物层出不穷，但天津人并不喜新厌旧，一种茶叶可以喝好久。他创立中雄御品茶叶品牌，恪守"没有大的市场波动切忌随意提价或降质"的原则。"否则喝走天津人的茶口儿，那买卖可就要倒牌子了！"刘忠雄说。

一杯有灵魂的好茶一定会注入茶人的勤奋钻研和艰辛付出，刘忠雄总结提炼出"工以细心、研以用心、食以安心，此三者为茶之雄心"。他雄心勃勃地向天津人推介来自家乡的好茶，赢得了天津茶客的好评并拥有了一席之地，旗下品牌直营店、加盟店覆盖天津、北京、河北、江苏等区域。他牵头组织多家知名茶叶制造商和经销商企业成立天津市茶叶流通协会，亲自担任首届会长，加强行业自律诚信经营。

茶的天然香韵，每每能触动人们最隐秘而深埋的记忆或乡愁。已小有成就的刘忠雄带着积累的商业资源，回到家乡成立福建省中福农科农业有限公司，组织父老乡亲打造1200多亩生态茶园基地、1座初制厂、1座精制厂、1处茶庄园，企业初具规模，让家乡茶农吃上"产业饭"，端起"致富碗"。他拜师茶界泰斗张天福先生弟子郑辉教授，苦研茶技，被公布为非物质文化遗产坦洋工夫技艺传承人。他手工制作的坦洋工夫红茶"帝王味"、福安白茶"中雄雪芽"屡获全国大奖，产品受到市场推崇，迅速打开北方市场。

家乡是情感的汇聚、血脉的相牵，也是合作的因缘、前行的动力。刘忠雄的事业一路发展，与北京外交人员综合服务公司合作，为中国外交人员和外国驻中国外交官提供平价优质的坦洋工夫茶和福安白茶，是福建省唯一一家入选的红茶、白茶生产商。他与在津福安茶企成立坦洋工夫天津推广中心，并受福安茶产业发展中心委托在天津设立坦洋工夫广告牌43处，极大地提高了坦洋工夫茶在天津及周边地区的品牌知名度。仅2021年就举办50多场坦洋工夫主题活动，邀请中高端受众参与，实现坦洋工夫京津冀消费者意见领袖的公关培育，创造了坦洋工夫茶独特的新闻舆论价值。他还受邀到北京外交人员综合服务公司、天津南开大学、厦门航空等单位举办坦洋工夫专题讲座有效地扩展了大众对坦洋工夫茶的认知。

就像大地母亲是安泰的力量源泉一样，家乡始终是刘忠雄放不下的牵挂。

为家乡茶产业的发展，为做大做强坦洋工夫品牌，他更加频繁地奔走于福安和天津之间，期盼着家乡再现童年歌谣吟诵的盛景："国家大兴，茶换黄金；船泊龙凤桥，白银用斗量。"

茶香齐鲁，有爱有情有温度

10多年前，在山东提起福建三大工夫红茶之一的"坦洋工夫"，没有几个人说知道。如今，这一历史名茶在齐鲁大地已经生根发芽。对此，坦洋工夫北方联合会会长池华荣功不可没。

"都说这世上有很多美好，其中之一就是奔赴自己的热爱。"1998年，18岁的池华荣想要拥有一份和茶有关的事业，他和同样不到20岁的哥哥北上山东，扎根济南茶叶批发市场。创业远比池华荣想象中的更加不易，他们是当时市场上最小的商户，"闽英茶庄"是最初的店名。十几平方米的小店，白天开门卖茶，晚上就把沙发床打开睡觉。年纪轻轻却勤恳敢闯、热心可爱，市场其他商户都愿意帮助和照顾这两个年轻的小兄弟。从散茶到品牌代理，从代理到做自己的品牌，他们一步一个脚印，每一步都力求完美。20多年过去，从前的翩翩少年，如今已经深明茶理与经营之道，事业稳步发展。但不变的是内心深处对茶叶的热爱与执念。

也许是家乡的青砖大厝带给他青砖黑瓦的明朗、飞檐翘脊的灵性；也许是坦洋工夫传统茶香赋予他古典茶情的优雅、温润如玉的情怀；也许是久浸儒学之邦启发他诗人潜质的觉醒、字里行间的暖意。池华荣以家文化为主题，以亲情为主线，先后创建了自己独有的"济南茗露茶叶有限公司""福安市茗露农业发展有限公司"，并创立了"妍语佳茗""启枝"系列坦洋工夫品牌，而后又创立了"阿姆手作茶"这个怀旧的传统茶类品牌。"有山有水，有你有我，有茶有家。"故乡的山山水水、一枝一叶始终萦绕在他心间。做有温度的产品，让每一杯茶汤传递这种温暖，是他始终不变的初心。他与山东浪潮质量链科技公司战略合作打造品牌孵化和产业生态，在家乡建立200多亩高海拔有机茶园基地，采用区块链质量码溯源，还建立了涵盖全国各大产区各茶类的合作供应链。

怀揣将茶业作为终身奋斗事业的决心和匠心，池华荣担起"中国茶文化的传播者、中国茶叶消费形式的革新者"重任，浓厚的家国情怀成为对家乡坦洋工夫茶的深情表达。他潜心挖掘坦洋工夫历史文化内涵，追根溯源，整理散落各处的碎片化历史资料，对坦洋工夫的制作工艺、品种、历史做了归纳，编写了《坦洋工夫茶》"纪元篇""品种篇""工艺篇"。2016年，池华荣联合30余位老乡和坦洋工夫红茶山东经销商，组建起了坦洋工夫北方联合会，并首任坦洋工夫北方联合会会长。池华荣说："我们北方联合会一个很重要的任务，就是开拓销售渠道，优化坦洋工夫茶农、茶企、茶商、消费者之间的秩序，整顿业界环境，让茶农得到重视，从源头改进产品，让消费者最终受益！"

茶人的行路，藏着与万里江山中那一盏茶汤的会晤。他不辞辛苦，多次组织会员到全国各地参加茶博会、进京录制电视节目、举办各种茶事活动，尽一切可能大力宣传推广坦洋工夫茶。随着这一公共品牌影响力不断扩大，坦洋工夫北方联合会的会员发展到上百名，遍及山东各地市和北京、天津、江苏、河北等地。北方茶叶市场经营坦洋工夫茶的商铺遍地开花。实现了从无到有到被越来越多的人认可，坦洋工夫在北方市场终于站稳了脚跟。

不同时期的茶人，都被时代赋予了不同的角色定位。池华荣以及北方联合会的伙伴们担起"义务推广大使"的角色：从策划成立北方联合会之初，参加多场全国范围的茶叶博览会；成功举办多期坦洋工夫推介会、品鉴会；主办茶席设计大赛；带领青年茶人前去福安寻茶……所有的茶事活动都是公益性质的，就是想让更多的人全面、系统、客观地了解坦洋工夫茶。"我们还要做系列'溯源茶会'，目的就是对坦洋工夫追根溯源，让这一历史名茶更加深入人心。"池华荣温和而坚定，未来联合会将继续举办多场茶事活动和公益活动，进一步扩大坦洋工夫的品牌影响力，致力于推广坦洋工夫，让更多人认识和了解坦洋工夫。

"作为福安人，我有责任和义务怀揣一颗公心把这门祖宗的手艺传给后代，让更多的国人，甚至国际友人，了解这款有数百年历史传承的好茶。"作为非物质文化遗产坦洋工夫技艺传承人，池华荣希望通过这么多年实践与理论的结合，推动坦洋工夫茶生产实现国家级层面的标准化，并与更多茶文化教学培训和传播机构合作，把坦洋工夫这种好茶以及福安的山山水水推荐给更多的朋友。

在全国各地乃至世界各国从事茶叶销售的福安人据不完全统计有 3 万多人，刘忠雄、池华荣只是两位代表。他们像一群又一群候鸟迁徙，衔着家乡的这一片茶叶，让"坦洋工夫香飘四海"，深情且执着。

"福安媳妇" 回娘家

雷敏功

2023 年 3 月 15 至 17 日，首届中国红茶大会暨坦洋工夫茶旅文化节在福建福安举行。

400 多位来自全国各大红茶主产区的领导、专家、企业代表欢聚一堂。

莅临大会的一位女嘉宾受到福安朋友的热忱欢迎。她雍容大气、气质优雅，微笑着和福安朋友们一一问好，合影留念。

她叫刘方。

刘方担任的社会职务很多：湖北省政府参事、武汉市广告协会会长等等，但她最引以为骄傲的是福安茶叶协会 2022 年授予的"坦洋工夫茶高级顾问"称号。

刘方是位资深品茗者，爱茶 30 载，品鉴了无数好茶。而今，她是"罢饮百家，独尊坦洋"。

2018 年，她应邀出席在武汉举行的中国茶博会。偌大的展厅人头攒动，茶香弥漫，各路名茶在此争奇斗艳。

刘方一个一个摊位品尝。当她端起一杯坦洋工夫红茶，那红亮的汤色、浓郁的桂圆果香、鲜爽醇甜的口感令她惊艳。刘方问茶老板："您这个茶怎么卖呀？"茶老板说："这个茶叫坦洋工夫，不过有点贵哦，您可能喝不起，每斤 2 万元呢！"

刘方不愠不嗔，笑盈盈地轻声说："我买 10 斤。"

福安茶商回去后，向当地领导聊起此事，领导当即批评他："这是咱们坦洋工夫的贵人！你赶快联系她，邀请她来福安做客。"

不久，刚从瑞士考察回国的刘方，踏上了福安这片热土。

当地政府部门对茶企、茶农、茶产业的重视给她留下了深刻印象。

当刘方走进白云山下的坦洋村，山村恬静清幽的环境、清澈的小溪、古老的民居、环绕村庄的茶山、充满工匠精神的制茶工艺，无不令她惊喜，感觉这里像极了瑞士的乡村。所到之处，她接触到的福安人，无论是政府官员，还是茶商、茶农，都是那么热情诚挚，令她仿佛回到了久别的故乡。

正是此番考察，开启了她与坦洋工夫一生一世的茶缘。

之后，刘方不遗余力地向朋友们推介坦洋工夫。

2021年10月，湖北省相关部门领导、专家、学者组团赴闽，开展《万里茶道申遗及茶旅文产融合发展》课题调研，受到福建朋友的热忱接待。刘方既是客人，更似主人，考察团的朋友们都笑称她是"福安的媳妇回娘家了"。

刘方一直有个夙愿，想让坦洋工夫在江城安个家。2022年，美丽的汉口江滩公园旁，"坦洋工夫华中推广中心"正式成立。

只要有空，刘方几乎天天都待在这里，邀请、接待无数朋友来品味坦洋工夫。

在她的带动下，许多人都爱上了坦洋工夫。

刘方社会活动很多，每天日程都排得很满，但她始终精力旺盛、不知疲倦。朋友们向她取经，刘方笑答："因为喝了坦洋工夫呀！"

用一生的爱去寻找，天天品坦洋，乐在茶中。

在这位"福安媳妇"的心中，人生的一切美好，皆归于坦洋工夫。

岁月的河流

——访"金翼"品牌创始人李彦晨

陈曼山

最初关注李彦晨，是因为他的一首题为《回家》的小诗。诗发表在 1994 年 1 月的日本《中文导报》上，同版面的，还有一首海子的诗。能和海子的诗并列于同一版面的，这个诗人也一定不简单吧——这是我对李彦晨的最初印象。后来在慢慢了解了他的经历和读了他写的许多文章后，我不仅看到了一位诗人，似乎还看到了一条漫长的关于岁月的河流。

李彦晨是被宁德市认定的坦洋工夫非物质文化遗产传承人。"你品品这两款茶，都是坦洋工夫，但一款是古法制作，一款是新法制作。"说起坦洋工夫，坐在我对面主人位、正在泡茶的李彦晨顿时眉飞色舞。"感觉古法制作的香气会比新法的内敛一些。"我啜了几口后，小心翼翼地说道。没想到我这说法一下子激起了他的兴致，他细细地讲述起眼前的这两款茶，讲起它们的制作工艺，讲起它们的前世今生……

"坦洋工夫的初制一般包括萎凋、揉捻、发酵、烘焙四道工序，在初制的基础上，再通过烘干、筛分、切断、拣剔、分选、匀堆、分装等多道工序，去除杂质，统一外形，让条索紧结、外形隽秀，以提升香气，使红茶在品质上臻于完美。"李彦晨娓娓道来，"现在大多工序都采用机器设备进行制作，但真正的茶人应掌握手工制作方法，因为只有用双手去触摸茶叶，用心去感受茶叶，才能成为一个真正意义上的茶人。"我想起了那天在坦洋见到的横楼，这座始建于清咸丰年间（1851—1861）的建筑的顶楼里，几十个萎凋架一字排开，每个萎凋架上是层层叠叠的圆形竹匾。午后的阳光穿过木窗，斜斜照在萎凋架上，明明暗暗，令人只觉恍恍惚惚，一种穿越时空的感觉蓦地

199

生出。我似乎看到了许多茶人正将刚采到的新鲜茶叶均匀地撒在竹匾上，似乎还看到了茶人们的手和茶叶们在阳光下欢快跃动。

"我父亲曾教导我说，制茶是要用心的。比如揉捻，看似简单，其实蕴含万千变化。嫩叶要轻揉，老叶要重揉，用力必须均匀，力道必须到位，红茶身段是否'婀娜隽秀'，全看你是否用心。你用心了你的手法才能到位。"说到父亲，李彦晨显得有些激动，"在我出生后不久，父亲就到坦洋初制厂工作。那时，社口到坦洋还没通车。一开始，父亲是用箩筐将我挑去的，一箩筐是货物，另一箩筐是我。稍大一点，是父亲牵着我的手，沿着崎岖的山路慢慢走到坦洋。所以我的童年几乎就是在坦洋村的坦洋茶厂度过的。我父亲是国营福安茶厂的第一批员工，从打杂的通讯员成长为党委书记、厂长，他把自己的一生都奉献给了福安茶厂。"李彦晨的眼眶有些湿润。

一个人该有怎样的热爱才能让自己的一生孜孜以求，才能在一个领域倾注自己所有的心血和热情？"当你站在晨光熹微、云雾缭绕的白云山上，看着闪着绿色光芒的一排排茶树，看着那些头戴竹笠、肩挎竹篓、双手翻飞采摘芽叶的茶农，你的心会很安静。"诗人李彦晨说。是啊，山川钟灵毓秀，岁月平静如斯，当大自然的美与时光的温度在人的心底真正如水乳般交融时，你一定会不懈追求，不悔付出。

"我父亲就是这样的人。"李彦晨感慨万千。李彦晨的父亲李敏泉是一名出国援外的茶叶专家，是中华人民共和国成立后闽东有突出贡献的茶人之一，同时也是坦洋工夫鼎盛时期的主要代表人物。在国营坦洋茶厂工作期间，他曾师从国营坦洋茶厂总审评师的施福隆。施福隆是施光凌四代孙，而施光凌正是坦洋工夫的创始人之一。

"我的外婆是施光凌第五代的直系孙女。一代代的传承，从祖辈到父辈，如今再到我，作为坦洋工夫非遗传承人，我深感责任重大。"李彦晨边说边取出许多老照片，摆放在我的面前，"这张是拍摄于1954年的老照片，是国营坦洋茶厂的职工合影，后排右二为时任坦洋茶厂茶叶总审评师的施福隆，前排右二就是我父亲——当时还很年轻的李敏泉。这张是当时福安茶厂的代金券，可见当时企业经营的规模。这张是父亲主持开发的部分茶叶包装，当时正是国企市场化的开端。这张是我与当代茶圣张天福及其题写的墨宝合影……”李彦晨如数家珍，滔滔不绝。我慢慢翻看着，仿佛行走在一条长长的时光隧道里，岁月积聚而来的气息仿佛在我眼前弥漫成激情燃烧的影像，那时的青春，那时的奋斗，定格在坦洋工夫漫长的岁月里，熠熠生辉。

一张照片吸引了我，照片里李彦晨的父亲李敏泉正在非洲马里指导工人制茶。“大约是 1965 年，父亲被选拔成为出国援外专家。”李彦晨回忆道，“当时的坦洋红茶初制厂是国家红茶生产的一个中心，生产的坦洋工夫茶叶直接出口到欧洲和苏联，为中华人民共和国换回急需的外汇。年轻的父亲先后担任技术股长和技术副厂长，天天忙于技术创新和产品研制。”

“国营福安茶厂成立于 1952 年，当时正值中华人民共和国成立初期，百业待兴，急需外汇。那时，福安茶厂全体员工夜以继日、忘我工作，建厂 40 多年来，平均年产五六万担茶叶，按现在的市值估算年产值将近 20 亿元，为国家的建设做出了不小的贡献。”李彦晨深情回忆、娓娓道来，“20 世纪 60 年代，国际环境上还不够理想，各种势力在国门之外以不友好的眼光打量着中国。为打破这种状况，周总理亲自策划，开启了茶叶外交，将中国的茶叶专家派到非洲，帮助非洲人民种植和生产茶叶。小小的茶叶充当了使者，架起了中国和非洲的友谊之桥。”

“当时年仅 30 岁的父亲李敏泉成为坦洋村走出的第一位援外茶叶专家，帮助非洲建立起红茶和绿茶生产线，受到马里国家领导人和我们国家外交部和农业部的嘉奖，载誉而归。”提到父亲，李彦晨脸上又一次写满骄傲。是啊，能够将自己毕生的事业和祖国建设发展紧紧相连，能够让自己辛苦付出的每一滴汗水都卓有成效，这是何等的荣耀和自豪！

也许是岁月的召唤，也许是骨子里原本就流淌着的对坦洋工夫的爱，李彦晨接过了传承坦洋工夫非物质文化遗产的大旗。2007 年开始，李彦晨参与筹建福建坦洋工夫集团，先后任副总经理、总经理；2014 年，独资组建“金红茶（福建）茶业股份有限公司”；2017 年，作为茶行业的代表，参与纪录片《福安味道》中茶专集《茶中故旧是坦洋》的拍摄；2018 年，被公布为坦洋工夫非物质文化遗产传承人。10 多年来，他一直执着于茶产业发展，见证了坦洋工夫在 21 世纪的发展历程，真正领悟了坦洋工夫的魅力所在。他还将他的母校校友——中国农业大学的教授、硕士、博士们带到坦洋，让他们品鉴坦洋工夫的醇厚韵味，向他们讲述坦洋工夫的前世今生，和校友们共同探讨坦洋工夫的未来发展之路。

"坦洋工夫经历 1 个多世纪的风风雨雨，愈挫愈勇。这是一个具有历史厚度的品牌，几代人为之努力、为之奉献，应该是目前中国最好的茶品牌之一。习近平总书记在宁德期间，对闽东茶产业发展做出大量指示，多次莅临现场指导。如今，闽东茶业正从传统主导农业产业，转型升级为乡村振兴的支柱产业，相信坦洋工夫的未来必将更加辉煌。"李彦晨坚定地说。

那天的坦洋村，我站在施氏宗祠庭院里的一茶人塑像前，思绪万千。这是李彦晨的先祖、坦洋工夫创始人之一施光凌的塑像。在那个遥远的时代，这个当时的武状元放弃仕途，选择了坦洋工夫。那时，他是怎样带领乡亲筚路蓝缕开创坦洋工夫这个品牌的呢？在那个信息闭塞、交通不便的时代，施光凌们是如何将那一担担满载汗水和希望的红茶运到世界各地，最终征服西方人的味蕾，夺取巴拿马万国博览会金奖呢？我想，或许正是天生丽质的坦洋茶叶给了他们坚定的信心，又或许，他们早就看到了岁月的河流里，坦洋工夫必将发扬光大的明天。

基础数据篇

福安市茶业协会简介

福安市茶业协会成立于 2001 年 11 月，是福安市民政局登记的社团组织。协会拥有茶叶市场茶业协会、社口镇茶业协会、甘棠茶苗育苗基地茶业协会和北京福安茶业协会 4 个分会，下设人才驿站、三茶服务中心、非遗管理中心和专家委员会等机构。

协会设有名誉会长、名誉副会长、高级顾问、会长、副会长、常务理事、秘书长和监事长等。

协会拥有团体会员 138 多家，其中"坦洋工夫"品牌授权企业 73 家、"福安白茶"品牌授权企业 10 家、"福安绿茶"品牌授权企业 1 家，现有会员 600 多名。

福安市茶业协会主要职责：一是积极参与福安市茶产业发展规划、制订行业目标，对政府有关发展茶业政策的制订提出建议并协助贯彻执行；二是协助政府职能部门，加强茶叶的质量和价格管理，协助推荐福安市茶叶龙头企业；三是普及科学知识，交流茶叶先进技术与经营管理经验，推进新的茶业技术革命，推进茶业现代化进程；四是维护会员合法权益，反映会员和茶叶企业的意见、要求和建议，在会员与政府之间发挥桥梁作用，为会员排忧解难；五为会员和社会提供市场经济、技术、商品等信息和法律、会计、咨询等服务；六是协调会员之间关系，调解经济纠纷；七是组织会员举办和参与国内外各种展销会、交易会，协助会员到国内外考察，开拓国内国际市场；八是"坦洋工夫""福安白茶"和"福安绿茶"等证明商标的注册、使用管理、标志使用监督；九是保护与管理"国家级非物质文化遗产坦洋工夫传统制作技艺"，福安县级非物质文化遗产"福安白茶传统制作技艺""福安茉莉花茶传统制作技艺""福安绿茶传统制作技艺"等非遗项目。

在福安市委、市政府和茶业主管部门的指导下，福安市茶业协会为福安市茶产业的全面发展做出一定的贡献。助力福安荣获"中国红茶之都""中国花果香红茶发源地""中国茶业百强县""全国茶业生态建设十强县""国家级茶叶标准化示范县""国家级农产品区域公用品牌"和"福建省十大农产品区域公用品牌"等荣誉称号。助推坦洋工夫传统制作技艺成为"国家级非物质文化遗产"，并列入联合国"人类非物质文化遗产代表作名录"。

福安市茶业协会先后荣获"全国科普惠农科技兴村先进单位""福建省百强专业技术协会""福建省新农村科普示范基地""宁德市科普工作先进单位""福安市服务三农工作先进集体"等荣誉称号。

福安市茶业协会是"福安茶人之家"，将在福安市委、市政府及茶业主管部门的正确指导下，团结福安广大茶人，凝心聚力，为福安"茶文化、茶产业、茶科技"的统筹发展做出更大的贡献。

福安市茶业协会第六届第二次理事会（会场一角）

福安市茶业协会理事会

名 誉 会 长：陈灼生　林　炤

名誉副会长：郑　红　刘希平　刘忠雄　池华荣　吴平月　蔡同声

高 级 顾 问：苏　峰　吴先辉　张锦华　陈祖枝　林学茂　龚达元　刘寿国
　　　　　　　张水松　陈学勤

会　　　长：郑明星

副 会 长：林　鸿　陈琳华　王桂松　张　帆　林芝华　林坛助　郑长辛
　　　　　　　夏陈玉　龚　煦　黄忠斌　缪青云　杨晶晶　温剑锋　黄冬木
　　　　　　　彭瑞金　毛增光　章伏光

秘 书 长：刘小凤

副秘书长：陈　昕

监 事 长：叶　燊

监　　　事：陈辉煌　余水荣

常 务 理 事：（按姓氏笔画顺序）
　　　　　　　刘忠雄　李　立　李江宏　李清春　余廷文　陈　艳　陈锦树
　　　　　　　林建鸿　林勇生　施鸿鸿　郭立梅　黄　龙　黄荣章

人 才 驿 站：林　鸿　李宗雄　郑国华　陈辉煌　郑明星　李彦晨　刘景灿
　　　　　　　俞水荣　彭瑞金　刘小春　刘丽霞　林　影　黄　龙　林碧庭
　　　　　　　游仁瑞　李　立　陈　艳　陈林海　陈建平　池华荣　郭立梅
　　　　　　　缪未雨　陆雨鑫　陈　昕　凌海强　吴杏仙　刘小凤　蔡新新
　　　　　　　汤丽芳　张　帆　徐玉芳　叶　燊　温剑锋　黄震标　林　宇
　　　　　　　郑锦清　章伏光　刘成茂　黄忠斌　毛增光　黄荣章　杨晶晶
　　　　　　　叶舒静

三茶服务中心：林　鸿　刘景灿

福安市 2013 至 2023 年斗茶赛获奖名单

2013 年福安市第 8 届
"坦洋工夫"杯斗茶赛获奖名单

金奖茗茶

1. 同泰红　　　　　　福建省同泰春茶业有限公司
2. 绿林春　　　　　　福安市绿林春茶业有限公司
3. 醉君红　　　　　　福安市茗香春茶叶有限公司
4. 飞月兰香　　　　　平月茶业（福建）有限公司
5. 一泡红　　　　　　福安市茗亿香茶叶有限公司
6. 茗红工夫　　　　　福建坦洋工夫集团股份有限公司

茗茶

1. 同泰春韵　　　　　福建省同泰春茶业有限公司
2. 坦洋丹红　　　　　福建省同泰春茶业有限公司
3. 八方至尊　　　　　福建八方红茶业有限公司
4. 畲丹红　　　　　　福安市七月七茶业专业合作社
5. 春兰　　　　　　　福安市坦洋茶场
6. 牡丹香　　　　　　福建省兴旺茶业有限公司
7. 风灵红　　　　　　福建胡氏红茶业有限公司
8. 金禅香　　　　　　福建省兴旺茶业有限公司
9. 福龙红韵　　　　　福安市福龙茶厂
10. 蒙井清露　　　　　福建省千氏茗茶业有限公司
11. 金韵红　　　　　　福安市东口红韵茶叶专业合作社
12. 中国红帅　　　　　福安市胜春茶叶有限公司

13. 和韵　　　　　　　福建省红星茶业有限公司
14. 珍茗红　　　　　　福安市天然香茶叶有限公司
15. 颂唐韵　　　　　　福安市工夫茶叶有限公司
16. 雾云春　　　　　　福安市亿园春茶业有限公司
17. 坦洋工夫　　　　　福建省兴旺茶业有限公司
18. 润慧　　　　　　　福建省同泰春茶业有限公司
19. 云桂贡芽　　　　　福建省千氏茗茶业有限公司
20. 云芽　　　　　　　福安市大方茶业有限公司
21. 一泡香　　　　　　福安市茗亿香茶叶有限公司
22. 一泡红　　　　　　福建坦洋工夫集团股份有限公司
23. 仙峰裕阁　　　　　福安市仙阁梁茶叶专业合作社
24. 百年好喝　　　　　福建省千氏茗茶业有限公司
25. 凝香岩露　　　　　福安市闽茗香茶业有限公司
26. 东方红韵　　　　　福安市东方红茶业有限公司
27. 一泡红　　　　　　福安市福特茶叶有限公司
28. 工夫红茶　　　　　福安满洋春生态农业发展有限公司
29. 富春红　　　　　　福安市农垦茶业有限公司

2014 年福安市第 9 届
"坦洋工夫"杯斗茶会获奖名单

金奖茗茶

1. 仙峰裕阁　　　　　福安市仙阁梁茶业专业合作社
2. 茗旗　　　　　　　福安市茗旗茶业有限公司
3. 九榕秀　　　　　　福安市天保农业专业合作社
4. 太子红　　　　　　福安市晓春茶叶专业合作社
5. 福捷红　　　　　　福建天捷农业综合发展有限公司

茗茶

1. 创新型　　　　　建茶（福建）茶业有限公司

2. 一泡红　　　　　福建森晖农业发展有限公司

3. 一泡红　　　　　福安市坦洋茗香茶厂

4. 一泡红　　　　　福安市茗亿香茶叶有限公司

5. 牡丹红　　　　　福建天捷农业综合发展有限公司

6. 凝香岩露　　　　福安市闽茗香茶业有限公司

7. 雷声红　　　　　福安市晓春茶叶专业合作社

8. 创新型　　　　　福建润林农业发展有限公司

9. 一泡红　　　　　福安市增荣种植专业合作社

10. 天一红　　　　　福安市天一阁茶叶有限公司

11. 一泡红　　　　　福安市福龙茶厂

12. 一泡红　　　　　福安市坦洋茶场

13. 一泡红　　　　　福安市茗亿香茶叶有限公司

14. 春韵　　　　　　福建省同泰春茶业有限公司

15. 春旺香　　　　　福安市春旺农业发展有限公司

16. 一泡红　　　　　福安市福龙茶厂

17. 天然韵　　　　　福安市天尾农业发展有限公司

18. 泡泡红　　　　　福建坦洋工夫集团股份有限公司

19. 古茶树　　　　　福建省千氏茗茶业有限公司

2015 年福安市第 10 届
"坦洋工夫" 杯斗茶会获奖名单

金奖茗茶（传统型）

1. 太岩香　　　　　福建正泰春茶叶有限公司

2. 凤灵红　　　　　福建胡氏红茶业有限公司

3. 金禅香一号　　　福建省兴旺茶业有限公司

金奖茗茶（创新型）

1. 天一红二号　　　　福安市天一阁茶业有限公司
2. 龙云红　　　　　　上海龙云茶业有限公司
3. 胡氏红　　　　　　福建胡氏红茶业有限公司

茗茶（传统型）

1. 中兴盛世　　　　福安市中茗天富农业发展有限公司
2. 玫瑰红　　　　　福安市西部兴达种养专业合作社
3. 平月红茶　　　　平月茶业（福建）有限公司
4. 联信红　　　　　福安市联信茶叶专业合作社
5. 畲丹红　　　　　福安市七月七茶业种植专业合作社
6. 白云仙茗　　　　福建省千氏茗茶业有限公司
7. 鸿春红　　　　　福建省大地茶业有限公司
8. 坦洋工夫　　　　福安市三品种植专业合作社
9. 金观音　　　　　福建省千氏茗茶业有限公司
10. 红天下　　　　　福安市廉岭香茶业有限公司
11. 软枝香　　　　　福安市茗露农业发展有限公司
12. 金禧玉堂一号　　福建省兴旺茶业有限公司
13. 金观音　　　　　福安市留洋茶业种养专业合作社
14. 茗红二号　　　　福建坦洋工夫集团股份有限公司

茗茶（创新型）

1. 中茗天富　　　　福安市中茗天富农业有限公司
2. 中国95　　　　　福安市晓春茶叶专业合作社
3. 御香红　　　　　福安市御香红茶业有限公司
4. 天一红一号　　　福安市天一阁茶业有限公司
5. 闽东红　　　　　福安市御香红茶业有限公司
6. 富春红　　　　　福建农垦茶业有限公司
7. 茗旗　　　　　　福安市茗旗茶业有限公司
8. 茗亿香　　　　　福安市茗亿香茶业有限公司

9. 百年红一号　　　福安市坦洋领头洋茶叶专业合作社

10. 百年红二号　　　福安市坦洋领头洋茶叶专业合作社

11. 红乌龙一号　　　福安市国丰茶叶专业合作社

12. 红观音　　　　　福安市林芝茶业有限公司

13. 红韵茗香　　　　福安市红韵茶业有限公司

14. 红牡丹　　　　　福安市茗亿香茶业有限公司

15. 古茶树　　　　　福建省千氏茗茶业有限公司

16. 野茶　　　　　　福安市国丰茶叶专业合作社

17. 百年红三号　　　福安市坦洋领头洋茶叶专业合作社

18. 金牡丹一号　　　福安市增荣种植专业合作社

2016 年福安市第 11 届
"坦洋工夫"杯斗茶赛获奖名单

金奖茗茶（传统型）

1. 正泰贡品　　　　福建正泰春茶叶有限公司

2. 闽台红　　　　　福安市王家茶场

3. 同泰红　　　　　福建省同泰春茶业有限公司

金奖茗茶（创新型）

1. 天香国色　　　　福安市中茗天富农业有限公司

2. 东顶云雾　　　　福建省天荣茶业有限公司

3. 茗亿红　　　　　福安市茗亿香茶业有限公司

茗茶（传统型）

1. 千氏茗白云仙茗　福建省千氏茗茶业有限公司

2. 福闽红　　　　　福安市王家茶场

3. 闽知味　　　　　福安市西部兴达种养专业合作社

4. 元生红　　　　　福建元生泰茶业有限公司

5. 国丰红　　　　　福安市国丰茶叶专业合作社

6. 丰益园　　　　　　　福安市丰益园种植专业合作社

7. 金悦丝　　　　　　　福安市艾绿茶业有限公司

8. 白云佳人　　　　　　福安市御香红茶业有限公司

9. 留洋红　　　　　　　福安市留洋茶业种养专业合作社

10. 范坑一号　　　　　　福安市御香红茶业有限公司

11. 御香红　　　　　　　福安市御香红茶业有限公司

12. 茗宝茶业　　　　　　福安市茗宝茶业有限公司

13. 相传　　　　　　　　福建省同泰春茶业有限公司

14. 太子红　　　　　　　福安市晓春茶叶专业合作社

15. 金禧玉堂　　　　　　福建省兴旺茶业有限公司

16. 真好　　　　　　　　福安市江山红韵茶叶有限公司

17. 畲兰红　　　　　　　福安市七月七茶业种植专业合作社

18. 佳木传奇　　　　　　福安市新南方佳木休闲农业有限公司

19. 范坑八号　　　　　　福安市丰益园种植专业合作社

茗茶（创新型）

1. 龙云红　　　　　　　上海龙云茶业

2. 东方红韵　　　　　　福建森晖农业发展有限公司

3. 一泡红　　　　　　　福安市增荣种植专业合作社

4. 叶叶香　　　　　　　福安市增荣种植专业合作社

5. 凤鼎红　　　　　　　福建凤鼎翔茶业股份有限公司

6. 茗悦红　　　　　　　福安市茗悦茶业

7. 一泡红　　　　　　　福建宝丰源茶业有限公司

8. 善农印象　　　　　　福安市善农农业有限公司

9. 大地红　　　　　　　福建省大地茶业有限公司

10. 润元春　　　　　　　福安市范坑乡润元春农业专业合作社

11. 瑞香红　　　　　　　福安市茗亿香茶业有限公司

12. 国龙红　　　　　　　上海龙云茶业

13. 瑞香红　　　　　　　福安市茗亿香茶业有限公司

14. 茗亿红　　　　　　福安市茗亿香茶业有限公司

15. 吴越茗茶　　　　　　无锡市吴越茶城管理有限公司

2017 年福安市第 12 届
"坦洋工夫"杯斗茶赛获奖名单

金奖茗茶（传统型）

1. 白芽奇兰　　　　　　福安市茗宝茶叶有限公司

2. 御品牡丹　　　　　　福安市亿园春茶业有限公司

3. 古道野枞-传统型　　　春润（福建）农业发展有限公司

4. 桂红　　　　　　　　福安市社口牡丹红茶厂

金奖茗茶（创新型）

1. 金禅香　　　　　　　福建省兴旺茶业有限公司

2. 醉美人　　　　　　　福安市金福龙茶业有限公司

3. 清茗红　　　　　　　福安市溪福红茶业有限公司

4. 金牡丹　　　　　　　福安市御香红茶业有限公司

茗茶（传统型）

1. 梅占茶　　　　　　　福安市甲峰山种植专业合作社

2. 太子红　　　　　　　福安市晓春茶叶专业合作社

3. 一叶红　　　　　　　福安市溪福红茶业有限公司

4. 季季香　　　　　　　福建省大地茶业有限公司

5. 闽茗牡丹　　　　　　北京闽茗香茶业有限公司

6. 太升昌　　　　　　　福安市东方红茶业

7. 牡丹红　　　　　　　福建省兴旺茶业有限公司

8. 亿园奇兰　　　　　　福安市亿园春茶业有限公司

9. 坦洋工夫王氏红　　　吴越茗茶

10. 元生红　　　　　　　福建元生泰茶业有限公司

11. 闽之味一号　　　　　福安市西部兴达种养专业合作社

12. 美韵佳人	福安市丰益园种植专业合作社
13. 穆桂果香型	福安市三品种植专业合作社
14. 福闽红	福安市王家茶场
15. 秦红	福安市胡一茶业有限公司
16. 联信红	福安市联信茶叶专业合作社
17. 东方红	福安市东方红茶业
18. 坦洋工夫坦洋一号	福安市茗露农业发展有限公司
19. 半醉红颜	福安市闽茗香茶业有限公司
20. 红韵天香	福安市红韵茶业有限公司
21. 红秀天香	福建省隽永天香茶业有限公司
22. 蕴玉	福安市茗旗茶业有限公司
23. 范坑八号	福安市丰益园种植专业合作社

茗茶 (创新型)

1. 悠悠香	福建省兴旺茶业有限公司
2. 兴旺工夫	福建省兴旺茶业有限公司
3. 一泡红	福安市坦洋村立增兴泰茶厂
4. 凤鼎翔相思红	福建凤鼎翔茶业股份有限公司
5. 红粉二号	福安市社口镇旺福春茶厂
6. 古道野枞	福建古道野枞茶业有限责任公司
7. 古道野枞 (花香型)	春润 (福建) 农业发展有限公司
8. 香桃蜜	中茗天福农业有限公司
9. 泡泡红	福安市坦洋领头洋种植专业合作社
10. 雅沁香	福建省兴旺茶业有限公司
11. 文林红	福安市天一阁茶业有限公司
12. 牡丹红	福安市社口牡丹红茶厂
13. 春桃香	福安市科茗农业发展有限公司
14. 一泡红	福安市满堂红种植专业合作社
15. 林芝红	福建林芝友缘茶业有限公司

16. 雄丰　　　　　　　　福安市雄丰茶业有限公司

17. 梦福红　　　　　　　福安市王家茶场

18. 凤鼎翔工夫茶　　　　福建凤鼎翔茶业股份有限公司

19. 六杯香一号　　　　　福安市福特茶叶有限公司

20. 桃园赋　　　　　　　福安市牡丹园农业开发有限公司

21. 龙云红　　　　　　　上海龙云茶业

22. 福龙红韵　　　　　　福安市金福龙茶业有限公司

23. 善农印象　　　　　　福安市善农农业发展有限公司

2018 年福安市第 13 届
"坦洋工夫" 杯斗茶赛获奖名单

金奖茗茶（传统型）

1. 红醉美人　　　　　　福安市金福龙茶业有限公司

2. 古道野枞（传统型）　春润（福建）农业发展有限公司

3. 空山鸟鸣　　　　　　上海龙云茶业

金奖茗茶（创新型）

1. 藏兵谷花木兰　　　　上海龙云茶业

2. 茗科八号　　　　　　福安市茗科生态农业发展有限公司

3. 茗科九号　　　　　　福安市茗科生态农业发展有限公司

4. 御香红　　　　　　　福建御香红茶业有限公司

5. 一泡红　　　　　　　福建壹泡工夫茶业有限公司

茗茶（传统）

1. 坦洋工夫　　　　　　福安市叶叶香茶业有限公司

2. 珍茗红　　　　　　　福安市天然香茶叶有限公司

3. 凤鼎翔·工夫茶　　　福建凤鼎翔茶业股份有限公司

4. 君不见　　　　　　　福安市茗露农业发展有限公司

5. 奇兰　　　　　　　　福建省同泰春茶业有限公司

6. 芹洋红　　　　　　　福安市芹洋茶业有限公司

7. 御品梅占　　　　　　福安市亿园春茶业有限公司

8. 韩丹芽　　　　　　　福安市茗宝茶业有限公司

9. 奇兰　　　　　　　　福安市茗宝茶业有限公司

10. 桂馥兰香一号　　　　天马茶社

11. 丹红　　　　　　　　福建省同泰春茶业有限公司

12. 茗悦红　　　　　　　福安市茗悦茶业

13. 和谐　　　　　　　　福建省茗绿农业发展有限公司

14. 坦洋金针　　　　　　福安市坦洋茶场

15. 金禧玉堂　　　　　　福建省兴旺茶业有限公司

16. 天一红　　　　　　　福安市天一阁茶业有限公司

17. 满堂红·坦洋工夫　　天马茶社

18. 益园飘香　　　　　　福安市丰益园种植专业合作社

19. 闽茗有机牡丹　　　　北京闽茗香商贸有限公司

20. 红韵天香　　　　　　福安市红韵茶业有限公司

21. 映山红　　　　　　　福安市旺福春茶业

22. 晓得香　　　　　　　福安市品福茶业有限公司

23. 午媚阳　　　　　　　福安市品福茶业有限公司

24. 银山春韵　　　　　　福安市中茗天富农业有限公司

茗茶（创新）

1. 茗科五号　　　　　　福安市茗科生态农业发展有限公司

2. 园兰香　　　　　　　福安市畅春茶庄

3. 中品红　　　　　　　福安市中品茶业有限公司

4. 天一红　　　　　　　福安市天一阁茶业有限公司

5. 茗科七号红　　　　　福安市茗科生态农业发展有限公司

6. 春兰香　　　　　　　福安市畅春茶庄

7. 清茗红　　　　　　　福安市溪福红茶业有限公司

8. 善农印象　　　　　　福安市善农农业发展有限公司

9. 金韵春　　　　　　福安市红韵茶业有限公司

10. 茗韵红　　　　　　福安市金福龙茶业有限公司

11. 同泰红　　　　　　福安市同泰钰茶厂

12. 金香红　　　　　　福安市牡丹红茶厂

13. 百年红　　　　　　福安市坦洋领头洋种植专业合作社

14. 果香红　　　　　　福安市金福龙茶业有限公司

15. 爱莲说　　　　　　福建省兴旺茶业有限公司

16. 蕴玉　　　　　　　福安市茗旗茶业有限公司

17. 同泰玉·青华　　　福安市同泰钰茶厂

18. 裕同丰一号　　　　福安市裕同丰现代农业发展有限公司

19. 仙峰裕阁　　　　　福安市仙阁梁茶业专业合作社

20. 茗亿香　　　　　　福安市茗亿香茶业有限公司

21. 仙阁梁　　　　　　福安市仙阁梁茶业专业合作社

22. 仙阁梁　　　　　　福安市茗旗茶业有限公司

23. 闽香　　　　　　　福安市福闽红茶庄

24. 醉美人　　　　　　福安市金福龙茶业有限公司

25. 坦洋工夫　　　　　天津品源香茶业

26. 永溢红　　　　　　福安市永溢春茶厂

27. 诚茗香　　　　　　福安市诚平茶行

28. 牡丹红　　　　　　福安市徐忠茶厂

29. 花果山　　　　　　福安市善农农业发展有限公司

30. 茗科一号　　　　　福安市茗科生态农业发展有限公司

31. 红莲醉　　　　　　福安市天华源茶业有限公司

32. 藏兵谷花木兰　　　上海龙云茶业

33. 茗科三号　　　　　福安市茗科生态农业发展有限公司

34. 春旺香二号　　　　福安市春旺农业发展有限公司

35. 名泰红　　　　　　福安市名泰农业发展有限公司

2019 年福安市第 14 届
"坦洋工夫" 杯斗茶赛获奖名单

特别金奖（传统型）

1. 红醉美人	福安市金福龙茶业有限公司
2. 红颜有梦	福安市茗科生态农业发展有限公司
3. 一叶红	福安市溪福红茶业有限公司
4. 舍我其谁	福建省茗科茶业有限公司

特别金奖（创新型）

1. 茗亿香	福安市茗亿香茶业有限公司
2. 荒野幽兰	福建一香源茶业有限公司
3. 醉美人	福安市金福龙茶业有限公司
4. 龙云红	上海龙云茶业

金奖（传统型）

1. 清溪飞凤	福安市旺福春茶厂
2. 小春桃	福安市科茗农业有限公司
3. 满堂红桂馥兰香	福安市绿色天马农业发展有限公司
4. 空山御品	福建省御香红茶业有限公司
5. 无香	福建省溪源茶业
6. 仙居红	天津品源香茶叶
7. 廉岭香	福建省福安市廉岭香茶业有限公司
8. 醉品牡丹	甲峰山（福建）农业发展有限公司
9. 笑傲茶壶	福安市白云山茶业有限公司
10. 真武红	坦洋真武茶业有限公司
11. 南音木红	福安市桂林园家庭农场
12. 一品香	上海盛荣茶业有限公司
13. 真武红	福安市坦洋领头洋种植专业合作社

14. 范坑八号　　　　　福安市丰益园种植专业合作社

15. 一叶连香　　　　　福安市闽茗香茶业有限公司

16. 同泰钰　　　　　　福安市同泰钰茶厂

17. 坦洋工夫（2）　　天津市凤萍福顺茶叶

18. 闽茗有机牡丹　　　北京闽茗香商贸有限公司

19. 天一红　　　　　　福安市天一阁茶业有限公司

20. 品源香　　　　　　天津品源香茶叶

21. 北门工夫　　　　　福安市甘棠北门茶业有限公司

金奖（创新型）

1. 云山红　　　　　　福安市畅春茶庄

2. 御香红　　　　　　福建省御香红茶业有限公司

3. 闽科红　　　　　　天津品源香茶叶

4. 春桃香　　　　　　福安市科茗农业有限公司

5. 凤鼎翔相思红　　　福建凤鼎翔茶业股份有限公司

6. 仙峰裕阁贰号　　　福安市仙阁梁茶业专业合作社

7. 庆典红　　　　　　福安市善农农业发展有限公司

8. 闽科一号　　　　　福安市闽科红茶业有限公司

9. 香丹红　　　　　　福安市茗亿香茶业有限公司

10. 金玫瑰　　　　　　福建省京福茶业有限公司

11. 一品香　　　　　　上海盛荣茶业有限公司

12. 野生茶　　　　　　福建有心人茶业股份有限公司

13. 闽科红　　　　　　福安市新华茶叶购销站

14. 六杯香九号　　　　福安市六杯香茶业有限公司

15. 闽科红（青年红）　福建省好思惠农业发展有限公司

16. 茗科九号　　　　　茗科园

17. 红韵天成　　　　　福建农垦茶业有限公司

18. 云山阁　　　　　　福建省龙双祥农业发展有限公司

19. 闽台红　　　　　　福建省福安市王家茶场

20. 露华香　　　　　福建省天华源茶业有限公司

21. 兴旺工夫　　　　福建省兴旺茶业有限公司

22. 满堂红　　　　　福安市裕同丰现代农业发展有限公司

23. 福安红　　　　　福安市农垦集团有限公司

24. 宁香红　　　　　上海天荣茶业有限公司

25. 仙峰裕阁　　　　福安市仙阁梁茶业专业合作社

26. 茗科七号　　　　福安市大方源生态农业发展有限公司

27. 藏兵谷花木兰　　上海龙云茶业

28. 裕同丰　　　　　福安市裕同丰现代农业发展有限公司

29. 文林红　　　　　福安市增荣种植专业合作社

2020 年福安市第 15 届
"坦洋工夫"杯斗茶赛获奖名单

茶王（传统型）

长红　　　　　　　福安市兴民种植场

茶王（创新型）

小桃红　　　　　　福安市金福龙茶业有限公司

特别金奖（传统型）

1. 国礼亿园春　　　福安市亿园春茶业有限公司

2. 有机牡丹　　　　北京闽茗香商贸有限公司

3. 古落茗香　　　　福安市芹洋茶业有限公司

4. 三十六坡　　　　福建省元碧丰茶业有限公司

5. 醉美人　　　　　福安市金福龙茶业有限公司

6. 盖香红　　　　　福安市盖香茶行

7. 溪福红　　　　　福安市溪福红茶业有限公司

8. 兰桂芳　　　　　无锡市吴越茗茶管理有限公司

9. 天一红　　　　　福安市天一阁茶业有限公司

10. 坦洋红	福安市坦洋茶场
11. 野怪红	福安市福乡缘农业发展有限公司
12. 春韵	福安市同泰春农业发展有限公司
13. 茶之圣	福安市草之圣茶业经营部
14. 御香红	福建御香红茶业有限公司

特别金奖（创新型）

1. 春桃香一号	福安市科茗农业发展有限公司
2. 醉美人	福安市福乡缘农业发展有限公司
3. 同泰钰	福安市同泰钰茶厂
4. 花香红	福安市醉美人种植专业合作社
5. 蕴玉	福建省茗旗茶业有限公司
6. 卓月天韵	福安市卓月天茶业有限公司
7. 果香红	福安市金福龙茶业有限公司
8. 一方古树	福安市满堂红茶业经营部
9. 煮雨红	上海市煮雨轩茶业行
10. 兰亭香	福安市兰亭香茶业有限公司
11. 藏兵谷枯木逢春	上海龙云茶业经营部
12. 品悦香	福安市品悦茶业有限公司
13. 兴旺工夫	福建省兴旺茶业有限公司
14. 社口金牡丹	福建省茗科茶业有限公司
15. 茗科一号	福建省茗科茶业有限公司
16. 六杯香一号	福安市福特茶叶有限公司

2021 年福安市第 16 届
"坦洋工夫"杯斗茶赛获奖名单

茶王（传统型）

| 天一红 | 福安市天一阁茶业有限公司 |

茶王（创新型）

久久香传　　　　　　　　福建御香红茶业有限公司

特别金奖（传统型）

1. 廉岭香　　　　　　　　福建省福安市廉岭香茶业有限公司
2. 香茗香一号　　　　　　福安市香茗香茶业专业合作社
3. 春秋鸿韵　　　　　　　福建省红新茶业有限公司
4. 范坑八号　　　　　　　福安市丰益园种植专业合作社
5. 东方红　　　　　　　　福安市东方红茶业有限公司
6. 枞荒一品香　　　　　　福建姥谷树茶业有限公司
7. 兴旺情常在　　　　　　福建省兴旺茶业有限公司
8. 凤鼎翔红茶·初心红　　福建凤鼎翔茶业股份有限公司
9. 甲峰山一品梅　　　　　甲峰山（福建）农业发展有限公司

特别金奖（创新型）

1. 京尊一号　　　　　　　上海天荣茶业有限公司
2. 阳登坑韵　　　　　　　福安市凯晟农业发展有限公司
3. 岩峰福云　　　　　　　福安市凯晟农业发展有限公司
4. 有香清味　　　　　　　福安市春旺农业发展有限公司
5. 锦昌英　　　　　　　　福安市锦昌英工贸有限公司
6. 春旺　　　　　　　　　福安市春旺农业发展有限公司
7. 坦洋工夫·千里锦绣　　福安市锦绣江山茶业有限公司
8. 隽永天香牌坦洋工夫　　"闽科红"福建隽永天香茶业有限公司
9. 果香红　　　　　　　　福安市金福龙茶业有限公司
10. 乾润红　　　　　　　 福安市乾润祥茶业有限公司
11. 兴旺工夫　　　　　　 福建省兴旺茶业有限公司
12. 妙香红　　　　　　　 李沧区天香缘盛茶叶
13. 幽香绮罗　　　　　　 福安市沁福盖香茶叶有限公司
14. 这厢有礼　　　　　　 福建御香红茶业有限公司
15. 凤鼎翔红茶·问鼎　　 福建凤鼎翔茶业股份有限公司
16. 花香红　　　　　　　 福安市金福龙茶业有限公司

2022 年福安市第 17 届
"坦洋工夫"杯斗茶赛获奖名单

茶王（传统型）

老枞金牡丹　　　　　　　　福建姥谷树茶业有限公司

茶王（创新型）

兰香醇韵　　　　　　　　　福安市九榕溪茶业有限公司

特别金奖（传统型）

1. 金闽红　　　　　　　　　福建隽永天香茶业有限公司

2. 抖香　　　　　　　　　　福安市艾绿茶业有限公司

3. 叶叶香　　　　　　　　　福安市鑫鹏茶叶有限公司

4. 牡丹香　　　　　　　　　福建省兴旺茶业有限公司

5. 一枝独秀　　　　　　　　福安市和畅茶业有限公司

6. 友缘牌传统型坦洋工夫　　福建林芝友缘茶业有限公司

7. 吴樾天香　　　　　　　　无锡市吴樾茗茶有限公司

8. 中闽红　　　　　　　　　福安市中闽恒香茶业有限公司

9. 易宣红　　　　　　　　　福安市菊茗香茶厂

10. 胭脂红　　　　　　　　福建古早溪茶业有限公司

11. 天华红　　　　　　　　福建省天华源茶业有限公司

12. 坦洋菜茶　　　　　　　金红茶（福建）茶业股份有限公司

13. 林家工夫　　　　　　　福建宝丰源茶业有限公司

特别金奖（创新型）

1. 闽科红　　　　　　　　　福建隽永天香茶业有限公司

2. 长红　　　　　　　　　　福安市兴民种植场

3. 天香春韵　　　　　　　　青岛李沧区天香缘盛茶叶有限公司

4. 煮雨红　　　　　　　　　上海市浦东新区三林镇煮雨轩茶业行

5. 小桃红　　　　　　　　　福安市金福龙茶业有限公司

6. 果香红　　　　　　福安市金福龙茶业有限公司

7. 东笔宁情常在　　　福建东笔宁茶业有限公司

8. 荒野云山红　　　　福建东笔宁茶业有限公司

9. 红美人　　　　　　福建省誉品茶业有限公司

10. 醉美人　　　　　　福建省誉品茶业有限公司

11. 岩石红　　　　　　德仁益茶业

12. 盛闽红　　　　　　福安市荣丽茶业商行

13. 暮山红　　　　　　福安市三点水茶业商行

14. 九天流香　　　　　福安市和畅茶业有限公司

15. 思源红韵　　　　　福安市乃茗茶业有限公司

16. 坦洋牛池坪　　　　福建俞思西农业发展有限公司

17. 研映红　　　　　　福建省研映红茶叶有限公司

18. 善农印象　　　　　福安市善农农业发展有限公司

19. 东方红韵　　　　　福建森晖茶业有限公司

20. 一叶红　　　　　　福安市溪福红茶业有限公司

21. 天一红　　　　　　福安市天一阁茶业有限公司

22. 茂铃工夫　　　　　福安市茂铃茶厂

23. 元碧丰二号　　　　福建省元碧丰茶业有限公司

24. 雅韵幽兰　　　　　福安市闽茗香茶业有限公司

25. 梨兰香　　　　　　福安市七月七茶业种植专业合作社

26. 中品红　　　　　　福安市中品茶业有限公司

27. 悠然红　　　　　　福安市凯晟农业发展有限公司

2023 年福安市第 18 届
"坦洋工夫" 杯斗茶赛获奖名单

茶王（传统型）

天一生水　　　　　　福安市天一阁茶业有限公司

茶王（创新型）

兰韵红　　　　　　　　　福安市茗珑阁茶业有限公司

大金奖（传统型）

1. 白云老枞　　　　　　　福建姥谷树茶业有限公司

2. 同泰钰　　　　　　　　福安市金福龙茶业有限公司

3. 坦洋施家茶二号　　　　福安市福泰隆茶厂

4. 国胤天香　　　　　　　福建东笔宁茶业有限公司

5. 文林红　　　　　　　　福安市天马茶业有限公司

6. 同泰春（春韵）　　　　福安市同泰春农业发展有限公司

7. 隽永天香金闽红　　　　福建隽永天香茶业有限公司

8. 十里桃香　　　　　　　福安市中茗天富茶业有限公司

9. 誉园香　　　　　　　　福建省誉品茶业有限公司

大金奖（创新型）

1. 誉园香　　　　　　　　福建省誉品茶业有限公司

2. 一邱哥　　　　　　　　福安市春旺农业发展有限公司

3. 五峰留香　　　　　　　福安市林树明家庭农场

4. 甲峰山·一品梅三号　　福安市甲峰山种植专业合作社

5. 春桃香　　　　　　　　福安市科茗农业发展有限公司

6. 江月潭　　　　　　　　福建十九潭茶业有限公司

7. 茶乡春韵　　　　　　　福安市尚云茶业经营部

8. 沁福盖香　　　　　　　福安市沁福盖香茶业有限公司

9. 蜜桃香　　　　　　　　福建省福榕溪茶业有限公司

10. 文林红　　　　　　　福安市乾润祥茶业有限公司

11. 乾润鸿　　　　　　　福安市乾润祥茶业有限公司

12. 隽永天香福安红　　　福建隽永天香茶业有限公司

13. 御品梅　　　　　　　福安市中茗天富茶业有限公司

14. 福鸣春　　　　　　　福建大地春茶业有限公司

2023 年福安市首届
"坦洋工夫" 杯秋季斗茶赛获奖名单

传统型坦洋工夫

一、茶王

浮生若梦　　　　　　　　福建树林坊茶业有限公司

二、金奖

1. 友缘红　　　　　　　　福建林芝友缘茶业有限公司

2. 坦洋领鲜　　　　　　　福建凤鼎翔茶业有限公司

3. 黄牛爬岭　　　　　　　福建贝塔茶业有限公司

4. 十里桃香　　　　　　　福安市中茗天富农业有限公司

5. 千氏金毫　　　　　　　福建省京福茶业有限公司

6. 妙丽江山　　　　　　　福安市锦绣江山茶业有限公司

花果香坦洋工夫

一、茶王

清茗红　　　　　　　　　福安市溪福红茶业有限公司

二、金奖

1. 荒野云山红　　　　　　福建东笔宁茶业有限公司

2. 千颂红颜　　　　　　　福安市和畅茶业有限公司

3. 领皇　　　　　　　　　福安市福泰隆茶厂

4. 元妃芳华　　　　　　　福建元记九赓茶业有限公司

5. 君章号　　　　　　　　福安市天一阁茶业有限公司

直径 2022 米、重 1851 斤国内最大茶饼——"鸟巢茶"入住北京奥林匹克塔

坦洋工夫授权企业名单

企业	负责人	编号	日期
1.福建农垦茶业有限公司	余成法	TYGF5379787-05	2025.3.20
2.福建林芝友缘茶业有限公司	林芝华	TYGF5379787-23	2025.8.21
3.福安市林鸿茂茶叶有限公司	吴文玉	TYGF5379787-46	2023.10.25
4.福建省兴旺茶业有限公司	王桂松	TYGF5379787-35	2025.4.15
5.金红茶（福建）茶业股份有限公司	李彦晨	TYGF5379787-109	2025.3.5
6.福建省中福农科农业有限公司	刘忠雄	TYGF5379787-110	2024.6.1
8.福安市艾绿茶业有限公司	黄荣章	TYGF5379787-41	2025.4.2
9.福安市仙阁梁茶业专业合作社	刘小春	TYGF5379787-116	2025.3.28
10.福建隽永天香茶业有限公司	龚煦	TYGF5379787-03	2024.12.28
11.福建新坦洋集团股份有限公司	林影	TYGF5379787-22	2024.11.5
13.福建凤鼎翔茶业股份有限公司	缪青云	TYGF5379787-100	2024.7.11
14.福安市七月七茶业种植专业合作社	兰光华	TYGF5379787-111	2025.2.28
15.福安市福特茶叶有限公司	肖茂	TYGF5379787-31	2025.1.31
16.福安市金福龙茶业有限公司	温剑锋	TYGF5379787-17	2025.8.20
17.福安市锦绣江山茶业有限公司	刘爱丽	TYGF5379787-114	2023.9.27
18.福建省同泰春农业发展有限公司	郭立梅	TYGF5379787-115	2024.7.13
19.福安市甘棠北门茶业有限公司	刘祖兴	TYGF5379787-119	2024.6.1
20.福建省红新茶业有限公司	林建鸿	TYGF5379787-117	2024.7.13
22.福安市卓月天茶业有限公司	陈艳	TYGF5379787-118	2024.6.1
23.福建姥谷树茶业有限公司	刘成茂	TYGF5379787-121	2024.6.1

24. 赫龙生态农业发展（福建）有限公司	王宋文	TYGF5379787-122	2024.7.29
25. 福安市茗露农业发展有限公司	池华荣	TYGF5379787-123	2024.8.19
26. 福建省元碧丰茶业有限公司	陈 亮	TYGF5379787-124	2025.3.27
28. 福建老傅坦洋茶业股份有限公司	傅佛华	TYGF5379787-39	2025.4.2
29. 福安市凯晟农业发展有限公司	雷英玉	TYGF5379787-126	2023.1.13
30. 福安市裕隆春茶业有限公司	余瑞华	TYGF5379787-127	2025.2.20
31. 福建省誉品茶业有限公司	毛增光	TYGF5379787-128	2025.6.1
32. 福建省京福茶业有限公司	赵凯凯	TYGF5379787-129	2025.6.1
33. 福安市闽茗香茶业有限公司	陈锦树	TYGF5379787-130	2025.6.1
34. 福安市怀盛农业科技有限公司	缪文龙	TYGF5379787-131	2025.6.1
35. 福安市中茗天富农业有限公司	陈培荣	TYGF5379787-132	2024.6.25
36. 福安市葆青茶叶有限公司	黄宝清	TYGF5379787-133	2025.7.12
37. 福建省山木在丘茶业有限公司	施鸿鸿	TYGF5379787-134	2023.7.13
38. 福安市仙特农业发展有限公司	李江宏	TYGF5379787-135	2023.7.26
39. 福安市洪旭茶厂	林勇强	TYGF5379787-136	2025.8.21
40. 福建宝丰源茶业有限公司	林勇生	TYGF5379787-137	2025.9.28
41. 福安市春旺农业发展有限公司	邱木旺	TYGF5379787-138	2023.8.19
42. 福建东笔宁茶业有限公司	许灿春	TYGF5379787-139	2024.1.3
43. 福安市福泰隆茶厂	施立钦	TYGF5379787-140	2024.1.10
44. 丰严华香茶叶进出口（福安）有限公司	陈宏光	TYGF5379787-141	2023.12.1
45. 福建润木堂茶庄园有限公司	刘恒盛	TYGF5379787-142	2024.1.12
46. 福安市白云山庄园生态农业有限公司	缪未雨	TYGF5379787-143	2024.3.4
47. 福安市坦洋领头洋种植专业合作社	李岩忠	TYGF5379787-144	2024.7.6
48. 福安市溪福红茶业有限公司	郑锦清	TYGF5379787-145	2024.7.7
49. 福安市天一阁茶业有限公司	章伏光	TYGF5379787-146	2024.7.7
50. 福建省天华源茶业有限公司	黄忠斌	TYGF5379787-147	2024.7.11

51. 福建董聘号茶叶工艺研究有限公司	孔宪雄	TYGF5379787-148	2024.9.2
52. 宁德市团月茶业有限公司	陈荣荣	TYGF5379787-149	2024.9.30
53. 福州市帮利茶业有限责任公司	郭汝峰	TYGF5379787-FZ01	2025.9.28
54. 北京吴裕泰茶业股份有限公司	郭弋戈	TYGF5379787-FZ02	2023.9.29
55. 福建悠秀茶业有限公司	赵琳菲	TYGF5379787-150	2024.11.14
56. 福安市茗春馨香茶叶有限公司	杨晶晶	TYGF5379787-151	2024.11.14
57. 福建省珍源茶业有限公司	陈学勇	TYGF5379787-152	2024.11.24
58. 福安市和畅茶业有限公司	苏 和	TYGF5379787-153	2025.2.15
59. 福建贝塔茶业有限公司	陈建平	TYGF5379787-154	2025.2.22
60. 福建婷轩皓茶业有限公司	凌雄峰	TYGF5379787-155	2025.3.1
61. 福建御香红茶业有限公司	李清春	TYGF5379787-156	2025.6.12
62. 福建树林坊茶业有限公司	占思慧	TYGF5379787-157	2025.3.22
63. 福建新合作桂香山茶业有限公司	赵师泽 郭光达	TYGF5379787-158	2025.3.23
64. 福安市岭路人茶业有限公司	汤丽芳	TYGF5379787-159	2025.3.28
65. 福建大地春茶业有限公司	林力光	TYGF5379787-160	2025.4.13
66. 福建省裕香村茶业有限公司	王禹华	TYGF5379787-161	2025.6.7
67. 福建与子偕行茶业有限公司	汤凯斌	TYGF5379787-162	2025.6.12
68. 福安市笕水茶业有限公司	王闽花	TYGF5379787-163	2024.6.28
69. 宁德市鼎参源茶业有限公司	林道勤	TYGF5379787-164	2024.7.6
70. 福建省雁春红茶业有限公司	陈元生	TYGF5379787-165	2025.7.10
71. 福建群斌茶业有限公司	吴群斌	TYGF5379787-166	2025.7.20

福安市 2013 至 2023 年度农业纳税大户茶企名单

2013 年度

1.福建福安市城湖茶叶有限公司
2.福建省隽永天香茶业有限公司
3.福安市茗春馨香茶叶有限公司
4.福建省兴旺茶业有限公司
5.福建省大地茶业有限公司
6.福建省恒威茶业股份有限公司
7.福建新味食品有限公司

2014 年度

1.福建省隽永天香茶业有限公司
2.福建省兴旺茶业有限公司
3.福建新味食品有限公司
4.福安市茗春馨香茶叶有限公司
5.福建省恒威茶业股份有限公司
6.福建省大地茶业有限公司

2015 年度

1. 福建省满园春茶业有限公司
2. 福建省隽永天香茶业有限公司
3. 福安市茗春馨香茶叶有限公司
4. 福建省兴旺茶业有限公司
5. 福建省大地茶业有限公司
6. 福建新味食品有限公司

2016 年度

1. 福建省满园春茶业有限公司
2. 福建省隽永天香茶业有限公司
3. 福建省同泰春茶业有限公司
4. 福建省大地茶业有限公司
5. 福安市茗春馨香茶叶有限公司
6. 福建新味食品有限公司
7. 福建省兴旺茶业有限公司

2017 年度

1. 福建省隽永天香茶业有限公司
2. 福建省天荣茶业有限公司
3. 福建省同泰春茶业有限公司
4. 福建省大地茶业有限公司
5. 福建省兴旺茶业有限公司
6. 福安市茗春馨香茶叶有限公司
7. 福建新味食品有限公司

2018 年度

1. 福建省隽永天香茶业有限公司
2. 福安市一园春茶业有限公司
3. 福建省天荣茶业有限公司
4. 福建省兴旺茶业有限公司
5. 福建省同泰春茶业有限公司
6. 福安市茗春馨香茶叶有限公司
7. 福建新味食品有限公司
8. 福建省大地茶业有限公司
9. 福建有心人茶业股份有限公司
10. 福建省东顶茶业有限公司
11. 福安市天一阁茶业有限公司
12. 福建省荣记工夫茶业股份有限公司

2019 年度

1. 福安市一园春茶业有限公司
2. 福建宝丰源茶业有限公司
3. 福建新味食品有限公司
4. 福建省兴旺茶业有限公司
5. 福安市天一阁茶业有限公司
6. 福建省东顶茶业有限公司
7. 福安市艾绿茶业有限公司
8. 福建森晖茶业有限公司
9. 福建大地春茶业有限公司
10. 福建有心人茶业股份有限公司
11. 福安市茗春馨香茶叶有限公司
12. 福安市其祥茶叶有限公司
13. 福安市诚泰农副产品有限公司

2020 年度

1. 福建省隽永天香茶业有限公司
2. 福建大地春茶业有限公司
3. 福安市茗春馨香茶叶有限公司
4. 福安市一园春茶业有限公司
5. 福建新味食品有限公司
6. 福安市其祥茶叶有限公司
7. 福建省兴旺茶业有限公司
8. 福建省京福茶业有限公司

2021 年度

1. 福建省隽永天香茶业有限公司
2. 福安市润源茶业有限公司
3. 宁德市千禾农业发展有限公司
4. 福安市茗春馨香茶叶有限公司
5. 福建省兴旺茶业有限公司
6. 福建新味食品有限公司
7. 福建省京福茶业有限公司
8. 福建大地春茶业有限公司
9. 福建利盛农业发展有限公司
10. 福建省山木在丘茶业有限公司

2022 年度

1. 宁德茗盟茶业有限公司
2. 福建省隽永天香茶业有限公司
3. 福安市润源茶业有限公司
4. 福安市茗春馨香茶叶有限公司
5. 福安市一园春茶业有限公司
6. 福建省兴旺茶业有限公司
7. 福建新味食品有限公司
8. 福安市闽宏茶业有限公司
9. 福建省京福茶业有限公司

2023 年度

1.福安市茗春馨香茶叶有限公司
2.福建福安五洲水产有限公司
3.福建隽永天香茶业有限公司
4.福安市农垦集团有限公司
5.福建省兴旺茶业有限公司
6.福安市和畅茶业有限公司
7.福建大地春茶业有限公司
8.福建省京福茶业有限公司
9.福建新味食品有限公司

福安市茶行业非遗传承人名单

一、坦洋工夫茶制作技艺

1. 国家级代表性传承人：林　鸿
2. 福建省级代表性传承人：郑明星
3. 宁德市级代表性传承人：

    胡祖荣　施立强　李宗雄　李彦晨　林芝华　吴平月　池荣华
    刘忠雄　郑培明
4. 福安市级代表性传承人：

    黄荣章　李清春　阮润春　陈　建　龚达元　张　帆　林坛助
    缪青云　郭立梅　刘小春　黄忠斌　章伏光　郑国华　陈建平
    陈辉煌　赵祥福　郑树才　陈长锐　黄震标　林善枝　夏陈玉
    胡少惠　刘成茂　李　立　毛增光

二、福安闽东茉莉花茶制作技艺

福安市级代表性传承人：叶　燊　杨晶晶　陈亮燕

三、福安白茶制作技艺

福安市级代表性传承人：刘忠雄　林　珫　陈　亮

国家级非物质文化遗产代表性项目——红茶制作技术（坦洋功夫茶制作技艺）

福安市茶业协会"人才驿站"和
"三茶服务中心"

人才驿站

2019 年，经市委组织部和人社局批准，市茶业协会成立"人才驿站"，专门制订《福安市茶业协会人才驿站工作制度》和《福安市茶业协会人才驿站管理办法》，依托协会办公场所运营。人才驿站站长郑红，副站长陈建平。配备相应管理人员和人才导师，下设办公室日常管理。聘任茶产业优秀专业人才开展各类培训活动。

三茶服务中心

为贯彻落实习近平总书记来闽考察重要讲话精神，深入实施"深学争优、敢为争先、实干争效"行动，推进"茶文化、茶产业、茶科技"统筹高质量发展，助力实施乡村振兴战略，为了更好地服务茶企业和做好"三茶融合"，成立福安市茶业协会"三茶服务中心"，聘请坦洋工夫国家级非遗传承人林鸿为中心主任，全方位开展三茶服务工作，书写好"茶文化、茶产业、茶科技"融合这篇大文章。

人才驿站和三茶服务中心成立后，各项活动足迹遍及福安境内外，每年的 5 月 24 日国际茶日和每年的 6 月第二个星期六的国家文化遗产日，以及各位人才（非遗传承人）收徒仪式、各类专业培训和非遗展演，以及文化下乡活动，均办得如火如荼，并不定期举办坦洋工夫茶传统制作技艺研习班和培训班等，至 2023 年 12 月，共举办和开展活动 50 余场次，服务 800 多人次。

国家非遗日纪念活动

"三茶"文献资料采集活动

附

一、人才驿站组成人员名单

（1）繁育种植：

郑国华　彭瑞金　刘小春　章伏光　刘成茂　俞水荣　郑锦清

（2）生产加工：

陈辉煌　陈　艳（女）　温剑锋　郭立梅（女）　黄震标　陈建平　林　宇

（3）技艺鉴评：

郑明星　林　鸿　李宗雄　刘景灿　叶　燊　刘丽霞（女）　汤丽芳（女）

（4）品牌贸易：

张　帆　黄忠斌　黄荣章　徐玉芳（女）　杨晶晶（女）　凌海强

毛增光　池华荣

（5）标准电商：

林　影　陈林海　吴杏仙（女）　叶舒静（女）　刘小凤（女）

蔡新新（女）

（6）文化宣传：

李彦晨　李　立　缪未雨（女）　游仁瑞　黄　龙　林碧庭（女）

陆雨馨（女）　陈　昕（女）

二、三茶服务中心组成人员名单

主　任：林　鸿　副主任：刘景灿

成　员：郑明星　郑国华　刘小春　陈建平　陈辉煌　俞水荣

　　　　郭立梅（女）　杨晶晶（女）　陈林海　李　立

附录

"这里的山山水水、一草一木，我深有感情"

——记"十四五"开局之际习近平总书记赴福建考察调研

人民日报记者 杜尚泽 颜 珂 新华社记者 张晓松 朱基钗

一路上，调研、回首、思索。

一路上，那山、那水、那路、那些人，触景生情。

3月22日至25日，习近平总书记在福建考察调研。

"这次到福建，一个大的背景是党的十九届五中全会召开之后，'十四五'开局，围绕这一主题作调研；也是来看望福建的父老乡亲。"

2002年10月离开福建，从那时算起时光已近20载。在福建，习近平同志度过了"一生中最好的年华"。

1985年入闽，自厦门赴宁德，再到福州。回首在福建工作的17年半，习近平总书记在考察期间动情地说："这里的山山水水、一草一木，我深有感情。离开福建以后，我也一直关注福建。在这里工作期间的一些思考和探索，在我后来的工作中仍在思考和深化，有些已经在全国更大范围实践了。"

探索实践的点点滴滴，也是波澜壮阔的时代缩影。恰如习近平总书记在福建工作时赋诗："挽住云河洗天青，闽山闽水物华新。"

从昔日崎岖的山路，到"天地空"四通八达；从"纸褙福州城"到"有福之州"；从一道道民生难题到"摸着石头过河"……昨天的镜头和今天的景象，在考察途中不断切换。福建的故事也是中国故事的一个生动缩影。武夷山层峦叠嶂、三明改革势如破竹、福州城"一张蓝图绘到底"，人们跟随总书记的脚步，读懂福建、感知中国。

站在"两个一百年"奋斗目标的历史交汇点上，回首，为了阔步前行；

观一域，为更好擘画全局。"回答好实现什么样的发展、怎样实现发展这个重大问题"，答卷仍在挥毫续写。

"我们永远不能忘记的责任"——从摆脱贫困到乡村振兴

一张老照片，挂在武夷山国家公园智慧管理中心走廊上，并不起眼。习近平总书记路过时停下了脚步。

那是陡峭绝壁上的一棵树，一棵大红袍。

习近平总书记回忆当年："这棵树一年采摘八两左右，拿小铜壶装着，视为宝贝。"

而现在，漫山遍野，碧海缀金。茶，成了武夷山千家万户的"宝"。12万人以茶为生，种茶、制茶、卖茶，茶产业生机盎然。

走进武夷山脚下的星村镇燕子窠生态茶园，茶农们正忙着压青，开过花的油菜花回田，正好给土壤施肥。

"一家人年收入有三十几万。"一位黝黑的茶农，将锄头放下，欢喜着过来同总书记唠家常。

一片绿叶带富了一方百姓。"茶者，南方之嘉木也。"习近平总书记提到了唐代陆羽的《茶经》，他对乡亲们说，"过去茶产业是你们这里脱贫攻坚的支柱产业，今后要成为乡村振兴的支柱产业。"他叮嘱，要统筹做好茶文化、茶产业、茶科技这篇大文章。

廖红，福建农林大学教授，也是躬耕乡野的"科特派"。总书记一来，她激动地从土壤 pH 值讲起："过去做研究纸上谈兵，现在是把论文写在大地上。"

"科特派"，科技特派员的简称。20 年前，"科特派"制度就在习近平同志同南平当地的一次对话中扎下了根。那次，地方汇报了三件事，一个是搞"科特派"，一个是推第一书记制度，再一个是流通助理。"这三件事我全面支持。我专门作了调研，后来在省里推广。星星之火可以燎原，现在全中国都有'科特派'。农业是有生机活力的，乡村振兴要靠科技深度发展。"

乡村振兴，这是摆脱贫困之后，中国广袤农村启航的新征程。福建是老区苏区，"让乡亲们过上好日子"，是始于革命战争年代的矢志追求。饮水思源，习近平总书记在考察期间叮嘱，"加快老区苏区发展是我们永远不能忘记的责任。"

22日看南平，那是福建最早建党、最早举起武装斗争旗帜的地方，是"红旗不倒"的地方。

23日到三明，那是中央苏区核心区、中央红军长征四个出发地之一。

当年，在福建工作时，习近平同志就专门召开了调研老区工作汇报会，"三个不要忘记"至今读来感人至深。

三明沙县夏茂镇俞邦村，村口的千年古樟见证了革命战争的风雨、改革开放的生机。村民们当年挑着扁担卖小吃，后来摆摊，再后来走南闯北、蹚出了路。

扁肉、鱼丸、糍粑、金包银、将军米粿、芋饺、炸米冻、灯盏糕、烫嘴豆腐仔……沙县小吃的味道，浸润到村子犄角旮旯。习近平总书记顺着鳞次栉比的楼房走进村，一路同沿途乡亲们聊天儿，他叮嘱老人"多保重身体"，交代孩童"不要挑食"。色彩斑斓的沃野、人声鼎沸的村庄，处处笑语欢声。

石根行步转，耳畔水声移。

"过去每次来三明，要吃一吃沙县小吃的。在当时有意推广，感到它有很大潜力。"彼时，客商熙攘的工艺美术节上，习近平同志建议不要铺张浪费，用富有福建特色的沙县小吃迎客。

而今，看品种、谈标准、问价格，总书记细致了解沙县小吃现状和前景，小账本里有大民生。

"乡村振兴和城镇化为你们提供了机遇，你们也为乡村振兴和城镇化作出了贡献。可谓是应运而生、相向而行，希望在创造美好生活新征程上再领风骚。"

一个流动的中国，一个蓬勃的中国。今天的交通网让天堑变通途，有着昔日难以想象的便捷。

考察路上，习近平总书记偶遇几位来自江西上饶的游客，他们坐火车到武夷山只用了22分钟。忆往年，去下党乡"车岭车上天"的艰辛历历在目，今昔之变令人感慨万千。

"要推进老区苏区全面振兴，倾力支持老区苏区特色产业提升、基础设施建设和公共服务保障等。"总书记强调。

一切都在改变，始终如一的是为人民谋幸福的初心。

"最重要的还是保护好"——从"唯国内生产总值"到绿色协调发展

福建多山。武夷山纵贯南北，碧水丹山、奇秀甲东南。

习近平总书记抵福建考察的第一站，看山水。武夷山国家公园智慧管理中心，他通过大屏幕察看浩渺的"绿色海洋"。黄腹角雉、眼镜蛇、黑熊、穿山甲，一度难觅踪迹，而今不时出现在巡护镜头里。

当天下午，乘竹筏沿九曲溪顺流而下，仰观壁立万仞，总书记喻其为"铁砂掌"。"三三秀水清如玉，六六奇峰翠插天。"早在 1999 年 12 月，正是在他的推动下，武夷山跻身世界自然与文化遗产名录，有了"双世遗"之称。山水文章，事关未来的大文章。习近平总书记谆谆告诫：

"武夷山有着无与伦比的生态人文资源，是中华民族的骄傲，最重要的还是保护好。"

很多地方走过弯路。生态和发展，不少人视之为一道"二选一"的选择题，习近平总书记在早年间看到了另一种破题思路。1997 年，他到三明常口村调研时就曾指出："青山绿水是无价之宝，山区要画好'山水画'，做好山水田文章。"

2000 年，他前瞻性率先提出了建设生态省战略构想。随后，福建生态省建设领导小组成立，习近平同志担任领导小组组长。

长汀水土流失治理，一个生动案例。

习近平同志先后 5 次赴长汀调研："调研时听说，长汀在民国时就有一个河田的保护局。我给大家讲，给生态投了钱，看似不像开发建设一样养鸡生蛋，但这件事必须抓。抓到最后却是养了金鸡、生了金蛋。"

一任接着一任干。福建，首个国家生态文明试验区，这位"生态优等生"竿头日进：森林覆盖率连续 42 年保持全国首位；水土流失率降至

7.5%；对南平等5地，取消地区生产总值考核……

"这些年，福建更加郁郁葱葱了。绿色是福建一张亮丽名片。要接续努力，让绿水青山永远成为福建的骄傲。"

福州是座山水城市。青山绕城，河网纵横。24日下午，习近平总书记登上郊野福道的观景平台，榕城风光尽收眼底。

调查研究要"少看花瓶盆景""多看看后院角落"，这是他在当地工作时常说的。"我调研时候听到，福州人最怕水火无情。"福州多木板房，火一烧一大片；闽江水一灌，水就进了屋。"纸褙福州城"由此得名。

"安居工程""广厦工程""造福工程"，一砖一瓦，牵挂在心。

俯瞰福州。左海碧涧青林，西湖水清河晏。他忆起当年推动实施西湖清淤工程，"清理出来的淤泥都送到农村，肥田去了"……

"城，所以盛民也。"全国两会表决通过"十四五"规划和2035年远景目标纲要，有一章"全面提升城市品质"，明确提出"科学规划布局城市绿环绿廊绿楔绿道"。市民家门口的绿道，福州有125公里之长。

在福山郊野公园福榕园，欢笑声此起彼伏："总书记回家了"，"常回家看看"……

习近平总书记兴致盎然："福州，有福之州啊！七溜八溜不离虎纠（意：福州）！""现在全国都在抓生态文明建设，福州一年四季常绿。生态就是一个最好的条件。"

福州"3820"工程，勾画了跨世纪福州现代化建设蓝图，由习近平同志在当地工作期间领导实施："当时给福州的定位是建设'海滨城市''山水城市'。"光阴荏苒，一张蓝图绘到底。

"现在的建设都符合这个方向，跟我们当时设想是一致的，而且发展得比我们设想还要好。希望有福之州更好造福于民。"

"挖掘中华五千年文明精华"——从文物保护到历史的远见

张建光，退休后任职福建省文史馆，潜心研究朱熹。

22日傍晚，武夷山九曲溪畔，习近平总书记见到这位老朋友分外亲切。

拾级而上，他们走进朱熹园。

"晨窗林影开，夜枕山泉响。"在临溪傍岩的武夷精舍，朱熹率一众弟子荷锄挑担、著书立说，"琴书五十载"。从朱子自画像讲到理学思想传承发展，张建光滔滔不绝，如数家珍。

习近平总书记听得专注。

推开历史厚重大门，走进浩瀚的中华文明。"格物、致知、诚意、正心、修身、齐家、治国、平天下"，"国以民为本，社稷亦为民而立"，"穷理者，欲知事物之所以然，与其所当然者而已"，"问渠那得清如许？为有源头活水来"……

品读传承千百年的精粹，思接千载、视通万里。

"我到山东考察时专门去看了孔府孔庙，到武夷山也专门来看一看朱熹。"鉴往知来，习近平总书记感慨于一路见闻：

"我们走中国特色社会主义道路，一定要推进马克思主义中国化。如果没有中华五千年文明，哪里有什么中国特色？如果不是中国特色，哪有我们今天这么成功的中国特色社会主义道路？我们要特别重视挖掘中华五千年文明中的精华，把弘扬优秀传统文化同马克思主义立场观点方法结合起来，坚定不移走中国特色社会主义道路。"

历史如河，川流不息。

循着总书记考察脚步，走近福建的璀璨文明。

"一片三坊七巷，半部中国近代史。"24日下午，习近平总书记的到访，沸腾了古老街巷。

它是"里坊制度活化石"，晋代的诗赋、唐代的熙攘、明清的兴衰，"睁眼看世界"的风云激荡……白墙黛瓦的古厝，留下了无数岁月风华，却在上世纪80年代如火如荼的城市开发建设中岌岌可危。

当坐落于三坊七巷北隅的故居即将"一拆了之"的紧急关头，福州市一位政协委员写信给新任市委书记习近平。习近平同志听闻这一消息，立刻要求暂缓拆迁。时隔半年，故居修缮工程悄然动工。

从拆到修，一字之差，天壤之别。城市开发建设和文化遗产保护的冲突之间，考验的是历史远见。

习近平同志 19 年前应邀为《福州古厝》撰写的序言，发在人民日报上。

他写道："保护好古建筑、保护好文物就是保存历史，保存城市的文脉，保存历史文化名城无形的优良传统。"

"按照您推动的福州'三山两塔一条街'文物规划，我们这些年逐一修复。"福州市的同志向总书记介绍。

"城里三山古越都，楼台相望跨蓬壶。"习近平总书记沿郎官巷，步入严复故居。国殇民难，"震旦方沉陆，何年得解悬""读史数行泪，看天万古心"，一行行泣血之作，总书记凝思着、感叹着。

"这几个字还在这儿。"习近平总书记指着墙上的两行字："严谨治学，首倡变革。追求真理，爱国兴邦。"

"对！您 1997 年为'严复与中国现代化'学术研讨会的题词。"

五千年的中华文明，有中华民族的"魂"和"根"。

"尊重群众首创精神"——从摸着石头过河到因地制宜、稳妥推进

三明之"名"，源于改革。

医改、林改，道道是难题。三明是迎难而上的探路者。

时光追溯到 2000 年 11 月。在福建省城镇医药卫生体制改革工作会议上，习近平同志指出，医疗机构要加快改革步伐，从制度上解决"以药养医"带来的问题，让利于民，让群众看得上病、看得起病。

这是改革为了谁、依靠谁的问题。破题、解题，一切从人民需要出发。

深化"三医联动"改革，三明这些年大胆闯、大胆试，走出了一条新路。23 日上午，沙县总医院，习近平总书记在一张柱状图前驻足细看。医院药品耗材收入下降、医疗服务收入提高，2019 年，三明人均医疗费用 1734 元，仅为全国平均水平 46%。百姓有着实打实的获得感。

"现代化最重要的指标还是人民健康，这是人民幸福生活的基础。把这件事抓牢，人民至上、生命至上应该是全党全社会必须牢牢树立的一个理念。"习近平总书记强调，健康是 1，其他都是后面的 0。1 没有了，什么都

没有了。

总书记勉励说："我很关注你们的改革。这是一种敢为人先的精神，人民至上、生命至上理念的觉悟担当。"

"全面推进健康中国建设"，写入"十四五"规划纲要。习近平总书记谈到下一步的医药卫生体制改革："看大病在本省解决，一般的病在市县解决，日常的头疼脑热在乡村解决。这个工作要在'十四五'期间起步。研究改革的堵点在哪里，结合本地实际继续探索。"

看似寻常最奇崛，成如容易却艰辛。

沙县是集体林权制度改革的策源地之一。23 日下午，习近平总书记来到沙县农村产权交易中心。

林权证、林地经营权证、承包权证和流转的经营权证。四张证件摆在桌上，它们是跨越近 20 年、集体林权制度改革的历史见证。总书记仔细翻阅。

2002 年，习近平同志到武平调研时明确要求，"集体林权制度改革要像家庭联产承包责任制那样从山下转向山上"，全面拉开了福建林改序幕。

沙县积极响应号召，将集体林地"分山到户、均林到人"。至 2005 年底，完成了"明晰产权、确权发证"。

随着改革深入，新问题接踵而至。

钱从哪里来？树要怎么砍？单家独户怎么办？

困难要一个个克服，问题要一个个解决。林业金融、林下经济、集体林地三权分置，三明林改向纵深推进。

"集体林权制度改革，三明是重要策源地。共产党做事的一个指导思想就是尊重群众首创精神，群众是真正的英雄。"习近平总书记指出：

"我们推进改革要坚持顶层设计和基层探索相统一，对重大改革要坚持试点先行，取得经验后再推广。'摸着石头过河'的改革方法论没有过时，也不会过时。要积极稳妥、步步为营，把握住方向，不能走偏了。"

"抓创新不问'出身'"
——从"随大流跟跑"到加快科技自立自强步伐

"这一次到福建来走一走，找家有代表性的企业看一看。看什么呢？"

习近平总书记稍作停顿：

"创新。"

24 日下午，福建福光股份有限公司。进车间、看工艺、问销路，习近平总书记对这家企业自主创新饶有兴致。福光的发明专利摆满了一面墙。

"'十四五'时期我们国家再往前走，必须靠创新。随大流老跟着人家是不行的。现在就看谁能抢抓机遇，谁有这样的担当和使命感，谁有这样的能力做好。抓创新不问'出身'，只要能为国家作出贡献，国家就会全力支持。谁能做好都是国家的功臣栋梁。"

习近平总书记有感而发："我们要进入科技发展第一方阵，就得靠我们自己。现在国家把创新作为一项国策，各方面现在都动起来了，规划也在做。"

创新，按下了加速键。"十四五"规划纲要分领域阐述经济社会发展的重点任务，"坚持创新驱动发展，全面塑造发展新优势"篇章位居其首。

教育领域的创新，同样事关民族未来。能否激发人才创新活力？习近平同志 1990 年兼任闽江职业大学校长之初意识到，学校的困境源于发展方向的迷茫。

25 日一早，"老校长"重返校园。

一进闽江学院，他就感慨，过去巴掌大的地儿，现在这么大的发展，沧桑之变啊！

当年，缺师资、缺校舍、缺教学设备……习校长一次次现场办公，甚至有一年年夜饭还是同师生们在一起吃的。"接手的，是被'黄牌警告'的一摊。我想，既然挂了名，就得实实在在当个校长，为学院办点事。"

在闽江学院校史和应用型办学成果展示厅，"不求最大、但求最优、但求适应社会需要"十分醒目。习近平同志调研后提出这一办学理念影响深远。

从为下党乡做发展规划，到海上养殖、畲族服饰、漆器制造，展示厅教学成果累累。总书记说："闽江学院已经不是过去的样子了，但办学方向一直在沿着过去的路子走。"

"这件漆器叫'气死猫'",听闻介绍,习近平总书记细致端详。果然,鱼缸里的鱼儿栩栩如生。

1992年,他在人民日报上看到一则报道,美国的嘎登勒老先生期盼重回儿时故土——福州鼓岭看一看,临终前还念念不忘。习近平同志当即辗转向嘎登勒太太发出邀请。

此刻,看到展厅里的漆器,总书记想起了这件往事。老先生的中国情,就寄托在他珍藏的福州脱胎漆花瓶上。嘎登勒太太访华时,将那对花瓶赠送给福州。

"社会需要的人才是金字塔形的。高校不仅要培养研究型人才,也要树立应用型办学理念,培养青年一代适应社会需要的技能。"培根铸魂,启智润心。习近平总书记语重心长:

"实现第二个百年奋斗目标、实现中华民族伟大复兴,青年一代责任在肩。要落实立德树人根本任务,培养德智体美劳全面发展的社会主义建设者和接班人。"

25日,福建省委省政府工作汇报会。几个月前,总书记收到宁德市委市政府汇报脱贫攻坚情况的来信。习近平总书记勉励他们:"拿出只争朝夕的干劲,保持滴水穿石的韧劲。"

"干劲是只争朝夕,韧劲是滴水穿石。努力在推动高质量发展上迈出新步伐,在增进民生福祉上取得新进展,奋力谱写全面建设社会主义现代化国家新篇章。"

新征程上,风起潮涌,九州激荡,乘势而上开新局。

(原载新华网 2021 年 3 月 27 日)

习近平帮我们挖"穷根"（节选）

人民日报记者　魏　贺　李　翔　郑　娜　赵　鹏

刘智勇（时任福安县社口镇坦洋村支书）：

他冒雨走泥路看茶山

闻名中外的"茶乡"福安社口镇坦洋村，曾是习近平同志担任宁德地委书记期间的农村党建联系点。

1988 年秋天，习近平同志轻车简从来到村里。"那天，他穿着深蓝色短袖，裤子上还有补丁，脸上始终挂着笑容。"当年刘智勇刚刚担任村支书，他没想到的是，"地委领导竟然这么年轻，穿着也这么朴素。"

座谈会上，刘智勇准备了汇报材料，刚要念，就被习近平同志微笑打断："不用念材料，我问你答就好。"他最关注两个问题：一是怎么更好发挥农村党支部的战斗堡垒作用？二是怎么增加村集体收入？

"习近平同志问得非常细，现在种了多少亩茶？是什么品种？有什么困难？当时心里挺紧张，生怕答不上来。"刘智勇说，座谈结束后，习近平同志沿着山路，爬上村后一座茶山。"当时，天上下起小雨，他鞋子上沾满了泥巴。"

"他对我们说，坦洋村要大力发展特色茶产业，党员干部要发挥示范带头作用。农村党组织，是脱贫第一线的核心力量。经济搞上去了，党员的理想信念、先锋模范作用，都只能强化，不能削弱。"这些话，刘智勇一直牢记在心。

1989 年 2 月，习近平同志邀请 8 位基层农民代表到地区行署，给地直机关副科以上干部作报告，刘智勇的父亲刘少如也在其中，他是坦洋村老支书，带着大伙儿开荒种茶，脱贫致富。"父亲回来对我说，习近平同志在会上夸他，站在改革的前头，带领大家致富，很不容易。"

后来，习近平同志又多次来坦洋。"他鼓励我们，坦洋要当领头羊，不断放大坦洋功夫红茶的品牌效应，因地制宜，壮大茶叶经济。还明确提出，坦洋发展好了，就要走出去，要与困难村结成对子，开展帮扶。"

很快，坦洋村茶叶种植面积增至 3000 多亩，村资产超过 300 万元，村党支部也被评为"全国先进基层党组织"，成了闽东明星村。"时常想起习近平同志当年冒雨走在山路上的背影，还有他鞋子上的泥巴，心里暖暖的。"刘智勇说。

（原载《人民日报》2018 年 9 月 17 日）

我们的心是永远贴在一起的

一

1985 年 5 月底接到组织通知调往福建工作，6 月初赴任，直至 2002 年 10 月，习近平在福建工作了 17 年半，经历了厦门、宁德、福州和省里多个岗位。随着岗位变动，他的三次工作交接，给福建干部群众留下了深刻印象。

二

1990 年 5 月初，已赴任福州的习近平回宁德交接工作。

习近平和接任地委书记的陈增光说："我们地委班子交接也搞个创新吧，今天不在办公室交接，到基层去！"

一听这话，陈增光觉得很意外："以前领导交接都是在办公室，话别嘛。可习书记不这样做，说要下基层。我觉得很有深意，当即表示没问题。"

具体怎么走，习近平早都想好了："福安县是我的挂钩联系点，就从福安开始，然后再去寿宁。"

5 月 4 日，下着细雨，习近平到了福安，第一站是赛岐铁合金厂。在厂房，习近平对厂长说："我就要离开闽东了，许多工作只是开了个头，来不及展开。增光同志会一如既往地关心你们，支持你们。"

吃过午饭，一行人来到习近平的党建联系点——坦洋村。在习近平挂钩帮扶下，坦洋村依靠茶业致富，路子越走越宽。

坦洋村的招牌是坦洋工夫茶。泡上一杯清茶，习近平与大家话别："原想安排一段时间到村里住一阵，走走家，串串户。没料到这走得这么匆忙，心里

254

很遗憾。青山不老，绿水长流，喝过坦洋工夫茶，人走情常在。我的心和你们的心是永远贴在一起的。"

5日一大早，习近平来到寿宁县，和当地干部群众座谈话别。

大家跟习近平汇报了寿宁的变化。习近平听了说："听了大家的汇报，感觉我们寿宁这几年有了非常大的变化，我也很高兴。但是客观地说，寿宁还是'小个子'，发展较慢，总量也好、人民群众生活水平也好、交通设施也好，都还处在贫困状态。寿宁有一片大好河山，只是条件太差了。要路没有路，要钱没有钱，要电没有电，这样的地方引进外资很困难。所以，寿宁发展慢，我完全不怪干部，也不怪群众，不是你们不努力，是我们的客观条件制约了发展。现在我们取得的成绩要肯定，但是千万不要沾沾自喜，一定要看到我们才刚刚走出第一步。"

陈增光是寿宁人，听完习近平这番话，当场写下感言：夏日怀情迎君到，春风化雨惜别离。千言万语终有限，唯有岁岁报丰年。

从寿宁回来的第二天，习近平动身去福州。

一大早，陈增光爱人特地煮了六个红鸡蛋，寓意"六六顺"。

宁德地委办的同志依依不舍，送了20多公里。到了宁德与福州交界的飞鸾岭，习近平招呼车停下来。他走出来对大家说："你们不能再送了，就到这儿。你们有时间到福州来走一走，我有空也回来看你们。"

当时去送的有30多个人，习近平和大家一一握手。陈增光代表大家说："在这里跟你告别了，祝你旗开得胜，常回闽东看看我们。"

三

从1990年4月到1996年，习近平在福州工作了近六年。1996年2月底，福建省委决定，已从1995年10月起任省委副书记的习近平不再兼任福州市委书记。

"君子交有义，不必常相从。"在告别福州的领导干部会议上，习近平用这两句诗与大家告别。

习近平说，六年来，我与市委常委一班人，与市五套班子成员和在座各位，与福州的干部群众，同呼吸、共命运，结下了深厚的情谊。可以说，六年来，我能有机会与同志们一起共事，为福州父老乡亲服务，既是省委的安排、工作的需要，也是一种缘分。

谈了工作体会后，习近平说，和同志们六年相处，岁月峥嵘，情意深深，我从广大干部和群众的身上学到了不少的东西，汲取了丰富的营养。

习近平表示，今后不管我走到哪里，在什么岗位上工作，都将一如既往地关注我曾为之奋斗、流过汗水的福州这片热土，关注这里的改革开放和两个文明建设事业。以后在不同岗位，大家经常谈心、沟通思想，共同为福建、福州的发展作出新贡献。

"福州的今天是美好的。福州的明天一定会更好！"习近平祝福道。

四

2002 年 10 月，按照中央安排，49 岁的习近平将赴浙江任职。

离开福建前，习近平的办公室客人不断。

梁茂淦已任福建省台办主任。一见面，习近平就对梁茂淦说："老梁，我要离开福建了，有几句话要特别说一下。"

习近平用左手做一个圆圈的手势，说："第一句话，就是感谢你对我工作的支持，我分管了五年的福建对台工作，到今天上午为止，可以画一个圆满的句号了。五年来，我们通力合作、密切配合，取得了可喜的成绩。国台办经常表扬我们省台办，也表扬省委、省政府重视对台工作，我要对你表示感谢，也感谢省台办的所有同志。"

他继续说："第二句话，福建最大的优势是对台，最敏感的也是对台，希望你发挥最大的优势，继续做好对台工作，支持新分管的领导，做出更大成绩。第三句话，你是学者专家型的台办主任，我希望你今后到浙江来，来给浙江传经送宝，不管你以什么身份来，无论是台办主任身份，还是专家身份，我都欢迎。"

省环保局局长李在明也应约到了习近平办公室，两人当面话别。

在习近平带领下推进生态省建设多年，李在明有很多话要和习近平说。

不知不觉，近一个小时过去了。习近平特别嘱咐李在明要继续搞好福建的生态建设。

最后，习近平拉着李在明的手说："在明，我们照个相留念吧！"

"你以后有机会到浙江，就来见见我。"习近平真诚邀请。

吴连田时任福建省老区办主任，他接到电话，习近平请他约上省老促会的许集美、黄扆禹、茅苓等老同志来办公室坐坐。

吴连田记得，习近平向老同志征求了对老区工作的建议，希望老区工作要一任接着一任干，一张蓝图绘到底。

趁见客人的间隙，习近平还特地到医院看望了一个人：福建省人大常委会原主任袁启彤。

袁启彤手术后身体基本恢复就出院了，谁也没告诉。结果，习近平去医院看望时，没能见着他。

虽然当天没有在医院见到，袁启彤还是很感动。他说："我是已经退居二线的人了，习近平同志又要调离福建省了，我们在工作上再没有什么交集了，但是'人走茶凉'这样的事在习近平同志那里是不存在的，他非常重感情。即使我们不在一起工作了，这份同志之谊、同事之情，在他心里还是一如既往。"

五

"老苏，你也来了。"苏永卯①是习近平到福建见到的"第一个人"，当时已经退休，特意从厦门赶到福州。两人又回忆起习近平刚到福建时的场景。

福建日报社记者张红也接到邀请来了，当时依依惜别的场景她还记得很清楚：回忆起一起工作生活的点点滴滴，大家的眼泪都忍不住流了下来。

习近平还到省政府办公厅各个处室看望，与机关工作人员一一握手。省政府办公厅现在还保留着一张照片，是他离任之前跟大家的合影。

中午，习近平邀请班子成员和身边工作人员一起"聚餐"。说是"聚餐"，

---

① 1985 年 6 月初，习近平到福建上任，省委组织部干部苏永卯到福州义序机场迎接。

其实就是和平时一样在省政府食堂吃工作餐。大家都依依不舍，沉浸在共事的难忘时光里。

去机场前，习近平拨通了内部电话——

"总机吗？"

在听到话务员确认回答后，他继续说："我是习近平，现在中央调我到其他地方工作，我对你们这么多年的服务表示深切的感谢，请您也转告其他同志。"

临别之际，习近平对大家说：

"闽浙两地靠得近，大家来往很方便，今后，我就是福建的'省外乡亲'。"

"我在福建 17 年半。黄土地哺育了我，红土地培养了我。"

（选自《闽山闽水物华新———习近平福建足迹（下）》）

后　记

　　福安，是"中国茶叶之乡""中国红茶之都"和"中国花果香红茶发源地"。隋唐时期，福安就有茶事的踪迹可循，当地拥有良好的生态环境，适宜茶树的生长，所产佳茗蜚声中外。福安钟灵毓秀、人杰地灵，曾涌现出一大批杰出茶人。福安还是中国茶叶科技与教育的源头之一，拥有福建省茶叶科技研究所和茶叶专科学校。当地盛产名茶，坦洋工夫、明前毛峰、茉莉花茶、工艺花茶和福安大白"五朵金花"名闻天下。总之，福安是一个被茶氲濡养的南国之乡。

　　如今，遵循习近平总书记"要统筹做好茶文化、茶产业、茶科技这篇大文章"的嘱托，福安市委、市政府踔厉奋发，勇毅前行，吹响了统筹抓好"三茶"融合发展、打造"三茶融合"示范区的进军号角。福安茶行业不辱使命，积极响应市委、市政府的号召，在助力乡村振兴和"三茶融合"统筹发展方面，做了大量工作，取得显著的成绩。

　　为了全方位地展示福安茶业发展历程，展现福安茶企、茶人的风采，记录美好的历史瞬间，总结发展经验，探索发展道路，我们委托福安作家协会，并聘请省、地（市）专业作家，深入基层茶企和茶市进行采访，撰写了一批报告文学、通讯报道，并将相关茶产业的调研报告、提案、议案和有关资料、数据也汇编进来，编纂成书，并套用坦洋工夫在中央电视台的广告词"坦洋工夫茶，人间情常在"作为书名，既名副其实，也具有一定的时代特色。

　　编者在编辑过程中，由于人手不足，还邀约陈赟、陈娇娥、李梓琪、李梓辰等，帮助书稿校对及其他编务事宜。总之，由于时间仓促和水平有限，本书难免存在不足或纰漏，还望专家和读者批评指正。

编　者

2023 年 12 月

图书在版编目(CIP)数据

坦洋工夫茶,人间情常在/福安市茶业协会编.
－福州:海峡文艺出版社,2025.7

ISBN 978-7-5550-3604-3

Ⅰ.①坦… Ⅱ.①福… Ⅲ.①诗集－中国－
当代②散文集－中国－当代 Ⅳ.①I217.1

中国国家版本馆 CIP 数据核字(2023)第 252680 号

坦洋工夫茶,人间情常在

福安市茶业协会 编

出 版 人	林 滨	
责任编辑	朱墨山	
编辑助理	陈雨含	
出版发行	海峡文艺出版社	
经 销	福建新华发行(集团)有限责任公司	
社 址	福州市东水路 76 号 14 层	
发 行 部	0591－87536797	
印 刷	福建东南彩色印刷有限公司	
厂 址	福州市金山浦上工业区冠浦路 144 号	
开 本	787 毫米×1092 毫米 1/16	
字 数	260 千字	
印 张	17.25	
版 次	2025 年 7 月第 1 版	
印 次	2025 年 7 月第 1 次印刷	
书 号	ISBN 978-7-5550-3604-3	
定 价	68.00 元	

如发现印装质量问题,请寄承印厂调换